Ronso Kaigai
MYSTERY
213

犯罪コーポレーションの冒険

聴取者への挑戦III

THE ADVENTURE OF THE CRIME CORPORATION AND OTHER RADIO MYSTERIES

ELLERY QUEEN

エラリー・クイーン
飯城勇三［編訳］

論創社

THE ADVENTURE OF THE CRIME CORPORATION
AND OTHER RADIO MYSTERIES
by Ellery Queen
(2018)
Edited by Yusan Iiki

目次

暗闇の弾丸の冒険

The Adventure of the Blind Bullet

登場人物

探偵の	エラリー・クイーン
その秘書の	ニッキイ・ポーター
エラリーの父親で市警本部の	クイーン警視
クイーン警視の部下の	ヴェリー部長刑事
億万長者の鉄道王の	キップ・ファーナム
ファーナムのボディガードの	ブロッコ
ファーナムの召使いの	マックス
ファーナムの姪にして遺産相続人の	ジョアンナ・ファーナム
ジョアンナの婚約者の	ディック・ホーリー
メイン州行き急行列車の	車掌

放送　一九四〇年六月三十日

場面　豪邸――クイーン家のアパートメント――私用車両

第一場　都心にあるファーナムの豪邸

（ファーナムの部屋で、ブロッコがファーナムの銃に油をさしている。ファーナムは傲慢で横柄な中年の大男。今は電話で話している最中）

ファーナム　あの野郎もついてないな。おれの邪魔をしたのが運の尽きさ、ホリス。裏切ってしまえ……かまわん。それから、ストラザースに伝えろ。明日の朝、メイン州の狩猟小屋にいるおれに電話するように、ってな。その頃には、あっちに着いているはずだ。（電話を切る）さてと、こっちは片づいたぞ。銃の手入れは終わったか、ブロッコ？

ブロッコ　（上品とは縁のないタフなイタリア人）上々でさあ、ボス。（遊底を数回スライドさせる）

ファーナム　（くっくつ笑って）おいぼれ銃（ベッツィ）よ――忠実なる友よ！　すばらしき武器よ。ブロッコ、銃の油をこっちに寄こせ。

ブロッコ　へい、ボス。今度の旅行で、あなたよりあたしの方がでかい獲物を仕留める方に、いくら賭けますかい、ボス？

ファーナム　おまえの一週間分の給料だ、ブロッコ！（笑って）死ぬ前に一度くらいは、おまえより巧（うま）く撃ってみせるさ。

ブロッコ　そいつはどうでしょうかねえ。でも、「死ぬ」なんて言わないでくださいよ、ファーナムさん。あなたが死んじまったら、あたしは職を失うわけですからね！

ファーナム　おれの〝死体(ボディ)〟が埋葬されちまったら、おまえはおれの〝身体(ボディ)〟を〝警護(ガード)〟することはできないからな。……なあおい、銃(ベッツィ)ばあさんよ、あんたの銃身はジョアンナの瞳みたいに輝いているじゃないか。（ドアが開く。声が鋭くなる）マックスか？　どうした？

マックス　（ウィーン出身の外国人——冷静にして有能な男）手紙です、ファーナムさま。たった今、使用人棟の表口ドアの下にあるのを見つけました。

ファーナム　通用口に、だと！　寄こせ、マックス。

マックス　はい、旦那さま。（ファーナムは封筒を裂いて開ける）

ファーナム　（手紙を取り出しながら）そうだ、マックス。（マックス「何でしょうか、旦那さま？」）おれの買ったばかりの狩猟服を荷物に入れておくのを忘れるなよ。

マックス　かしこまりました、ファーナムさま。（マックスは退出する）

ファーナム　さあて、この謎めいた手紙には、いったい何が書かれているのかな？（手紙を読むと、わずかに驚きの声を上げるが、すぐに笑い出す）ブロッコ——こいつを読んでみろ！

ブロッコ　何ですか？（ブロッコが読む）何がそんなにおかしいんですかい、ボス？

ファーナム　（くつくつ笑いながら）たぶん、この国には、頭のネジが外れたやつが五百万人いるんだよ。で、そいつらが全員、おれに手紙を寄こすというわけだ！

ブロッコ　（けわしい声で）ファーナムさん、どうもこいつは気に入りませんな。

ファーナム　ふん。手紙をこっちに寄こせ、ブロッコ！（手紙をくしゃくしゃにして）こんなものの行き先は屑籠しかないな。（離れた位置でドアが開く音がする）

ジョアンナ　（社交的な若い女性）キップ叔父さま！　お邪魔してよろしいかしら？

ファーナム　かわいいジョアンナ！　さあさあ、入ってくれ。

ジョアンナ　あなたも入って、ディック……。この聖域に、あたしのハンサムな彼氏も入れていいかしら、キップ叔父さま？

ホーリー　（バックベイ（ボストンの上流階級が住むエリア）の住人）やあ、ファーナムさん。

ファーナム　（不機嫌そうに）よう、ホーリー。おまえは、いつこっちに来たんだ？

ホーリー　さっき、ボストンから飛行機で着いたところです。ジョアンナから聞きましたよ、ファーナムさん。あなたが昼前に、狩猟旅行に行くことにしたって。

ジョアンナ　ディックも一緒に行ってかまわないでしょう、叔父さま？

ファーナム　（そっけなく）歓迎するよ。ブロッコ、銃の手入れはだいたい終わったな？（ブロッコはうなり声で答える）

ジョアンナ　キップ叔父さま、誰かが通用口のドアからあなた宛ての手紙をすべり込ませたって、どういうことなの？　マックスが教えてくれたのだけど――

ファーナム　（すばやく）何でもないんだ、ジョアンナ。本当に、何でもないんだ。

ジョアンナ　何も問題はないと、本当に思っているの？

ファーナム　（笑いながら）心配性だな！　ブロッコ、その銃を書斎に持ってこい！（ファーナム

は出て行く）

ジョアンナ　ブロッコ！　叔父さまへの手紙には何て書いてあったの？

ブロッコ　自分で読んだ方がいいですね、ファーナムのお嬢さん。屑籠の中です。

ジョアンナ　取り出してちょうだい、ディック！（ホーリーは言われた通りにする）

ブロッコ　そいつはかなりいかれてますよ、ファーナムのお嬢さん。あたしは気に入りませんな。

ファーナム　（書斎から声をかける）ブロッコ！　銃を持ってこいって言っただろう！

ブロッコ　（あわてて）今行きます、ボス！（小声で）ファーナムのお嬢さん、あなたが何とかしてくれませんかね！（ブロッコは出て行く）

ホーリー　これがその手紙だよ、ジョアンナ。

ジョアンナ　こっちにちょうだい、ディック！（読み上げる）「親愛なる……ファーナム……殿……」。ディック！　これって――

ホーリー　（うんざりしたように）よくある、頭のいかれたやつのたわごとじゃないか。どこかに行こう、ジョー。そして……お喋りをしよう。一週間ぶりだというのに……。

ジョアンナ　たわごとですって！　ディック・ホーリー、ときどきあなたは、まるで――キップ叔父さまのように先が見えなくなるのね！（泣き出す）

ホーリー　でもジョアンナ、こんなのは今に始まったことじゃないじゃないか！　きみの叔父さんみたいな地位にいる連中は、いつもこんな手紙を受け取っているのだからね。あの人だって、もう何百通も受け取って――

ジョアンナ　あたし、この手紙だけは怖いのよ。（不意に）ディック、あたし、探偵に相談するわ。
ホーリー　探偵だって！（笑う）ブロッコでは力不足なのかい？
ジョアンナ　あら、ブロッコはボディガードとしては文句なしよ。でもディック……この件は巧妙さが必要になりそうなの。叔父さまの書斎のドアの前に立っていてちょうだい！　あたしが電話するのを聞かれたくないのよ。
ホーリー　わかったよ、ジョアンナ。でも、誰に電話をするつもりなんだい？
ジョアンナ　ニューヨークで一番の探偵よ。（受話器を取り上げて）番号案内ですか？　エラリー・クイーンさんの電話番号を教えてください！

第二場　クイーン家のアパートメント

ジョアンナ　ええ、ホーリーさんは、あたしの婚約者です、クイーンさん。
ホーリー　今回のことは、気にするだけ無駄でしょう。あなたもぼくに賛成してくれると信じていますよ、クイーンさん。
エラリー・クイーン　間もなくわかりますよ、ホーリー君。ニッキイ、メモをとってくれ。
ニッキイ・ポーター　（ため息をついて）とっくに準備はできていますわ、ミスター・クイーン。始めてください。

クイーン警視　ちょっと待ちたまえ。ファーナムのお嬢さん――きみがそんなに心配している叔父さんというのは――鉄道王のファーナムなのかね？

ジョアンナ　そうです、クイーン警視さん。

ヴェリー部長　（畏敬の念を込めて）あの億万長者の超大物（おおもん）か！

ニッキイ　それなら、あなたはいつも、「全米で最高額の遺産相続人」と呼ばれているジョアンナ・ファーナムに違いないわね！

ジョアンナ　（うんざりしたように）それは、あたしのことですけど。キップ叔父の姪にしてたった一人の相続人だというのは、ときどきひどい重荷になるのよ。

ヴェリー　そんな重荷だったら、あたしはいくらでも我慢できますけどね。

エラリー　ファーナムさん、あなたは手紙について言っていましたね。ちょっと、ぼくに見せてくれますか？

ジョアンナ　これです、クイーンさん。びっくりして、気を失うかと思いましたわ。

エラリー　ふーむ。どこにでもある安物の便箋に、鉛筆書きの活字体の文字……封筒には消印もないし、手がかりになるようなものもない……

警視　大きな声で読んでくれ、せがれよ。

エラリー　（ゆっくりと）「親愛なるファーナム殿。本日土曜の午後、きっかり五時五十九分に、貴殿は死ぬであろう」

ニッキイ　きっかり――何時ですって？

ホーリー　（あくびをしながら）どうして女ってやつは、こんな馬鹿げたことを大真面目に取り上げて感情的になるのでしょうねえ？
警視　待ちたまえ、ホーリー君！　せがれよ、他にも何か書いてないか？
エラリー　追記が一つ――こう書いてあります――「時刻は東部夏時間である」と。
ヴェリー　ふざけたやつですな！　署名はありますか、クイーンさん？
エラリー　ないな、部長。東部夏時間の午後五時五十九分か！　どう思います、お父さん？
警視　（ゆっくりと）五時五十九分のくだりがなければ、いかれたやつの手紙だと言うところだが。このくだりがあまりにもいかれすぎているので、かえって正気に見えてしまうな。
ジョアンナ　あたしが言った通りでしょう、ディック？
エラリー　（考え込むように）午後の五時五十九分きっかりに、あなたの叔父さんはどこにいるのですか、ファーナムさん？
ジョアンナ　あたしたち全員が、叔父の私用車両にいるはずです。一時四十分発のメイン州行き急行列車に連結された、特別仕立ての車両です。
ホーリー　ぼくたちはメイン州にあるファーナムさんのロッジに行くんだよ、クイーン。数日ほど狩りをするんだ。
ヴェリー　ところで、その一行には誰と誰がいるのですかね？
ジョアンナ　キップ叔父、ホーリーさん、それにあたし。あと、叔父のボディガードのブロッコと、叔父の召使いのマックスです。

エラリー　ふーむ。ファーナムさん、この手紙が常軌を逸した頭から生み出されたものであることに疑いの余地はありません。ですが、それでも危険であることに変わりはないのです。文章から、冷静で得意げな性格や、危うい自信に満ちた態度がうかがえますから。

ニッキイ　「きっかり五時五十九分」……その誰かさんは、ファーナム氏が今何をしているかを知っているように見えるわ。

警視　（きびしい口調で）ファーナムのお嬢さん、もしわしがきみの立場だったら、叔父の狩猟旅行を中止させるがね。

ジョアンナ　とても無理です。キップ叔父は笑って、〝子供みたいだ〟って、あたしに言うだけですわ。

エラリー　（きびしい口調で）だとしたら、ぼくたちが一緒に行った方がいいでしょう、ファーナムさん！

ジョアンナ　あなた方が？　ありがとうございます、クイーンさん！

ホーリー　もしジョアンナが警察に相談したと知ったら、あのおっさんは怒り狂うだろうな。

エラリー　それなら、ぼくたちはきみの婚約者に招かれたことにしよう、ホーリー君。ではファーナムさん、列車で会いましょう。

ジョアンナ　何とお礼を言っていいか、わかりません。ディック――行きましょう。叔父に怪しまれないようにしなくちゃ。あの人の性格はわかっているはずよ。それではみなさん、午後にお会いしましょう……

エラリー　ええ。ニッキイ、ファーナムさんとホーリー君をお見送りしてくれ。（ニッキイは言われた通りにする）
警視　ヴェリー！　ファーナムの私用車両を発車前に調べるように手配しておけ。
ヴェリー　ふふん、時限爆弾ですな？　がってんです、警視。
警視　それから、私服の連中を集めて、駅を出るまで、その車両を警護させろ。
エラリー　途中の線路も調べた方がいいのでは、お父さん？
ヴェリー　なるほど。列車ごと転覆させるという手もあり得ますな。
警視　（きびしい口調で）鉄道管理局に連絡して、メイン州行き急行列車が通過する全線を調べてもらえ。線路に爆発物や何らかの仕掛けがされているかもしれんからな。
エラリー　部長、今日の午後五時五十九分に列車が通る予定の場所は、特に念入りに調べるように伝えてくれ。（ヴェリーはうなり声で返事をする）
ニッキイ　（息をはずませて戻って来る）彼女、とても美人じゃない？　でも、彼氏の方は駄目じゃない？　あら、何かあったの？　わたし、何を見逃したのかしら？
警視　わしらは基本的な予防策を講じていたところなのだ、ニッキイ。
ヴェリー　これだけやれば大丈夫ですよ。
エラリー　大丈夫のはずだが。それでもまだ……。こっちもとりかかろう、部長！　夕方の五時五十九分を過ぎるまで、安心はできない！

第三場　グランドセントラル駅。メイン州行き急行列車に連結された私用車両

（駅のプラットホームでおなじみの乗客のざわめき）

私服刑事　失礼、お嬢さん。客車はもっと先です。この車両は個人のものですので。（別の私服刑事「そのまま先に進んでください！」）

エラリー　（近づきながら）どうですか、お父さん？

ニッキイ　（近づきながら）何かハラハラすることがあったかしら、警視さん？

警視　何もないな。車両は調べ終わった。どこにも問題はない。

エラリー　ファーナム氏はもう乗り込んでいるのですか？

警視　みんな中にいる。お嬢さんも、ちょうど今、ヴェリーと来たところだ。

ニッキイ　いたわ。はーい、ジョアンナ！（ジョアンナはニッキイと挨拶を交わす）あなたのこと、ジョアンナって呼んでもかまわないでしょう、ファーナムさん？　わたしたちは友達同士のふりをするのだから――

ジョアンナ　そう呼んでちょうだい、ニッキイ。警視さん！　クイーンさん！　本当に嬉しいわ！

ヴェリー　この嬢ちゃんはかなり不安になっているのですよ。

警視　心配せんでも大丈夫だよ、ファーナムのお嬢さん。あらゆる場所を警戒しておるからな。

エラリー　ぼくたちも乗車した方がいいですね。列車は間もなく出るようですから。
警視　（小声で）ヴェリー、発車の直前まで、外で見張っておれ！
ヴェリー　了解。フリントが展望デッキにいるので、最後部の見張りも完璧です。発車のときに、あいつは飛び降りることになっています。
ジョアンナ　中へどうぞ。（彼女は車両のドアを開き、一同が乗り込んでから閉める）キップ叔父は自分の個室にいますわ。
ニッキイ　これが列車の中なの？
警視　（くつくつ笑って）宮殿と言った方がいいな。（ジョアンナが叔父の個室をノックする）
ジョアンナ　（呼びかける）キップ叔父さま！
ファーナム　入ってかまわんよ、ジョアンナ。（彼女はドアを開ける）どうだ、マックス、終わったか？
マックス　口ひげに仕上げのワックスを塗っているところです、ファーナムさま。
ジョアンナ　あら、ごめんなさい、キップ叔父さま！　出直してくるわ。
ファーナム　（やさしく）かまわんさ！　マックスはたった今、おれのひげの手入れと調髪を終えたところだ。それがおまえの友だちかい、ジョアンナ？
ジョアンナ　（神経質に）ええ、叔父さま。紹介するわ――ミス・ポーター……ミスター・クイーン……お父さまと息子さんです……こちらはあたしの叔父……（礼儀正しい挨拶を小声で交わす）

んな。
警視　とても感謝しておりますよ、ファーナムさん。このちょっとした狩りが楽しみでなりませ
ファーナム　（意地悪く）銃の扱いならお手のものではないですかね？……クイーンさんならば。
ジョアンナ　（うろたえて）キップ叔父さま！　気づいていたのね！
ファーナム　もちろん気づいていたさ、かわいい共犯者さん！（愛情のこもった笑い）
マックス　（とがめるように）ファーナムさま、そんなに大笑いされると、私はどうやって口ひげにワックスを塗ればよろしいのでしょうか？
ファーナム　すまなかった、マックス！　ヒヨコちゃん、おれは自分の目を常に見開いているのだよ。「私、何も知りません」ってな顔をしたうさんくさい連中が、あれだけプラットホームにあふれかえっていてはな！（くっくつ笑う）それにもちろん、リチャード・クイーン警視の噂は聞いたことがあるからな。
ジョアンナ　あたし、心配で心配で、頭がおかしくなってしまったのよ、叔父さま。
エラリー　ファーナムさん、ジョアンナさんがぼくたちを訪ねて来て――あなたが受け取った脅迫状について、何もかも話してくれましたよ――
ファーナム　きみはエラリー・クイーンだな、そうだろう？
エラリー　（愉快そうに）罪を認めます、ファーナムさん。
ニッキイ　わたしたちの狩猟旅行はどこかに消えてしまったわね！
ファーナム　そんなことはないさ。せっかく来たのだから、このままいればいい。だが、一つだ

け条件がある。（笑って）五時五十九分に誰かがおれを殺すという馬鹿げた話を、きれいさっぱり忘れることだ。

ホーリー　（離れた位置で）ジョアンナ！　どこにいるんだい？

ファーナム　（笑いながら）かわいい姪よ、おまえに恋い焦がれているボストンの雄猫が、おまえを捜して啼いているぞ。彼の悩みを解消してやりなさい。

ジョアンナ　気の利いたことを言っているつもりなのかしら、叔父さま？　ニッキイ、一緒に行きましょう——車両の他の場所も見せてあげるわ。

ニッキイ　死ぬほど見てみたいわ、ジョアンナ。（二人は出て行く）

マックス　終わりました、ファーナムさま。

ファーナム　さっさと出て行け、マックス！　出るときはドアをきちんと閉めるんだぞ！

マックス　かしこまりました、ファーナムさま。（彼は立ち去る）

ファーナム　（切羽詰まった声で）さて諸君、これで話ができるな！

エラリー　（落ち着いた声で）あなたの笑い声には、どこか上っ面だけの響きがあると思っていましたよ、ファーナムさん。

警視　姪御さんのために芝居をしていたのですな。そうでしょう？

ファーナム　（ひどく神経質に）そうだ。そうなんだ。認めたくないが——今回の件でおれは——神経質になっているんだ。五時五十九分に死ぬなんて！　きみたちに自分で連絡する勇気があればよかったんだがな。自尊心が邪魔をして……。あるいは、旅行を中止にすべきだったかもしれん。だが、意地になってしまってな。馬鹿げているだろう、ええ？

警視　あなたの命ですからな、ファーナムさん。背後に誰がいるのか、心当たりはありますか？

ファーナム　千人の中の誰かだろうな。おれは――ええと、商売に情けは禁物だと考えているんだよ。だから、おれとの取引のせいで暗礁に乗り上げた連中の誰かだろうな……

エラリー　（きびきびと）話はわかりました、ファーナムさん。考えられる限りの予防手段を講じていますので。

ファーナム　きみたちには心から感謝するよ。

警視　最後の最後まで、見落としがないようにしておかねばな。行こう、エラリー。（一同はファーナムの個室から出て行く。列車がゆれる音）

車掌　（離れた位置で）発車～！　さあ、出るぞ！

エラリー　彼は現代のバイキングですね――六フィートの長身、二百ポンドの体重、鉄のようなあご……青い眼に黄色い毛の巨人……。われらが百万長者の友人は、ひどくおびえているようですね、お父さん！

警視　良心の呵責だな。（むっつりと）エラリー、何かがわしに囁いておるぞ。この旅行は物見遊山にはなりそうにない、と！（列車は駅を出て行く）

第四場　同じく私用車両内で、走行中

（このシーンでは、最初から最後まで列車のガタゴトという音を流す）

ニッキイ　（神経質に）今、何時かしら、エラリー？

エラリー　（同じように神経質に）五時五十六分。あと三分だ！

ニッキイ　（ささやく）そんなにすぐ？　エラリー、馬鹿なことだってわかっているのだけど、わたし……いやな感じが……

エラリー　わかるよ。ぼくも同じ感じだからね。だけど――どうすれば悪いことが起きるというのだろう？　この車両は堅牢そのものだ。ぼくたちと一緒に中にいるのは、ファーナムと彼の姪、姪の婚約者、それに召使いにボディガードだけだ。父さんはファーナムの真後ろの席で、触れることができるほど近くに座っている。ヴェリーはこの車両の後尾の展望デッキで見張っている。他の車両に通じる前部のドアは、ぼくたちが見張っている。窓はどれもしっかり閉じられている。ニッキイ、ここに入り込むなんて、蛾だってできっこない！

ニッキイ　（疲れたように）たぶん、わたしがどうかしているのね。（ドアノブがガチャガチャ音を立てる）きゃっ！　誰なの？

エラリー　落ち着いて、ニッキイ。車掌だよ。（ドアを開ける）どうしました、車掌さん？

車掌　（離れた位置で）お客さま、まことに申し訳ありませんが、入れてもらえないでしょうか。

エラリー　（鋭く）何のために？

車掌　あなたのすぐ後ろにある操作パネルを使いたいのです。（ドアが閉まる）一分もかかりませんので。

ニッキイ　（ささやく）エラリー、この人はきっと、誰かが変装か何かをしているのよ！

エラリー　おいおい、ニッキイ……！　操作パネルだって？　何を操作するやつなのですか、車掌さん？

車掌　この車両の明かりをつけるスイッチを入れなければならないのです。

ニッキイ　明かりですって！　こんなに陽の光があふれているのに！　エラリー、これは罠よ

——（カチャリと音がして操作パネルが開く）

エラリー　どうして明かりが必要なのかな、車掌さん？

車掌　あと一分でスタッフォードのトンネルに入るので——

エラリー　トンネルだって！（緊張した声で）五時五十九分には、ぼくたちはト、ト、トンネルの中なのか？

車掌　さようです、お客さま。山の真下を三マイルも伸びているのです。（カチッという音。驚いて）おや。明かりがつかない！　非常灯をつけなければ。（カチッ）

ニッキイ　どっちもつかないわ！　エラリー——

エラリー　（早口で）誰かがこの車両の電気配線に細工をしたな——おそらく、列車が駅を出る前だ。列車を停めろ！

車掌　（間の抜けた声で）何のために？　一分以内に直せますから――
エラリー　（どなる）この間抜け！　非常用コードはどこだ？
ニッキイ　（叫びながら）もう遅いわ！　トンネルの中よ！　エラリー、どこにいるの？　真っ暗だわ！
エラリー　ここだ！　ぼくにしがみついて！　車掌、ランタンを持ってきてくれ、急いで！（彼とニッキイは私用車両に駆け込む）お父さん！　ファーナムさん！　床に伏せて！　頭を下げて！
ニッキイ　（あえぎながら）見えないわ。ここは車両の中央部のはずだけど……（狭い車両の中に拳銃のかなり大きな発射音が響く）銃火よ！（奥の方で混乱した音がする）拳銃を――誰かがたった今、車両の真ん中で拳銃を撃ったわ！
エラリー　（叫ぶ）銃火はこのあたりで光ったんだが――畜生、逃げられたか！（ジョアンナは暗闇の中で悲鳴を上げ続けている）
警視　悲鳴を止めたまえ！　ファーナムさん――どこにいる？
ホーリー　ジョアンナ！　怪我はないか？
マックス　誰が明かりを消したのですか？
ブロッコ　ボス！　あたしです、ブロッコです！　そっちは大丈夫ですか？
ヴェリー　（後部からやって来る）何があったんです？　明かりをつけてくださいよ！
ニッキイ　（金切り声で）ヴェリー部長さん！　誰かが銃を撃って――

警視　ファーナムさん。ファーナムさん！

エラリー　早くランタンを持って来てくれ、車掌！

車掌　（入って来る）ランタンです！　持って来ました！　何が――（うわずった声で）見てください！（一同、息を呑む。ニッキイはすすり泣く。ジョアンナは「キップ叔父さま！」と叫んでヒステリックに泣きじゃくる）

警視　（ショックを受けて）ファーナムが――死んだ。死んでおる！

ヴェリー　口を射抜かれて。

エラリー　五時五十九分に。（緊張した声で）きっかり五時五十九分に！

第五場　同じ私用車両内だが、待避線上に停車中。しばらく後

（車両は待避線に入っている。離れた位置で機関車の音。車両のデッキに何人かが固まっている）

警視　よろしい、わしらがこの事件を扱うことにしよう。いずれにせよ、実質的にはニューヨークの事件ですからな。

地元の警察署長　感謝しますよ、クイーン警視！（署長は立ち去る。他の警察官は「あなたが担当してくれて嬉しいですよ、警視！」などと言う）

警視　（むっつりと）おなじみの「巧妙なる責任転嫁」というやつか。（どなる）車掌！　この私用車両はいつまで待避線にいればいいのだ？

車掌　今、機関車に連結しているところです、警視さん！
警視　よし、車内に戻るとするか、せがれ。
エラリー　驚くべき犯罪ですね。（二人は車両の中に入る）驚くべき犯罪だ！
警視　いかれた犯罪に過ぎん！　この車両の中央部で拳銃を見つけた。銃火が見えたあたりだ
——殺人者はその場で銃を捨て、暗闇の中でどこかに座ったのだ。
エラリー　銃の持ち主は特定できそうですか、お父さん？
警視　難しいな。どこかの質屋で買った中古品だろう。
エラリー　（考え込みながら）鮮やかな計画でしたね。ゆがんだ犯罪者の頭脳が入念に練り上げたのでしょう。（二人が中に入ると、ニッキイとホーリー、それに泣いているジョアンナが目に入る）
大丈夫か、ニッキイ。（やさしく）ファーナムさん……
ニッキイ　彼女、今は少し落ち着いたわ、エラリー。ジョアンナ、頭をわたしの肩に乗せたままでいいわよ。遠慮しないでね。
ジョアンナ　（泣きながら）キップ叔父が——あんなに元気だったのに——今では……今では……
警視　あと数分で、ニューヨークに戻るために出発しますよ、ファーナムのお嬢さん。（車両が別の列車に連結された衝撃で揺さぶられる）
ヴェリー　（離れた位置で——厳めしい声で）来い、二人とも。入るんだ！
マックス　（離れた位置で——落ち着いた声で）その手で私に触れないでもらえますか。
ブロッコ　（離れた位置で）真相はわかりきっているぜ、部長。マックスがやったんだ！

警視　（ぴしりと）何の騒ぎだ、ヴェリー？
ヴェリー　（姿を現す）警視、あたしも少しばかり調べてみたんですよ。さあブロッコ、警視に話すんだ。
ブロッコ　あたしはずっと前からこいつに目をつけていたんです、警視。こいつは召使いなんかじゃない！　偽者なんだ。
警視　（鋭く）偽者だと！
ヴェリー　ブロッコは、マックスの経歴を調べたと言っています。数年前に仕事上の取引でファーナムに破産に追い込まれたオーストリアの大立者がいましてね。ファーナムに仕えている、この腰が低そうに見える青年は、そいつの実の息子らしいですな。
ブロッコ　そうさ。しかも、マックスの親父は――拳銃自殺をしたんだ！
エラリー　（おだやかに）本当かい、マックス？
警視　（同じようにおだやかに）ファーナムはきみの正体を知らなかったんだな、そうだろう？　ふむ、偽の推薦状というわけかな？
マックス　あなた方の目はごまかせないでしょうね。その通りです。
ヴェリー　今の言葉は、認めたわけかな？　ファーナムがおまえの親父を破滅させて自殺に追い込んだので、恨みを晴らすために彼を殺したことを。
ブロッコ　そうさ。それにこのマックスは――オーストリアの軍で大尉だったんだぜ！　射撃でいくつもメダルをもらっているんだ！

警視　今の話に付け加えることはあるかな、マックス？

マックス　（冷ややかに）実を言うと、あのけだもの野郎のファーナムを撃ち殺したい気持ちは、ありすぎるくらいありました。あいつがいなくなれば、世の中はずっと良くなるでしょうからね。（ジョアンナが嚙みつく）この連中が話せと言うから話しているのです、ファーナム嬢。あなたに対しては、ふくむものはありませんよ。

エラリー　では、きみはファーナム氏を撃ったことを認めるのか？

マックス　残念ですが、クイーンさん。あなたの期待には応えられません。でも、同じくらい強い動機を持った連中が、他にもいますよ。例えば、ファーナム嬢の婚約者です！

ホーリー　よりによって――（怒り狂う）こいつは自分の身を守るために、他人に容疑をかけまくっているんだ！

マックス　（小馬鹿にしたように）ホーリーさん、あなたの場合は、わざわざ容疑をかける必要すらない。財産目当てだとわかりきっていますからね。ファーナムが死んだ今、姪がファーナムの桁外れの財産を相続することになる。あなたがファーナム嬢と結婚すれば――

ホーリー　ぼくはここに座って、こいつのたわごとを聞かなくちゃならないのか？

ジョアンナ　（うんざりしたように）ディック。お願いよ。そんなのどうでもいいじゃないの。

ニッキイ　（小声で）みんなに話をさせてあげなさいよ、ホーリーさん。邪魔をしないで。

警視　（おだやかに）それで、ファーナムを殺したい者は、他には誰がいるのかな、マックス？

マックス　（悪意に満ちた声で）ここにいる紳士――ボディガードのブロッコです！

ブロッコ　あたしだと！（うなり声を上げる）取り消せ、マックス。取り消すんだ！

マックス　あなたは私を探っていましたね、ブロッコ。私もあなたを探っていたのですよ。あなたはファーナムの一番の商売敵に、暗殺者として雇われていました。私はある晩、あなたの後を尾けました。すると、あなたがその男と会うのを目撃したのです。否定できますか！

ブロッコ（神経質に）ああ……わかったよ。あたしはそいつに会った。今言った申し出をしてきたよ。あたしは言ってやったんだ。「くだらん！　そんなことを誰がするか」って。それだけだ。（低い声で）マックス、この件については、いずれ礼をするからな！

マックス（愉快そうに）卑劣漢らしいセリフですね。

エラリー　お父さん。ちょっと。（間。警視が低い声で「何だ、せがれ？」）ぼくたちは間違った道を進んでいますよ！

警視　わしらは、あいつらの動機を特定できたじゃないか、エラリー。

エラリー　ええ。でも、この事件では、動機は重要な要素ではありません。ぼくが知りたいのは、この犯罪がなぜ行われたかではなく、どうやって行われたか、なのです。

警視（いぶかしげに）「どうやって」だと？（列車が動き出す）

ニッキイ　動き出したわ。

ヴェリー　ニューヨークに戻るのですな。楽しい狩猟でしたなあ！

エラリー　そうです、「この犯罪はどうやってなされたか」ですよ、お父さん。そして、ぼくたちが帰りにスタッフォードのトンネルに着いたとき、なぜこの犯罪が、ぼくの経験した中でもっとも困惑すべきものだったのかを説明しましょう！

第六場　同じ私用車両内で、スタッフォードのトンネルに入るところ

（列車は速度を上げて走っている。一同は車両の中にいて、困惑した顔を見せている）

ヴェリー　もうすぐトンネルですぜ、クイーンさん。

エラリー　では、始めるとしましょう。どうか、今いる席から動かないでください。間もなく、ぼくたちは、さっきと反対側からトンネルに入ります。そのまま静かにしていてください。

（列車がトンネルに入るときの轟音が響く）展望デッキに出るドアを閉めてくれ、部長！

ヴェリー　（大声で）よっしゃ！（彼は車両のドアを閉める）

エラリー　ぼくたちは今、完全な闇の中にいます。ファーナム氏が撃たれたときとまったく同じです。どなたか、何か見える人はいますか？（一同「見えない」）この暗闇の中で、殺人者はファーナム氏が座っていた場所から二十フィートも離れたところにいました。にもかかわらず、拳銃を抜き、いいですか、相変わらずの暗闇の中で、ファーナムの体を狙って銃を発射し、たった一発で、正確に致命傷を負わせたのです。（静かに）お尋ねしましょう。殺人者はどうやって標的を見つけたのでしょうか？

ニッキイ　でもエラリー、この人たちはみんな、射撃の名手じゃないの。

エラリー　世界一の射撃の名手でも、ニッキイ、撃つときは明かりがなければならないのだよ。

――それなのに、この狙撃手は、真っ暗闇の中で、標的を見つけ出すことができたのです！　では、どうしてそれを成し遂げることができたのか、考えてみましょう。殺人者は、ファーナムの体を何らかの光で照らしたのでしょうか？

警視　わしらが犯人の方向で見た明かりは、銃弾が発射されたときの銃火だけだったぞ。

エラリー　そして、銃火は普通、狙いをつけて銃を撃った後に見えるものです。となると、犯人は音で狙いをつけたのでしょうか？

ニッキイ　どうしたらそんなことができるというの、エラリー？　どんな音だって、列車の轟音でかき消されてしまうはずよ！

警視　付け加えるならば、わしはファーナムの真後ろに座っていたが、どんな音もしなかったことを証言できる。

エラリー　ふーむ。ファーナムはマッチを擦ったか、ライターを点けたか……

警視　そんなことはしなかった。

マックス　ファーナム氏は煙草は吸いませんよ、クイーンさん。

ヴェリー　だいたい、あたしらがファーナムの死体を調べたとき、マッチもライターも懐中電灯も持っていませんでしたぜ！

エラリー　（つぶやく）驚くべきことだ！　ぼくたちは、殺人者が射撃に必要な明かりを身につけていなかったことを知っています。それに、ぼくたちは、ファーナムが射撃に必要な明かりを殺人者に提供していなかったことを知っています。だとしたら、暗闇の中でどうやって、殺人者は標的を狙って一発で仕留めたのでしょうか？　そこが問題なのです。ぼくたちはそれを解かねばなりません！（間奏曲をはさんでから……列車がトンネルを出る音）

ニッキイ　トンネルを出たわ。

ヴェリー　ほっとしましたな。やみくもに撃った中の一発が、あたしの背中に当たるんじゃないかと思っていたんでね！

エラリー　やみくもに撃って……待ってくれ！　あり得るかな――（彼は笑い出す）

警視　どうした、せがれ？

エラリー　ぼくはあの弾丸のように闇の中だった！　もちろんそうだ！　可能にする方法が一つだけある……。ならば、殺人者はその方法を使ったに違いない！

ニッキイ　ということは、どうやったかわかったのね、エラリー？

エラリー　「どうやったか」だけではないよ、ニッキイ――「誰がやったか」もだ！

聴取者への挑戦

ここでエラリー・クイーンは、キップ・ファーナム殺しの犯人と、殺人がいかにして成されたのかを、まごうかたなく突きとめたと宣言しました。みなさんはどうですか？　みなさんがここで読むのを中断して、エラリーが解決する前に、自力でこの二重の謎を解こうとしたならば、さらなる楽しみを得ることができるでしょう。もしみなさんが、このゲームでフエアに競おうとするならば、犯罪者と殺害方法を指摘するだけでは足りません。正解を導く推理も考え出さなければならないのです……。では、先に進んで、エラリー・クイーン自身の「暗闇の弾丸の冒険」の解決を読んでみましょう。

解決篇

第七場　同じ私用車両内で、ニューヨークへの帰路

エラリー　殺人者を名指しする前に、どうやってぼくがそれを知ることができたのかを説明させてください。ぼくたちは、殺人者自身が射撃のときに明かりを使わなかったことはわかっています。ですが、犯人には明かりがなければなりませんでした。ゆえに、明かりは存在しなければならず、それは標的であるファーナムから発せられたものしかあり得ないのです！

ニッキイ　でもエラリー、ファーナムさんはマッチは擦らなかったし、ライターも懐中電灯も使わなかった——それは間違いないはずよ——

エラリー　きみは正しいよ。ファーナムは意識して自ら光を発してはいませんでした。ならば彼は、意識せずに自ら光を発したに違いありません。彼は自分の正面に光を放っていましたが、自分では気づいていなかったのです！

警視　だがせがれよ、どうすればそんなことが可能になるのだ？

エラリー　もし殺人者が、事前にファーナムの体に光源をつけたならば、可能になります……トンネルに入る前、犯行前にです。それが可能な光源とは何でしょうか？　そう、それは、明るいところでは注意を引かず――見えないものです。――そして、それでいて、暗いところでは見えるものです！

ヴェリー　（頭をひねって）暗闇の中でだけ光るものですか？

ニッキイ　わたし、知っているわ！　燐よ！

エラリー　そう、燐です！――殺人者は少量の燐をファーナムの体に塗っておきました。そして、この熱を発しない光が、暗闇の中で、標的の位置を犯人に教えたのです！　では、殺人者は、ファーナムの体のどこに燐を塗ったのでしょうか？　明らかにそれは、その後で彼が撃たれた箇所の近くでなければなりません。さて、その箇所とはどこだったでしょうか？

警視　ファーナムの口だ！　彼はそこを撃たれたのだからな！

エラリー　そうです。では、一般に使われる発光性の燐の色は何色でしょうか？

ヴェリー　黄色っぽい色じゃなかったですかね？

エラリー　黄色っぽい色。さて、ファーナムの口のすぐ近くにあって、黄色っぽい色をしているものは何でしょうか？――黄色い燐がついていても、トンネルに入る前の明るいところでは注意を引かないものは何でしょうか？

ニッキイ　ファーナムさんの口ひげよ！　あの人の金髪の口ひげだわ！

エラリー　その通り。ぼくたちは彼が口ひげを生やしているのを知っています。その色が何かについては、ぼく自身がこう言いましたね。彼が「黄色い毛の巨人」だと。

警視　つまり、何者かがファーナムの口ひげに燐を塗りつけたが、わしらは暗闇でそれが光るのには気づかなかった。なぜならば、ファーナムを見つけた犯人は、間髪容れず銃を撃ったために、当然のこととして、わしら全員が、ファーナムではなく銃火の方向に目を向けてしまったからだ。

ニッキイ　でも、誰がファーナムさんの口ひげに燐を塗ることができたというの？　もし誰かが自分の口ひげのあたりに妙なことをしようとしたら、あの人は必ず気づくはずよ、エラリー！

エラリー　そう。ファーナムは、自分の口ひげに触ったのが誰であれ、疑いを抱いたに違いありません――世界にただ一人の人物を除いて。その人物だけは、堂々とやってのけることができたのです。そしてファーナムは、何かおかしなことが起きているとは、つゆほども疑いも抱きませんでした。実を言うと、燐は、ぼくたちの目の前で塗られたのです！　誰がこのような奇跡的な仕事をやってのけることができたのでしょうか？（間を置く）どうです。みなさんにはわかりませんか？　散髪屋ですよ。口ひげを刈り込み、ワックスを塗った散髪屋です！　では、誰がファーナムの散髪をしたのでしょうか？

ニッキイ　マックスよ！　召使いのマックスだわ。

エラリー　そうだ、マックスだ。――彼はファーナムの黄色い口ひげの手入れのときに、口ひげ用のワックスの代わりに、特別あつらえの黄色い燐を使ったのです。これによって、ファーナム自身が、自らの死を招く明かりを身につけたわけです。復讐という犯罪を実行するために、マックスが必要だった明かりを！
（音楽、高まる）

一本足の男の冒険

The Adventure of the One-Legged Man

登場人物

探偵の	エラリー・クイーン
その秘書の	ニッキイ・ポーター
エラリーの父親で市警本部の	クイーン警視
クイーン警視の部下の	ヴェリー部長刑事
卓越した兵器発明家の	ウィリアム・ホルスター
ホルスター工場で秘書を務める	ミス・マラー
ホルスター工場で工場長を務める	ラプトン
ホルスター工場で人事部長を務める	バーナード
政府の重要人物だが名を伏せた	ワシントンの高官

さらに　工場で働く人々、電話交換手、他

放送　一九四三年二月二十五日
場面　ニューヨークのクイーン家のアパートメント――「ロングアイランドのどこかにある」ホルスター兵器工場――ロングアイランドにある簡易ホテルの一室

第一場　クイーン家のアパートメント

（電話が鳴る――短く二回。ニッキイ・ポーターが受話器をとる）
ニッキイ　もしもし……あら、はい……。エラリー、ワシントンからよ。
エラリー　ワシントンだって、ニッキイ？（ニッキイ「どうぞ」）もしもし？（興奮気味に）ええ、つないでください……。ニッキイ！　誰からの電話だと思う？（ニッキイは興味なさげに「誰なの？」）政府の超大物さ！　ひと月前にぼくたちをワシントンに呼び寄せたのと同じ人だ――
ニッキイ　（興奮して）戦艦が魚雷で撃沈された事件のことね！
ワシントンの高官　（特徴ある声の持ち主）クイーン君かね？
エラリー　はい、閣下！（かしこまった話し方を最後まで続ける）
高官　前回、わしはきみに言っておいたな、クイーン君。いずれまた、きみに政府の特別捜査官を務めてもらわねばならんだろう、と。残念なことに、わしの予想よりも、ずっとそれが早まってしまったのだ。
エラリー　ぼくにとっては、早すぎるということはありません、閣下。どのような事件なのでしようか？

高官　ウィリアム・ホルスターを知っておるか？

エラリー　著名な発明家の？　直接会ったことはありません、閣下。ですが、もちろん、他のアメリカ国民と同じく、名前は聞いたことがあります。

高官　うむ。そのビル・ホルスターが、何やら異常な事態に巻き込まれたらしい。ホルスターの工場がロングアイランドにあるので、きみのことを思い出したわけだ。

エラリー　ホルスターはどんなごたごたに巻き込まれたのですか、閣下？

高官　わからん。数分前、わしに助けを求める電話をかけてきたのだが――興奮した声だったな――電話ごしの相談はしたくないと言っておってな。すぐ工場に行って、問題の原因を突きとめてくれたまえ。

エラリー　かしこまりました、閣下。ぼくが引っかからずに工場に出入りできるようにしてもらえますか？

高官　きみたち一行がどこでも行動できる入場許可証を電話で手配しておこう。どんな問題が起きているのかはわからんが、クイーン君、解決してもらわねばならん。ホルスターも彼の工場も、戦争の遂行にとって、計り知れないほど重要なのだ。それがどんな問題であれ、どちらに関する問題であれ、まずいことを起こすわけにはいかんのだ。

エラリー　全力を尽くします、閣下。報告はあなたに対して行えばよろしいですね？

高官　いつものようにな。幸運を祈る。

エラリー　ありがとうございました、閣下。それでは！（電話を切る）

ニッキイ　それで？

エラリー　親父に電話をしてくれ、ニッキイ。アメリカ政府（アンクルサム）のために、またひと働きすることになったよ！

第二場　ホルスター兵器工場内の社長室

（クイーン一行は工場の事務員に先導され、巨大な建物の中を歩いている。周囲には操業中の工場の騒音があふれている）

事務員　社長室はその向こうにあります。ホルスター社長の秘書がいますから。

エラリー　ありがとう。（事務員は一同の前から立ち去る）

ヴェリー部長　ふむ、ここが兵器工場の内部というわけですな？

クイーン警視　その通りだ、ヴェリー。あの大砲が見えるか？　すばらしいじゃないか！

ニッキイ　警視さんは、ここにいると誇らしさを感じるみたいね。（一同はドアの前で足を停める）

「ホルスター社長の」――

ヴェリー　「工場内オフィス」か。（エラリーがドアを開け、一同は中に入る）

ミス・マラー　はい、何かご用ですか？（彼女は典型的な秘書だが、今は不安で途方に暮れているように見える）

エラリー　マラーさんですね？　ホルスター社長に会いたいのですが。
ミス・マラー　（ちょっと困ったように）ホルスター社長はここにはいません。
警視　それなら、どこに行けば会えますかな、マラーさん？
ミス・マラー　本当にわからないのです。工場長のラプトンさんも人事部長のバーナードさんも社長を捜していますが、工場のどこにいるか、あたしにも見当がつかないのです。
ヴェリー　（小声で）本当かな。
ニッキイ　（小声で）でも部長さん、ホルスターさんはワシントンに電話しているのだから……
エラリー　ホルスター社長の自宅には連絡しましたか、マラーさん？
ミス・マラー　社長は家にはいません。本当なら、個人用オフィスにいるはずなのですが――
警視　ここが個人用オフィスではないのかな？
ミス・マラー　違います、警視さん。ここは工場内オフィスです。社長の個人用オフィスは一部屋だけの建物で、工場とは同じ敷地内ですが、隔離されたところにあります――周りを全部、高い石塀に囲まれて。ホルスター社長はたった一人で、もう一週間以上もそこで仕事を続けていますわ。設計図を手描きで正副二組作るためだそうです。
ヴェリー　だったら、やっこさんはそこにいるのでしょう。どこがおかしいのですかい？
ミス・マラー　でも、社長に電話しても出てくれないのです。
警視　何かまずいことが起こったように聞こえるな、せがれよ。（エラリーは困惑しているように見える）

ニッキイ　もう一回、電話してみたらどうかしら、マラーさん?
ミス・マラー　交換台の女の子にとっくに頼んでいますわ。……ちょっと待ってください。(マラーは自席の電話をとる)ロッティ。ホルスター社長の個人用オフィスとは、まだ連絡がつかないの?……ええ、もう一度かけてみてちょうだい。このまま待っているわ。
エラリー　ぼくたちが直接会いに行きますよ、マラーさん――
ミス・マラー　(すばやく)あら、あそこに入る許可は誰にも与えられていないわ。バーナード部長やラプトン工場長でも駄目なのですから。いずれにせよ、あなた方が入るなんて不可能です。
ヴェリー　どうしてですかい?
ミス・マラー　石塀の出入り口は鋼鉄のドアが一つしかなくて、しかも、ダイヤル錠と特注の鍵で二重にロックされています。ダイヤルの組み合わせを知っているのも、鍵を持っているのも、ホルスター社長以外にいません。石塀に囲まれた一部屋だけの建物のドアを開ける鍵も、石塀のドアと同じものです。――どうしたの、ロッティ? もう、あたしだってわからないわよ!(マラーは電話を切る)今もホルスター社長のオフィスに電話したのですが、返事はありませんでした!
ヴェリー　石塀のドアを通る必要はありませんな。石塀を乗り越えれば――
ミス・マラー　そんなことをしたら、あなたは感電死するでしょうね。石塀のてっぺんにはスパイクが打ってある上に、鉄条網には電流が流れていますから――

エラリー　マラーさん、あなたはぼくの身元を知っているのですか？　ここにいる他の三人も知っているのですか？

ミス・マラー　知りませんが、それがどうしたと……

エラリー　ホルスター社長と秘密のオフィスについて、あなたは何のためらいもなく、ぼくたち全員に喋ってしまいましたね。

ミス・マラー　（むっとして）だって、あなたが社長のことを訊いたのではありませんか。それで――

エラリー　その情報を教えてもかまわないほどぼくたちが信用できるということが、どうしてわかったのですか？

ミス・マラー　（自信なさそうに）だって、あなた方はこの工場に入れたし、もし信用できない人であれば、中に入れるはずが……

エラリー　ぼくたちがどうやってこの工場に入ったのか、あなたは知らないはずです。

警視　わしらは偽造した身分証明書を持っていたのかも知れんぞ。

エラリー　実のところ、枢軸国のスパイがいかなる手段を使っても手に入れたいと思っている情報を、あなたはぼくたちにいくつも伝えてしまったのです！

ミス・マラー　（おどおどして）あたしは重要なことは何も言っていません。ただの秘書なのですよ。工場の誰でも知っていることしか――

ヴェリー　重要な情報かどうかを判断するのは、あんたの仕事ではないですな。

ニッキイ　（やさしく）あなたは戦争のための工場で働いているのよ、マラーさん。
エラリー　どこに行けば工場長に会えますか？
ミス・マラー　（泣かんばかりに）ラプトンさんは、いつも、メインの組み立て現場の自席にいます——
エラリー　（きびしい声で）マラーさん、あなたもぼくたちと一緒に、ラプトン工場長のところに行った方がいいですね！

第三場　メインの組み立て現場

（工場の騒音はさらに大きくなっている。周囲はどこも機械が稼働している音がする）
ラプトン　（眼光の鋭い重役タイプの男）だが、ビルが個人用オフィスにいないのならば、おれにもどこにいるかわからんのだよ、クイーン君。
エラリー　妙だな。……ラプトンさん、ホルスターの最近の様子はどうでした？
ラプトン　ふむ、Uボートの脅威をかなり心配していたな。ここ数箇月、それ以外の話題には関心がなかったようだ。Uボートがわが国の最大の問題だと言っていたな——
警視　きみはどれくらい前からホルスターの下で働いているのかな、ラプトンさん？
ラプトン　一九二〇年代の初めからだ。ビルとバーナード、それにおれは、先の大戦で戦友だったんだよ。第二工兵師団でね。

ニッキイ　あなたはそこで……？

ラプトン　左腕を肩口から失ったのか、かね？　その通りだ、ポーターさん。ビル・ホルスターは左足を失った——腕も足も同じ砲弾の穴に置き去りにしたよ。それに、バーナードはベローの森（仏北部。ここで一九一八年に米軍が独軍のパリ侵攻を防いだ）で右目を失った。

ヴェリー　古参兵の一人からもう一人へ——よう、戦友！

ラプトン　（くつくつ笑って）よう。さてと、さしつかえなければ失礼させてもらおう——「時は弾薬（たま）なり」と言うからね。おれは、ビルについてはそれほど心配していないよ——天才というやつはみんなそうだが、あいつも奇人だからな。マラー君！（ミス・マラーは神経がまいり始めている）ホルスター社長の居場所がわかったら、伝えてくれないか。東棟の片付けは終わって、指示された特注の機械装置の設置も終わった、と。

ミス・マラー　（ほっとしたように立ち去りながら）わかりました、ラプトン工場長……

エラリー　（きびしい声で）ラプトンさん、ぼくが枢軸国のスパイだと言ったら、どうしますか。

ラプトン　（ぽかんとして）はあ？

エラリー　ぼくが——ぼくたち四人全員が、敵国のスパイかもしれないのですよ。それなのに、あなたはたった今——ぼくたちが聞いているというのに——マラーさんに指示を出しましたね。機密にすべき製造関係の指示を！

ラプトン　（どなりだす）何だと。おれは——おれは機密を漏らしてなどいないぞ——

エラリー　あなたは無害に見える情報の小さな断片を漏らし——これに、マラーさんが何のためらいもなくぼくたちに教えた情報を加えるならば——ぼくの頭には、一つのちょっとしたすばらしい思いつきが浮かんでくるのです。ビル・ホルスターが自分のオフィスで秘密裏に行っている作業の目的が！

警視　（冷ややかに）ここでは〈うかつなおしゃべり（ルーズ・トーク）〉が蔓延しているようですな、ラプトンさん。

ラプトン　（神経質に笑いながら）あんた方は何一つつかめやせんよ。おれでさえ、何一つ知らないのだからな——マラー君だって間違いなく知らないさ！　それはともかく、こんなことがビル・ホルスターの居場所を突きとめる役に立つのかね？

エラリー　（けわしい声で）こんなことが、かなり役に立つのですよ、ラプトンさん。ぼくたちを案内してください——バーナード人事部長のところに！

第四場　人事部長のオフィス

バーナード　（白髪交じりの苦労人タイプの重役）だがラプトン、私自身もビルと連絡をとろうとしているのだがね。

ラプトン　おまえさんの方は、どんな用で捜しているんだ、バーナード？

バーナード　東棟で働かせる予定の臨時雇いの工員の件だ。身元確認が終わったのでね。ほら、ホルスターの依頼を受けて、〈コマンダー〉クーリーがノーフォークから送ってきた連中だよ。

ラプトン　ところでな、ここにいる方々は、ホルスターに何かまずいことが起きているのではないかと考えているらしいぞ。何とこの工場の中でだ、バーナード。

バーナード　まずいこと？　どんなまずいことなんだ？　ホルスターが何をやっているにせよ、秘密になっているのだがね。ラプトンや私ですら、彼が何をしているか知らないのだよ、クイーン君！

エラリー　今や、秘密ではなくなりましたよ、バーナード部長。

警視　あなた方が――その秘密が何かを誰も知らないにもかかわらず――手がかりをいくつも漏らしてくれたのでな。そいつを組み合わせれば、秘密が何かをわしらに教えてくれるというわけだ！

エラリー　そして、ぼくたちが情報の断片を組み合わせることができるならば、枢軸国のスパイも、ぼくたちより先に、同じことができたはずです。昨日か――ひょっとしたら、一週間前に。

ニッキイ　ホルスターさんがワシントンに助けを求めた理由がそれだったのね！　スパイが暗躍しているのに気づいて――

ヴェリー　サボタージュを疑っていたんですな。――あるいは、殺人を！

ニッキイ　拉致かもしれないわ！　エラリー、ホルスターさんは拉致されたのよ――それが姿を消した理由だわ！

バーナード　だが、そんな馬鹿げたことが……

ラプトン　バーナードの言う通りだ。ホルスターのオフィスときたら、まるで要塞だからな――

警視　マジノ線（一九二七年から三六年にかけて仏が対独防衛戦として構築した国境要塞線。一九四〇年に独軍に突破された）がどうなったか、あなたも覚えているでしょう、ラプトンさん。

エラリー　お父さん、捜査はホルスターの一部屋だけのオフィスから始めるべきです。もし彼の身に何かが起こったとすれば、場所はそこしか考えられません。

ヴェリー　だったら、手遅れになる前に急ぎましょうや、大先生（マエストロ）――

警視　（けわしい声で）まだ手遅れになっていなければの話だがな！

第五場　ホルスター工場の敷地内にある隔離された場所

（ホルスターの個人用オフィスは高い石塀に囲まれている。クイーン父子、ニッキイ、ヴェリー部長の四人は、エラリーが徴発（ちょうはつ）してきた梯子を使って、その石塀を乗り越えようとしているところ。石塀の上に張られた鉄条網の電流は、警視の指示で切られている。今は、ニッキイ以外は石塀を乗り越え終わっている）

エラリー　飛び降りるんだ、ニッキイ！（ニッキイは言われた通りにする）三人とも、ちょっと待ってくれるかな。ぼくたちがかき乱してしまう前に、昨夜降った雪をよく見ておこう。

警視　一部屋だけのコンクリートの建物が敷地の――石塀に囲まれた敷地の真ん中に建っていて――

ヴェリー　石塀にはこの鋼鉄のドア以外、隙間さえもなく――（そのドアを開けようとしてみる）

ニッキイ　そして、この鋼鉄のドアには鍵がかかっている。

エラリー　そう、錠がいじられた痕跡はない。だったら、この石塀の内側に残された往復の足跡は、どうやってつけられたのかな？

ヴェリー　右足だけの足跡が、塀のこの位置から始まって、ホルスターのオフィスの方に伸びていますな。

ニッキイ　ホルスターさんは先の大戦で左足を失ったって、ラプトンさんが教えてくれなかったかしら？　この雪の上の一本足の足跡は、ホルスターさんが自分でつけたものに違いないわ。

ヴェリー　やあ、そうでしたな。きっと、あの男は義足をつけていないのですよ、大先生。

エラリー　ということは、彼はいつも松葉杖を使っていることになるだろう、部長？　松葉杖の跡はどこにあるのかな？　どこにもないじゃないか！

警視　こいつは奇妙だな。右足の跡だけが――ほとんど一直線に並んでいて――一人の人間だけが跡をつけたみたいだ……杖のたぐいを使わずに、片足だけで。エラリー、こんな足跡はあり得んぞ！

ニッキイ　（不思議そうに）片足の人が、体を支えるための何らかの道具なしで歩けるわけがないわ――バランスを崩してしまうじゃないの。

ヴェリー　片足跳びだったら……

警視　だが、こいつは片足跳びの足跡ではないぞ、ヴェリー！　歩幅も一定で――深さも普通で――歩いてつけた足跡にしか見えんな。

エラリー　確かにあり得ない足跡ですね、お父さん。ホルスターにはこの足跡はつけられません。

これはスパイがつけた足跡です。
警視　片方だけの足跡が、石塀のここからホルスターのオフィスの窓まで伸びていて——それから向きを変えて、ぐるっと弧を描くように戻って来ている……石塀の同じ場所に。わけがわからんな——
ヴェリー　その誰かさんは、ホルスターのオフィスのドアには向かっていませんな。近づいたのは、あの窓だけだ。
エラリー　あの窓を見てみよう。（一同は雪の中を走る）
ニッキイ　たぶん、スパイはあの窓から中に入ったのよ、エラリー——
エラリー　（皮肉っぽく）鉄格子をすり抜けてかい、ニッキイ?
警視　だが、窓の方は少し開いておるぞ、エラリー！（一同は窓の前で足を停める）敵国スパイは鉄格子の隙間を通して、この開いた窓から室内に銃身を差し込んで——
ニッキイ　そして……ホルスターさんを撃つ。（悲鳴を上げる）あそこを——見て！　部屋の隅に簡易寝台があって——片足が見えるわ！　ぴくりともしていない！
ヴェリー　足が一本しかない。寝台にいるのはホルスターですな、警視。あたしの考えでは、やっこさんは——
警視　ドアを試してみろ、ヴェリー。（一同はドアに向かって走る）どうやら、やつらはついにホルスターを——
ヴェリー　（ドアを揺さぶりながら）鍵がかかっていますぜ、警視。

警視　ドアを壊して入ろう。
エラリー　一人では荷が重そうだな、部長。力を合わせよう。一、二の……（二人はドアに体当たりをする）
ヴェリー　うお、びくともしませんな。大先生(マエストロ)、もう一度。一、――
エラリー　待った！（二人の耳に飛び込んできたのは、内側から鍵が開けられる音）鍵が……中から……
ニッキイ　（つぶやくように）ドアが開いて……スパイが……
警視　気をつけろ、ヴェリー。おまえの銃を――（ドアがばたんと開く）
ホルスター　（頭は切れそうだがやつれた男が――部屋の中から出て来る）動くな！
ニッキイ　（呆然として）片足の男の人だわ……片手に松葉杖を……
警視　（力が抜けたように）そして、もう一方の手には四五口径を持っている。やあ、ホルスター社長。
ヴェリー　この人は寝ていただけだったんですな。ふ～う！
エラリー　（きびきびと）間に合ってよかったです、ホルスター社長。拳銃をしまってもらえますか。それから――
ホルスター　わしは「動くな」と言ったのだ。その足をちょっとでも室内に踏み入れようとしたやつから撃ってやるぞ。さてと――おまえたち！　どうやってこの敷地に入ったのだ？
エラリー　エラリー・クイーンといいます、ホルスター社長。電流を切ってもらってから、石塀を乗り越えてきました。ぼくは国の特別捜査官で――

警視　わしはクイーン警視。こちらはミス・ポーター――

ヴェリー　（愛想よく）最後に控えしはヴェリー部長刑事です、ホルスター社長。まずは、あたしたちを中に入れてくれれば――

ホルスター　動くなと言ったはずだ。そこのおまえ、エラリー・クイーンと言ったな。身分証明書を見せてみろ。ごまかしは許さんぞ。片足は失っても、引き金を引く指は何ともないのだからな。

エラリー　あなたの態度は非の打ち所なく正しいですよ、ホルスター社長。これが証明書です。

ヴェリー　お見それしました！　他の連中ときたら、あたしらをチェックもせずにペラペラ喋ってしまったというのに。

ホルスター　（笑みを浮かべて）よかろう！　書類をお返しするよ、クイーン君。入りたまえ。（一同、オフィスに入る）だが、「ペラペラ喋ってしまった」とは、何のことかね？　誰がペラペラ喋ったのかな？

警視　ラプトンとバーナード。

ニッキイ　それに、あなたの秘書のマラーさんも。みなさんそろって、あなたの仕事について話してくれましたわ、ホルスター社長――

ホルスター　あいつらには、そんなことはできんさ。そもそも、わしが何をやっているか知らんのだからな。

エラリー　ホルスター社長、さしつかえなければ、あなたがやっている仕事のことを、ぼくがあなたに教えてあげましょうか？

ホルスター　（むっつりと）もしきみがそんなことをできたならば、面白い手品だと言わせてもらうよ、クイーン。

エラリー　ぼく以外の誰かさんは、すでにそれをやってのけましたよ。ではニッキイ、マラーさんの〈うかつなおしゃべり（ルーズ・トーク）〉は何だったかな？

ニッキイ　マラーさんが言ったのは、ホルスター社長がこのオフィスで、もう一週間以上も昼夜を分かたず一人で働いていること。それと、手描きで正副二組の設計図を作成していることだったわ。

エラリー　ホルスター社長、有名な兵器の発明家にして軍需工場のトップが、なぜ一週間以上も、高圧電流に守られた砦の中に閉じこもっているのでしょうか？　なぜ、設計図の複写までも、自分で手描きしなければならなかったのでしょうか？——なぜ助手に任せなかったのでしょうか？　なぜならば、あなたは戦局を一変させるほど重要な新兵器を、秘密裏に設計しなければならなかったからです。

ホルスター　（しぶい顔で）続けたまえ。

エラリー　それはどんな新兵器なのでしょうか？　一方では、ラプトンが、最近のあなたはかなり「心配していた」と言っていました——ここ数箇月、Uボートの脅威以外の話題には関心がなかったようだ、と。

警視　バーナードの方は、こう言っておったな。あなたの依頼を受けて、〈コマンダー〉クーリーが、ノーフォークから臨時雇いの工員を送ってきた、と。「コマンダー」とは海軍中佐、つまり海軍の士官だし、ノーフォークには海軍の基地がある！

エラリー　海軍の士官？　Uボートの脅威？　そうなると、ホルスター社長、あなたが設計しているのは、枢軸国の潜水艦に対して合衆国海軍が用いる新型の防衛兵器ということになるわけです。部長、ラプトンは他に何を喋ったかな？

ヴェリー　やっこさんが言ったのは、「東棟の片付けを終えて、『特注の機械装置』の設置も終わった」でしたな――

ニッキイ　それにバーナードさんは、「東棟で働かせる予定の臨時雇いの工員の身元確認が終わったばかりだ」とも言ったわ。

エラリー　さて、敵国はこれで何を知ったと思いますか、ホルスター社長？　あなたがUボートに対抗できる重要な防衛兵器の設計をしていること――その設計はあなたが一人だけで秘密裏に進めていること――すでに設計や模型の試作段階は終わっていること――そして、製造を始める準備が整ったことです！　敵国が行動を起こすには、これで充分ではありませんか？

ホルスター　（ゆっくりと）雪の上にあったあの足跡……あの足跡が、すでにスパイの侵入を許してしまった証拠というわけか。（口調を変えて）わしが思っていたより状況は悪化しておるようだな。クイーン君、わしらは作戦会議を開いた方がよさそうだ――今すぐに！

第六場　ホルスターの個人用オフィス

警視　あなたは電話でワシントンに助けを求めましたな、ホルスター社長。この敷地内で例の足跡を見つけたからでしょう？

ホルスター　そうだ、警視。わしは雪が降り出す前にこの建物に入ったので、足跡が自分のものではないことが、すぐわかったのだ。不思議でならなかったな。誰であろうが、感電死せずに石塀を乗り越えることはできない。かといって、二重の特殊な錠でロックされた石塀のドアを通り抜けることもできん。一方はダイヤル錠で、組み合わせ文字を知っているのはわしだけなのだ。もう一方の錠の鍵はたった一本で、そいつはわしが鎖で首から下げておるしな。

ヴェリー　それであんたは、スパイが暗躍しているのじゃないかと不安になって――ワシントンに電話したわけですな。でしょう、ホルスター社長？

ホルスター　その通りだ、部長。だが電話の後、寝台で眠ってしまったのだ――一週間以上ぶっ通しで働いて、へとへとだったものでな。

ニッキイ　でも、わたしにはわからないわ、エラリー。敵国スパイは、どうして片足の男が雪の上を歩いたように見せかけたのかしら？

エラリー　警備員が石塀の向こうから敷地の中を見たときに、足跡はホルスター社長がつけたものだと思わせるためさ、ニッキイ。

ホルスター　クイーン君、スパイがわしの工場でサボタージュをしでかす前に、引っ捕らえなければならんぞ！

エラリー　ぼくたちは、そのためにここにいるのですよ。

警視　工場だけでなく、あなた自身も危険ですぞ、ホルスター社長。工場は建て直すことができる――が、あなたの頭脳はそうはいきませんからな。

ホルスター　自分の身は自分で守れるさ。見たまえ。正副二組の設計図のうち、一方は描き終えて――机の上の青い封筒に入っておる。もう一組の方も、間もなく終わり――そうしたら、一組はワシントンに送ることになっておるのだ。だから、きみたちがスパイ狩りをやっている間に、わしはこいつをさっさと仕上げた方が良いだろうな。

エラリー　終わったら、すぐぼくたちに連絡してください、ホルスター社長。ぼくたちが工場でつかまらない場合は、ここから数マイル離れた町にある〈アイランド・ホテル〉で連絡がとれると思います。「ヒラリー・キング」の名前で宿泊していますから……

ホルスター　待ってくれ、書き留めておこう。……わしの金色のシャープペンシルはどこかな？　ベストのポケットに入れておいたはずだが……。ポーターさん、机の上にある製図用の鉛筆を取ってくれないか？

ニッキイ　お安いご用ですわ、ホルスターさん。はい、どうぞ――

エラリー　ちょっと待ってください！　どうしてあなたのシャープペンシルが見つからないのですか、ホルスター社長？

ホルスター　どこかに置き忘れたのに違いないな。すまんな、ポーターさん。（メモ帳に書きつける）「ヒラリー・キング――〈アイランド・ホテル〉――」

警視　何を考え込んでいるんだ、せがれ？

エラリー　お父さん、こういった事件の場合、いつもと違ったことがあれば、何であれ、疑ってかかるべきなのです。ぼくたちはシャープペンシルを捜した方がいいでしょうね。ヴェリー――お父さん――（他の者はうなずいて、全員で捜し始める）あなたも捜してください、ホルスター社長。

ホルスター　よかろう。金色のシャープペンシルで、わしの頭文字が入っておる。……寝台に落としたのではないかな……違った。それとも寝台の下の床か――

ニッキイ　ここにあったわ！（一同、顔を上げる）金色のシャープペンシルで、Ｗ・Ｈの頭文字が入っています――机の下で見つけたわ。

ホルスター　すまんな、ポーターさん。今度はちゃんとベストのポケットに入れておくとしよう。

エラリー　今回はぼくが神経質になりすぎましたね。何もなくてよかったですよ、ホルスター社長。さてと、引きあげましょうか、お三方。（ホルスターは「外まで送ろう」と言って、ドアを開ける）仕事が終わり次第、ぼくたちに電話してください。（ホルスターはうなずいてからエラリーたちを外に出す。一同は梯子に向かって雪の中を歩き出す）

警視　（にらみつけて）おまえが神経質になりすぎるだと！　戦艦以上に神経とは縁遠いくせにな、エラリー。おまえがホルスターの金のシャープペンシルで空騒ぎをした目的は何だ？

エラリー　（くすくす笑って）さすがはベテラン捜査官ですね。その目から逃れることはできない、ですか？　そうです、お父さん。目的はシャープペンシルではありませんでした。ぼくはしばらくの間、みんなの注意をそらしたかっただけなのです。

ニッキイ　その間に、わたしたちの後ろで、何かをやったわけね！

ヴェリー　どんなことをしでかしたんですかい、大先生（マエストロ）？

エラリー　犯罪をしでかしたんだよ、部長。

警視　おまえが犯罪をしでかしただと？　どんな犯罪だ？

エラリー　今は気にしないでください。ぼくたちは、枢軸国のスパイを追わないといけませんからね――そいつによって何らかの損害を与えられる前に！

第七場　工場近くの簡易ホテルの一室

（警視とニッキイは名前がずらりと並んだリストを調べている。エラリーはソファの上で気持ちよさそうに体を伸ばし、じっと宙をにらんでいる）

警視　（疲れ切った様子で）工場の従業員名簿をもう一度調べた方がよさそうだな。

ニッキイ　（やはり疲れ切った様子で）わかったわ、警視さん。でも、わたしには、徒労に終わりそうな気がしてならないのだけど。

ヴェリー　その間、大天才殿はホテルのソファで体を伸ばして、何もしていないときたもんだ。

そんなやり方で、ナチの工作員を追い詰めることができるのですかね、大先生。

エラリー（ぼんやりと）できるさ、部長。

警視　せがれがどうやって事件を解決するのか、おまえも知らないわけじゃなかろう、ヴェリー？　考えることによってだろうが。（ヴェリーは不満げにうなる）

ニッキイ　このスパイは考えるだけでは捕まえることはできないわ。

エラリー　そこがきみの間違いだよ、ポーター嬢。考えることは――（電話が鳴る）おっと、ホルスターから連絡だ。

ニッキイ　彼の秘書からかも知れないわ。わたし、緊急事態のときはあなたとどうやって連絡をとるか、あの人に教えておいたから。（電話にはニッキイが出る）もしもし？

警視　やっこさんが、ワシントンに送る設計図の方も仕上げたに違いないな――

ニッキイ　何ですって！　エラリー――マラーさんよ！　何か恐ろしいことが起こったみたいで――代わってちょうだい――（ニッキイはエラリーに受話器を渡す）

エラリー　もしもし、マラーさん！

ミス・マラー（泣きじゃくりながら）クイーンさん、お願い――工場に来てください――今すぐ！

エラリー　何が起こったのですか？　何か事件でも？

ミス・マラー　火事です。火事がホルスター社長の個人用オフィスで起こったのです……（エラリーは「火事だって！」と言い、他の面々は叫び声を上げる）工場の消防隊が必死に消火しようと

していります。でも、建物の中には入れないのです——火勢が強すぎて……（彼女は後を続けることができない）

エラリー　ホルスター社長は無事ですか？

ミス・マラー　社長は……社長は建物の中にいるのです、クイーンさん。ほ、炎のまっただ中に……

エラリー　すぐにそっちに行きます。（電話を切る）お父さん——

警視　わかっておる。サボタージュだな。（けわしい声で）行くぞ！

第八場　ホルスターの個人用オフィスのすぐ外

（工場の消防ポンプが二基、一部屋だけの建物に放水中。炎はほとんど消えている。興奮した従業員たちが周囲にひしめいている）

警視　（疲れた口調で）やれやれ、ようやく鎮火したようですな、バーナード部長。

バーナード　（うわの空で）そうだな、警視。

ニッキイ　ラプトンさん、ホルスター社長が助かった可能性はないのかしら——何とかして——うまいこと——脱出できなかったのかしら？

ラプトン　（重苦しく）無理だよ、ポーターさん。ドアには鍵がかかっていたと聞いた。社長はあの中に閉じこめられているのだ。ビルじいさん、何という悲惨な目にあってしまったんだ。

警視　エラリー！（人ごみをかき分けながらエラリーが近づいて来る）どうだ？

エラリー　ああ、お父さん、徹底的にやられていますね。もちろん、コンクリートの建物自体は無事ですが、中はすべて燃えてしまいました。今、ヴェリーが消防隊長の報告を待っているところです。

バーナード　（うめく）ということは、ホルスターの設計図も——ホルスター自身も——煙になったわけだ。煙だよ、ラプトン！

ラプトン　（同じようにうめく）社長がおれたちに明かしておいてくれさえすればなあ、バーナード。

バーナード　兵器がどんなものだったのか、私たちは何一つ知らないのだよ、きみたち。機械は完成していない——ホルスターはきわめて重要な部分を秘密のまま残しておいて——

ラプトン　それが何かは知らんが、重大なものだった——重大なものになるはずだった。戦争を一年早く終わらせることもできたであろう重大な——

ヴェリー　（人ごみの向こうから）警視！

警視　ヴェリーか！　消防隊長は何と言っていた？

ヴェリー　（近づきながら）ホルスターは死んでいました。燃えて灰になっていましたな。（一同、沈黙する）火力はかなりのものだったそうです。

ニッキイ　何、一、つ残っていなかったの、部長さん？

ヴェリー　駄目でしたな。書類も、記録も、何一つ。消防隊長によると、火元は灰になったホルスターの真ん中あたりだったそうです――まるで、彼の膝の上で焼夷弾が破裂したようだ、と。

エラリー　（いらいらして）ぼくはどこかで間違えたんだ。ホルスターの命を救うことができたはずなのに――（ゆっくりと）そうか、もちろんそうだ……

ワシントンの高官　（人ごみの向こうから――シークレット・サービスの男たちに先導されて近づいてくる）クイーン？　クイーン君！

ニッキイ　エラリー――見て！　あなたのボスが――ワシントンからやって来たわ！

エラリー　わかっているよ、ニッキイ。ぼくがあの人に電話をしたのさ。……閣下、ホルスターについては、申し訳ありませんでした――

高官　（近づきながら）飛行機ですっ飛んで来たよ、クイーン君。ホルスターは――？

エラリー　死にました、閣下。焼死です。

高官　（重々しく）ならば、サボタージュによる殺人というわけか。（いかめしく）きみは、今回の事件の担当なのだぞ、クイーン君。期待に応えて解決してくれたまえ。

エラリー　（静かに）すでに解決済みです、閣下。（誰もが唖然とする）

高官　だが、事件は起きたばかりではないか、クイーン君！

エラリー　それでも、ぼくは突きとめました。火災を起こし、ビル・ホルスターを殺害した枢軸国のスパイが誰なのかを！

聴取者への挑戦

今あなたがここまで読み進めた「一本足の男の冒険」の中心テーマは、「〈うかつなおしゃべり〉(ルーズ・トーク)が、重大かつ深刻な問題を引き起こす」ということです。悪意はないが思慮を欠く米国民による、一見して罪がなさそうなお喋り――それが、いかにして、何千という枢軸国のスパイやその協力者に、きわめて重要な軍事情報を提供してしまうのかが伝わったと思います。スパイたちは、ありとあらゆる情報の断片を手に入れるべく、その耳をいつもそばだてているのですよ。従って、みなさんはこの事件の解決に挑む意欲が、さらに増したことでしょうね。では、ここで立ち止まって、エラリーがそれしかあり得ない解決を明かす前に、謎解きに挑んでみてください。エラリーの論理的推理の基(もと)となった手がかりは、今やみなさんも手に入れています。なお、みなさんがエラリーのルールに従ってゲームをプレイしようとするならば、犯人の名を指摘するだけでは不充分です。推論の積み重ねもまた、正しく行わなければなりません。

〔問題〕ホルスターの個人用オフィスに火を放ち、著名な兵器発明家を殺害した敵国スパイは誰でしょうか?　……それでは、「一本足の男の冒険」におけるエラリー・クイーン自身の解決を読み、みなさんの解決と同じかどうかを確かめてください。

第九場　ホルスター工場内の一室

高官　（いかめしく）ここならいいだろう、クイーン君。このオフィスなら盗み聞きされる心配はない。さあ、進めたまえ。

エラリー　第一のポイントは、閣下、「スパイはどうやってホルスターの敷地内に入ったのか？」です。石塀のドアから入ることはできません――二重の錠の一方の鍵は、たった一つしかなく、それはホルスターが首から鎖でぶら下げていました。そして、もう一方の錠の組み合わせ文字を知っていたのも、彼だけでした。ゆえに、スパイは石塀を乗り越えるしかなかったことになります。

ニッキイ　でもエラリー、どうしてそんなことができたの？　犯人は感電死してしまうじゃないの。

警視　わしらだって石塀を乗り越えたが、感電死はしなかっただろう、ニッキイ。

ヴェリー　スパイは電流を切っておいたんですな――あたしたちのときと同じように！

エラリー　ならば、石塀の上に張られた鉄条網に流れる電流を切ることができるのは、どんな人間でしょうか？　それは、工場内部の人間しかいません。

高官　ということは、スパイは工場内部の人間というわけだな。それから？

エラリー　第二のポイントは、閣下、「スパイは何のためにホルスターの敷地内に入ったのか？」です。では、その後に何が起こったのでしょうか？　ホルスターのオフィスが炎につつまれたのです。ゆえに、スパイが石塀を乗り越えてまで果たしたかった目的とは、オフィスに焼夷弾を投げ込むことだったのです。

警視　あの開いていた窓ごしに――鉄格子の隙間を通して！

エラリー　第三のポイントは、「焼夷弾は何に仕掛けられていたのか？」です。さて、ホルスターのオフィスの中にあった、一つだけ疑わしかった品物とは、何でしたか？　ニッキイ、きみがホルスターの机の下で見つけた金色のシャープペンシルだよ。そして、きみが見つけ出した後、ホルスターはそれをベストのポケットに入れただろう。では部長、消防隊長の報告には、何とあったかな？

ヴェリー　火元はホルスターの死体の真ん中あたりだった、でしたな。

エラリー　となると、焼夷弾はホルスターのベストにあった金色のシャープペンシルに仕掛けられていなければならない、ということになります――それが、ホルスターのポケットの中で爆発したのです！

高官　（いかめしく）おなじみの手口をまたやったというわけだな。そうだろう？　焼夷弾を仕掛けたペンシルをドイツ軍が使ったのは、第一次世界大戦までさかのぼるからな。よくわかった、クイーン君。スパイは機会をとらえてホルスターのシャープペンシルを盗み、焼夷弾を仕込んだわけだ。だが、その枢軸国のスパイは何者なのかね？　きみは、「誰なのか知っている」と言ったが。

エラリー　ぼくたちは、閣下、スパイの正体も論理的に推理することができます——それこそが第四のポイントとなる——スパイが雪の上に残した足跡から。あの足跡は、一本足の人物がつけたのでしょうか？　いいえ。片足の者ならば、松葉杖や他の補助具なしで歩くことは不可能です。そして、雪の上にその種の器具の跡はありませんでした。従って、足跡が一本足の人物によってつけられたということは、あり得ません。

ニッキイ　あの足跡は、二本足の人物によってつけられたのね！

ヴェリー　ですが、どうやってつけたんですかい、クイーンさん？

エラリー　きみだって、ひとたび「二本足の人物が片足だけの足跡をつけた」ということを認めさえすれば、それしかない方法が思い浮かぶさ。ただ単に、左右の靴をはくのではなく、右足の靴を二つ、両足にはけばいい。あとは、一方の足跡がもう一方の足跡と一直線になるように歩けばいいわけさ！

警視　だがせがれよ、スパイがああいう足跡を残したのは、ホルスターが自分でつけたように見せかけるためだというのも、わかっておるだろう。もしスパイが工場で働いている人物だとすれば、ホルスターがいつも松葉杖を使っていることは、間違いなく知っていたはずだ……

ヴェリー　そうですな。だいたい、どうしてそのスパイは松葉杖を使って、雪の上に杖の跡も残さなかったんでしょうな、大先生（マエストロ）？

エラリー　それこそが、要（かなめ）となる疑問点なのです。スパイはこの点を見落としたのでしょうか？

ありそうにないですね。もしスパイがわざわざ両足ともに右の靴をはいたならば、その偽装を完璧にするためにも、左のわきの下に松葉杖をはさんだはずです。しかし、スパイはそうしませんでした。結論――スパイがそうしなかったのは、できなかったからです。……スパイにとって、左のわきの下に松葉杖をはさむことが、肉体的に不可能だったのです！

ニッキイ　でもエラリー、どうしてそんなことがあり得るの？

エラリー　敵国スパイが左腕を失っていた場合のみ、あり得るだろう、ニッキイ――。敵国スパイの左腕が、肩口から切断されている場合は、こうした事態があり得るのさ。では、工場内部で、左腕を肩口から失っている人物は誰でしょうか？　ラプトンです――工場長の！　ラプトン自身が、ぼくたちにそのことを教えてくれました。そうですね、ラプトン？

ラプトン　（ひきつった笑いを浮かべて）もしジョークをとばしたいのなら――

警視　ヴェリー、わしらにはユーモアのセンスなどかけらもないことを、この売国奴に証明してやれ。

ヴェリー　こっちに来い、ヘル・ラプトン……（ラプトンを部屋の外に追い立てる）

バーナード　（あえぎながら）ラプトンが――敵国のスパイだって？

高官　バーナード君、ゲシュタポのうす汚い爪は、驚くほど広い範囲に突き立てられているのだよ。クイーン君、事件は解決したが、哀れなホルスターの対潜水艦用兵器の設計図を救うのには間に合わなかったな。遺憾でならんよ。

エラリー　ですが、設計図は救いましたよ、閣下。

高官　ホルスターのオフィスでは、何もかも燃えてしまったと思っていたが！

エラリー　その通りです、閣下。ですが、正副二組の設計書の一方は――青い封筒に収められた方は――火が放たれたときには、もうオフィスにはなかったのです。ぼくがこの手で持ち出しておきましたから。

ニッキイ　あなたが犯したと言っていた「犯罪」が、それだったのね、エラリー！

警視　わしらがホルスターのシャープペンシルを捜している隙に、設計図を一組、くすねたわけか！

エラリー　そうです、お父さん。ぼくたちが防げない事態が生じる可能性を無視できなかったものので。閣下、これがホルスターの設計図です。

高官　すばらしい仕事ぶりだ、クイーン君。きみはホルスターの新兵器を救ったのだ。――合衆国が現在直面しているもっとも重要な問題を解消してくれるであろう新兵器を――Uボートの脅威に打ち勝つ新兵器を！

（音楽、高まる）

カインの一族の冒険

The Adventure of the Mark of Cain

登場人物

エラリー・クイーン	探偵の
ニッキイ・ポーター	その秘書の
クイーン警視	エラリーの父親で市警本部の
ヴェリー部長刑事	クイーン警視の部下の
ジョン・カイン	風変わりな百万長者の老人の
マードック	彼に長年仕えている
〈デュード〉・カイン	ジョン・カインの息子でならず者の
〈キラー〉・カイン	ジョン・カインの息子でプロボクサーの
〈シュガー〉・カイン	ジョン・カインの娘でナイトクラブ経営者の
オーティス氏	弁護士の
パーカー	弁護士助手をしている青年の

放送　一九四〇年九月二十二日
場面　ニューヨーク市郊外にあるジョン・カインの屋敷――クイーン家のアパートメント

第一場　カインの屋敷

（陰鬱で荒れ果てた屋敷の前に一台の車が停まる。二人の男が降りる）

パーカー　（若々しいが神経質になっている）この家ですか、オーティスさん？（二人は枯れ枝を踏みながら歩いて行く）

オーティス　（年かさのしっかりした男）私に電話をくれたカインという男の住所はここになっているがね、パーカー。（二人は木製のポーチを歩く）

パーカー　こんな、神に見捨てられたゴミ捨て場に住んでいる人がまともだなんて、ぼくには想像もできませんね！

オーティス　（不安そうに）私だって確信しているわけではないのだ――カイン氏がま、と、も、だと。

パーカー　玄関のドアが開けっ放しですよ、オーティスさん！

オーティス　勝手に入ってかまわない、とカインは言っていたな。（ドアをきしませながら、大きく開ける。むき出しの床に二人の足音が響く。そして止まる）こんにちは？（声が反響する間、口をつぐんでいる）

パーカー　（神経質に）雰囲気が気に入りませんね、オーティスさん。

オーティス　（突き放すように）馬鹿なことを言うな、パーカー！　二階に上がってみよう。（二人は絨毯の敷いていない階段をきしませながら上がっていく）

パーカー　どの部屋もかび臭いですね。家具もシートがかけられているし……（神経質な笑い）まるで幽霊屋敷ですね――そう思うでしょう、オーティスさん？

オーティス　風変わりではあるな。（呼びかける）カインさん？

パーカー　カイン氏はあなたの依頼人の中でも特別な存在になりそうな予感がしますね、先生。

（二人の足音は再び止まる）

オーティス　彼はまだ依頼人じゃない。今日まで名前を聞いたこともなかった。（呼びかける）カインさん？　カインさん？（間を置く）

パーカー　（神経質に）これって……これは、たちの悪いイタズラですよ。ここを出ましょう、オーティスさん。

オーティス　（大声で）カインさん！

カイン　（弱々しいが冷酷な響きを持つしゃがれ声）オーティスか？　こっちだ！（二人は急いで声の方に向かう）

オーティス　（いかめしく）何はともあれ、彼が幽霊ではないことが証明されたな。行くぞ、パーカー――もたもたしないでついてこい！

パーカー　（ごくりと）は、はい、先生。あの人の声は、かなり――歳をとっているみたいですね、そうでしょう？

カイン　（声が近づく）寝室の中だ！（声がすぐ近くから聞こえる）入れ、入ってこい、噛みついたりはせんぞ！　オーティス、おまえはわしが電話した弁護士だな？　わしがジョン・カインだ。

オーティス　初めまして、カインさん。こちらは私の弁護士助手のパーカー君。あなたから、誰か一人連れてくるように言われたものですから。

カイン　もっとベッドに近づくんだ、二人とも！

オーティス　いいですよ、カインさん。（驚いて）カインさん、あなたは病気じゃありませんか！　パーカー、この人を見てみろ！

パーカー　ぼくは……ここからでもカインさんは見えますよ、オーティスさん……

カイン　病気だと！　わしは死にかけているだけだ。

オーティス　死にかけている、ですって！（間を置いてから）医者を呼ぶべきですよ、カインさん！

カイン　必要ない。わしはもう歳だし、もう死にたいと思っているのでな。

オーティス　（落ち着かない様子で）わかりました……。それでは、私をここに呼んだ理由を話してもらえますか？

カイン　きみたちには、わしの遺言状の立会人になってもらった後、それを保管して欲しいのだ。ちょうど今、書き終えたばかりだ。（ベッドがきしむ音）ナイトテーブルの上のペンをとってくれ、オーティス君。まず、わしが自分の署名をする。

オーティス　これですね、カインさん。では、体を起こすお手伝いをしましょう……

カイン　わしに近づくんじゃない！（ペンがゆっくり紙を引っ掻く音）次は、きみたち二人が立会人として署名するのだ——いかん、いかん、遺言を見てはいかん！　署名するだけだ。（オーティス氏が署名をする）

オーティス　弁護士が必要になったとき、どうして私に電話をかけたのですか、カインさん？（わきを向いて）ここだ、パーカー、ペンをとって。（神経質そうにパーカーも署名する）

カイン　ただ単に、電話帳できみの名前を拾っただけに過ぎん。よし！　それをこっちに渡せ、若造！　さてと、封筒はどこに置いておいたかな？

パーカー　（弱々しく）ぼくたちは……これでもう帰ってよろしいですか、カインさん？

カイン　（ケッケッと笑いながら）わしが死にかけているというのに、この男はさっさと逃げ出すわけだ！（鋭く）この封筒を受け取れ、オーティス。わしのために保管するのだ——わかるな？　そして、手紙を開けてよいのは、わしが死んだ後で、この家の中だけで、わしの三人の子供たちがそろっている場だけだ！（ケッケッと笑う）わしは全財産を——三百万ドルはある——子供たちの一人に残したのだ。一人だけに！（哄笑する）

オーティス　すると、残りの二人は何ももらえないのですか、カインさん？

カイン　（平然と）選ばれた一人が生きている限りは、二人は何も手に入らない……。だが、その相続人が死んだならば……

オーティス　そのときは、生き残った二人が遺産を分け合うのですね？

カイン　正解だ。もしきみが、わしの三人のかわいい子供たちを知っていたなら……（哄笑が咳に変わる）まあ、あいつらに会う日まで待つんだな、オーティス！　三人ともカインの一族さ、まぎれもなく……。古の印を身につけている……〈カインの印（殺人者の烙印）〉を！

パーカー　（ぞっとして）オーティスさん、何とかしてください！　この人は気が触れています！

カイン　わしの金を手に入れる妨げになるのであれば、兄弟姉妹の命であろうが、歯牙にもかけないのだ。（吐き捨てるように）人間のくずだ！

パーカー　オーティスさん、ぼくはもう、クビにされてもかまいません。ぼくだけでも帰ります！

オーティス　（困ったように）ちょっと待て、パーカー。……カインさん、あなたをこのままにしておくことはできません――使用人はいないのですか？

カイン　心配はいらんよ、オーティス。心配はいらん！　使用人は一人だけいる――わしと同じくらい年寄りだ――かわいいわが子たちが（荒々しくツバを吐く）わしを見捨てて出て行った十八年前から仕えておる。そのマードックは買い物に出ているが……

オーティス　買い物ですって！　あなたが寝込んで死にそうだというのに？

カイン　ああ。だが、きみはマードックが何を買いに行ったのか知らんだろう、オーティス！（狡猾そうにささやく）わしの棺桶なのだ！（突然、狂気をはらんだ哄笑を始める）さらばだ、お二人さん！　次はあの世で会おう！

第二場　クイーン家のアパートメント

（オーティスの声にタイプライターを絶え間なく打つ音が重なる）

オーティス　これが一週間前にあったことです、クイーンさん。カインの棺を買いに出ていた使用人のマードック老人が、昨日、私に電話をかけてきて、カインは死んだと告げました……四日前に死んだと。昨日の朝、埋葬されたそうです。

エラリー　書き留めてくれたかい、ニッキイ？

ニッキイ　はい、クイーンさん。（タイプの音がやむ）何て恐ろしい話なんでしょう！

クイーン警視　われわれのところに来たのは賢明でしたな、オーティスさん。たちの悪い企み（たくら）を残したものだ、その老人は！　それで、二人の息子の居場所はわかりましたかな？

オーティス　ええ、クイーン警視。二人は電報をくれました。今夜、父親の屋敷に着くそうです。

ヴェリー部長　娘さんの方はどうなってます？

オーティス　娘の方は、今夜までに見つかりそうです、ヴェリー部長。そうしたら、私が同行して彼女を館に連れて行き、兄弟と合流して、その場で遺言状を読み上げるつもりです。

エラリー　カインの三人の子供たちの誰が三百万ドルを相続するのか、まだあなたは知らないのですね、オーティスさん？

オーティス　そうです、クイーンさん。言うまでもありませんが、私はまだ、遺言状を開けることはできないのです。

エラリー　ぼくたちもその場に立ち会う方がいいですね、お父さん。

警視　その場に立ち会うことにするか。おまえは、カインの息子二人がどんなやつだか知っておるか？

エラリー　（身構えて）いいえ。どんな連中なのですか？

警視　〈デュード〉・カインは、今は他所（よそ）の街で不正な仕事に手を染めておる。

ヴェリー　あたしらは、ニューヨークでやっこさんとからんだことは、一度もないのですよ、クイーンさん。あいつはいつも、イリノイ州で仕事をしているものでね——。でも、地元（そっち）では超大物で——

ニッキイ　どうしてみんな、その人のことを〈洒落者（デュード）〉って呼ぶの、警視さん？

警視　どうしてかというと、ニッキイ、やつはいつも、お洒落用の杖を持っているからだよ。

ヴェリー　内側に銃を仕込んだお洒落用の杖をね。

オーティス　（神経質に）〈デュード〉・カインは暴行の規定料金表を持っていると聞きました。——腕か脚を一本折るのに五十ドル、ひと月の病院送りは二百ドル、そして、三百五十ドルで殺人をやってのけるのです！

エラリー　（皮肉っぽく）善（よ）き市民の一員みたいですねえ、オーティスさん？　もう一人の息子は何をして生計を立てているのですか？——赤ん坊の首を絞めるとか？

警視　似たり寄ったりの仕事だ！　やつは、ボクシングのリングで〈殺し屋（キラー）〉・カインという綽名を頂戴した。試合中に対戦相手を殺したことがあるのでな。

ヴェリー　〈キラー〉は兄の〈デュード〉の右腕ですよ。

ニッキイ　娘さんの方も、ギャングの情婦とか、何かそんな人になっているに違いないわね！

オーティス　とんでもありません、ポーターさん。彼女は、あの一家で唯一まともな人物なのです。父親のやり方について行けず、若いときに家を出て行って――父の援助はいつも断ってきました。やさしく愛すべき女性だとも聞いています。……それが、彼女が〈シュガー〉・カインと呼ばれる理由だそうです。ナイトクラブを経営しています。

ヴェリー　もし〈シュガー〉が、あのじいさんが全財産を残す相手だったら、二人の兄弟にとって妹の命は、カナージー（絶滅したネイティブ・アメリカンがかつて住んでいた場所）への往復切符の価値もないでしょうな！

ニッキイ　エラリー、彼女を護るために、何かできることはないの？

エラリー　もちろんあるさ、ニッキイ。それには策を弄する必要がある――ぼくたちが何者なのか、兄弟に気づかれないようにしなければ。

オーティス　（熱心に）新しい使用人を装ってあの家に入り込む、というのはどうですか？　カインたちは、三人とも十八年間、家に帰っていないから――そう簡単にはばれませんよ、みなさん！　マードックとは電話で話しただけですが――あの枯れた老人ならば、ばらしたりはしないでしょう……

エラリー　なかなか良いアイデアに見えますね、お父さん。

警視　（てきぱきと）そうだな。ヴェリー、おまえは新しい運転手の役だ。わしは庭師か警備員がいい――何かが起こって誰かが逃げ出そうとしても、わしら二人が家の外にいるというわけだ。

（ヴェリーはぶつくさ言う）

エラリー　ぼくは家の中に入り込みましょう――執事として。

ニッキイ　わたしはどうするの？　もしも、みんなでわたしをのけ者にしようと思っているなら！……

警視　いいかね、ニッキイ、こいつはきわめて危険な――

ニッキイ　でも、ミス・カインはそこにいるのよ、警視！　彼女には女性のメイドが必要じゃなくて？　わたしが彼女付きのメイドになるわ！（憤然としたニッキイは、クイーン警視とヴェリーに向かって言い張る）

エラリー　ニッキイなら大丈夫ですよ、お父さん、ぼくたちが油断しなければいいわけです。

警視　わかった、わかった。では、今すぐ行くとするか、オーティスさん。

オーティス　私の方は、ミス・カインを見つけて、今夜のうちにあの家に連れて行くつもりです、クイーン警視。（真剣に）お願いですから、あなた方全員で、一時(いっとき)も目を離さないでください！　みなさんは、人の命など何とも思わないやつらと暮らすことになるのですから！

第三場　デュード・カインの寝室。二階の廊下。シュガー・カインの部屋

（デュード・カインは杖でコツコツ音を立てながら、自分の部屋の中を行ったり来たりしている。

突然ドアが開く）

デュード　（ギャングだがおだやかな声の持ち主。それが鋭くなって）誰だ？（おだやかに）ああ、シュガーか。入りな。おいキラー！　ドアを閉めろ。

キラー　（ドラ声で獣めいた大柄な男）わかったよ、デュード。（ドアを荒々しく閉める）行くんだ……そっちだ、この馬鹿！

シュガー　（甘く、豊かな声の持ち主）手を離してちょうだい！　デュード、お父さんの家で一緒に暮らすように言われたことは間違いないわ。でもそれは、あたしが何でもあなたたちと一緒にしなければならないということを意味しているわけではないのよ！　なぜあたしを呼びつけたの？

デュード　座りな、わが妹よ。キラー、そのドアを見張っていろ。（キラーは不満げにうなる）シュガー、三百代言のオーティスはどこだ？

シュガー　あなたたち二人が、オーティスさんに断りもなく、ほとんど誘拐同然にあたしをこの家に連れ込まなければ、今、ここにいたでしょうよ。おかげであの人はまだ、あたしを捜して外にいるのに違いないわ。

キラー　気にするな、あいつはじきにここに来るさ！　おいシュガー、デュードとおれは、おまえさんと腹を割った話をしたいんだよ……

デュード　（冷たく）おまえの方は、その間の抜けた口を閉じておくんだ。（おだやかに）いいか、シュガー、馬鹿なことをするんじゃないぞ。さて、ありがたいことに、老いぼれがくたばった。

あいつは善良な老人とはほど遠かったが……

キラー　おれがサツに目を付けられていなけりゃ、あのフェイギン（ディケンズ『オリヴァー・ツイスト』で子供に犯罪を教える老悪党）じじいなんて、とっくの昔にこの手で片付けてやったのに――

デュード　黙っていろと言ったはずだ！　……それで妹よ、おれたちは今や、手を組んで協力しなきゃならなくなった。老いぼれの愚か者がいなくなるときに、たちの悪い遺言状を残したので――

シュガー　（憤慨して）あたしはここに座って、あなた方がお父さんをけなすのを聞く気はないわ！　あの人はひどい人だったけど、あなたたち二人よりは、千倍もましよ……野蛮人なんかより、ずっと！　あたしは何年も、あなたたちが汚した家名を、何とかしようとしてきたのよ――もう、あなたたちとは、どんな〝取引〟であろうが、する気はないわ！（間）通してちょうだい。（間）（おびえて）通して、と言っているのよ……

キラー　（低い声で）デュードとおれの言う通りにするんだ、シュガー。さもないと――

デュード　行かせてやりな。（キラーは不満げに口答えするが、妹を通す。彼女は走り去る）

キラー　老いぼれが全財産を残したのが、おれたちの中の誰なのかがわかればなあ。もし、あんたかおれなら、デュード――問題はねえ。だが、もしシュガーだったら……（荒々しく）絶対、おれたちと分け合おうとはしないぜ！

デュード　あいつなら、そうするだろうな。

キラー　（ぶつぶつ言う）三百万の現ナマか……（ニヤリとして）あいつを、買い物をしても五セント玉だって払う必要がないところに送ってやるか！（平然と）あの女のなまっちろい細首をひとひねりすりゃあ……

デュード　砂糖菓子（シュガープラム）のことはおれに任せておけ。（ドアをノックする音）

キラー　（すばやく――低い声で）誰だ？（ノックがくり返される）

デュード　おまえはドアから離れろ！（杖を突く音、突然その音が止まると、ドアがさっと開く）おい！

マードック　（ジョン・カインにとてもよく似ている年老いた声の持ち主）カイン様、失礼します――

キラー　（うなる）親父の使用人とか言っていたじいさんだったな。デュード、誓ってもいいが、こいつはあの世の親父と、ちょっとばかり外見も似ているぞ。失せな、腰巾着！

デュード　マードック、ドアの外で立ち聞きしていたな！

マードック　いいえ、ご主人様。そのようなことはしておりません。お伝えしたいことがあって、うかがいました――

デュード　余計なことをしないように教えてやらねばな！（杖でマードックの肩を乱暴に打つ。マードックは痛みで叫び声を上げる）おれの杖の味はどうだ、マードック？　ええ？

キラー　（警告するように）デュード、やめてくれ――杖の中の銃が暴発しちまうぞ！

マードック　（泣きながら）でもデュード様、私はお伝えに来ただけなのです。新しい使用人たちが到着しました。みんな廊下で待っています。（呼びかける）そこの男三人にメイド！　入りなさい！

デュード　なぜ早くそう言わなかったんだ？

（エラリー、ニッキイ、警視、ヴェリーが登場。使用人のふりをしている）

キラー　（声を落として）おいデュード、どうしておれたちが、四人の詮索好きの使用人にこのあたりをうろうろさせなくちゃならないんだ？　もしおれたちがシュガーを片付けるなら――

デュード　（声を落として冷たく）その口をパクパクさせるんじゃない、この間抜け！（声を大きくして）こっちに来い、そこの四人！（一同、従う）よし。それでマードック、これは何のつもりだ？

マードック　はい、ご主人様、この屋敷に三人も住むことになりましたので……私一人では手が回りかねますでしょう？（ケッケッと笑う）それで、弁護士のオーティス様に相談したところ、紹介所に連絡するように言われて――

キラー　おい、メイドは可愛いじゃないか。悪くないな！　悪くないどころじゃない。ベイビー、こっちに来るんだ。名前は何だ？

ニッキイ　（メイドの演技をして）ニッキイです、ご主人様。でも、ここには女の人がいらっしゃると――

キラー　ニッキイだと？　なかなかいい名前じゃないか。目は何色かな？　おれに見せてくれないか、可愛い子ちゃん……（杖でビシッと打つ音。怒ったキラーがわめく）おい、あんたの杖は振り回さないように言ったはずだぜ、デュード！

デュード　その手を引っ込めておきな。……おい、そこのノッポ！　おまえの仕事は何だ？
エラリー　（礼儀正しく）私は執事です、ご主人様。あなたの食事の好み、それにリネンや銀食器の場所を私に伝えるように、マードックさんに指示していただければ――
デュード　そんなことは気にしなくていい。おまえ――そこの図体がでかいの。おまえは？
ヴェリー　（演技をして）私は運転手です。カイン様、もし車庫の場所を教えていただければ――
デュード　おまえは何なんだ、おっさん？　おまえにできる仕事なんてあるのか？
警視　私は庭師です、ご主人様。それと、マードックさんには、屋敷の周りの見張りもやるように言われています――
デュード　（疑わしげに）マードック、老いぼれの墓場に過ぎない屋敷のために、どうしてこんなにいっぱい使用人が必要なんだ？　何を企んでいる？
マードック　（狡猾そうに）何も企んでおりません、ご主人様。これはオーティス様が決めたことで……
デュード　本当にそうなのかは、あのでしゃばりな三百代言が来たら、すぐわかることだ！　消えな、そこの四人！　おいマードック、向こうの袖にある使用人部屋の寝室に案内してやれ。
マードック　はい、ご主人様。（ぴしりと）おまえたちはこっちだ。
デュード　（声が遠ざかる）あの弁護士がここに着いたら、すぐ知らせるんだぞ！
マードック　はい、ご主人様。（ドアを閉めてから、ささやき声で）こちらです、みなさん。
警視　（用心しつつ――いつもの口調に戻る）声を抑えたままにしておけ。

ニッキイ　あの大きなオス猿……あいつ……わたしに触った、た、わ！
エラリー　落ち着くんだ、ニッキイ。ぼくたちの部屋に入るまでは……
ヴェリー　（小声だが鋭く）気をつけて！　女がこっちに来ますぜ……
マードック　あの二人の妹です――みんなは〈シュガー〉と呼んでいますがね！（笑う）
警視　笑うのはやめろ、マードック――演技を続けるのだ！（うやうやしく）今晩は、マダム。
（他の面々も同様にミス・カインに挨拶をする）
シュガー　（神経質に）あなた方は？
エラリー　（すらすらと）新しく雇われた使用人です、マダム。
ニッキイ　わたしはあなた付きのメイドです。名前はニッキイ――
シュガー　殿方は――マードックがみなさんの部屋に案内してくれます。（一同、立ち去る）あなたは駄目よ、ニッキイ！　あなたはあたしと一緒に来て！
ニッキイ　（少しひるんでから）はい、マダム。（二人は早足で廊下を進んで行く）
シュガー　急いで、お願い。あたしの部屋に……（ドアを開く）入って！（ドアを閉めてすばやく錠を下ろすと、安堵のため息をもらす）
ニッキイ　でもマダム――ドアに鍵をかけてしまうなんて！　何か心配なことでも？
シュガー　（ヒステリックに）「心配なこと」ですって！　演技はやめてちょうだい――お願いだから――
ニッキイ　（動転して）でもマダム、「演技」って何のことです？　わたし……何のことだか――

シュガー　（涙声で）お願い！　あたしを「マダム」なんて呼ばないで！　あの背の高い人は、見た瞬間にわかったわ！　エラリー・クイーンでしょう。有名な探偵の——

ニッキイ　シーッ！（緊張をにじませながら小声で）ええ、カインさん、その通りです。わたしはクイーンさんの秘書、ニッキイ・ポーター。他の二人は、クイーン警視とヴェリー部長刑事です。

シュガー　（ささやくように）嬉しいわ！　ポーターさん、あなた方も、あの二人の目を見たならば、わかったはずです——彼らは人間ではないわ。私の実の兄だというのに……（こらえきれずに泣きだす）

ニッキイ　（シュガーを落ち着かせながら）あなたはたった今から、しっかり守られることになるわ、カインさん。

シュガー　この部屋であたしと一緒に寝てくれないかしら、ポーターさん？　寝てくれるわよね？

ニッキイ　もちろんよ。

シュガー　あたしを一人にしないでね。——もし一人きりになったら、あの二人はあたしを殺すわ……あたしを殺すのよ！

第四場　寝室

（時計が無慈悲にチクタクと音を立てる。それ以外には夜の静寂と不安な眠りしかない）

エラリー　寝ていますか、お父さん。

警視　（うなるように）眠るだと！　誰がこんな家で眠ることができるというのだ？（彼がつぶやく呪いの言葉に合わせてベッドがきしむ）

エラリー　今、何時かな？　お父さんの腕時計の針は蛍光でしたね。

警視　三時二十五分だ。（ドアがそっと開く）ヴェリーか？　おまえなのか？（ドアが閉まる）

ヴェリー　そうです、警視。

エラリー　（落ち着かない様子で）何も問題はなかったかい、部長？

ヴェリー　今のところは問題ありませんな。誰も寝室から出ようとしません。

警視　あのオーティスという弁護士が、昨夜のうちに姿を見せなかったのは腑に落ちんな。

エラリー　彼はおそらく、まだどこかでミス・ケインを捜しているのでしょう。

ヴェリー　電話で連絡がとれなかったのが悔やまれますな。（あくびをして）おかしいですな。眠いのに、まるで眠る気がしませんよ！

警視　わしも同じだ。朝まで起きているとするか。明かりのスイッチはどこだ、ヴェリー？

ヴェリー　確か、このあたりに……あった。（カチリという音。間を置いてから）やあ！　電気が

点きませんぜ！（カチカチという音がくり返される）

エラリー　よりによってこんなときに、ヒューズがたまたま飛ぶなんて！

警視　（けわしい声で）二人の人殺しが殺人をもくろんでいるときに……。偶然ではないのかもしれんぞ。

エラリー　そいつは……まさに闇の中ですね、そうでしょう？（間を置いて）部長、きみの懐中電灯をこっちにくれないか。ありがとう……

ヴェリー　（小声で――不意に）待ってください！　廊下で誰かがうろうろしている音が聞こえる！（ドアを静かに開ける。忍び足で歩く音が聞こえる）

警視　（緊張をにじませながら、ささやく）ヴェリー……そいつを捕らえろ！

エラリー　（同じ口調で）気をつけて、部長！

ヴェリー　（落ち着き払って）わかってますって……（ドアがかすかにきしむ。その後は沈黙）

エラリー　（ささやく）何も聞こえませんよ、お父さん！

警視　（同じ口調で）ヴェリーは虎だからな――（突然、部屋の外から取っ組み合う荒々しい音が聞こえてくる）

エラリー　ヴェリーが誰かを捕らえた！　来て下さい、お父さん！（取っ組み合いの音が大きくなる。ヴェリーの勝ち誇ったうなり声「おまえがそうくるなら、こっちもこうだ！」。ドシンという音がして、沈黙が続く）

警視　懐中電灯を向けろ、エラリー！（懐中電灯のカチリという音）

エラリー　マードックです。

警視　カインの使用人だった老人か！

ヴェリー　（息をはずませながら）こいつ、何を振り回してあたしを殴ろうとしたんだ？（ぞっとして）まさか――斧じゃないか！　じいさん、どうして殺そうなんて……（マードックは狂ったように笑い出す）

警視　（小声だが鋭く）ヴェリー、そのけたたましい笑いを止めろ！（マードックの哄笑はヴェリーの手で押し殺される）他の連中が目を覚ます前に、そいつを部屋の中に入れるのだ！　エラリー、手を貸してやれ！（狂った男を部屋の中に運び込む）ドアを閉めろ、せがれ！（エラリーは従う）もう一度懐中電灯で照らせ！

ヴェリー　まったく、あの苔むした馬鹿で間抜けなでくのぼうは、チーズ切りであたしの首をばっさり斬る寸前でしたぜ！

エラリー　（鋭く）彼がもう一方の手に持っているのは何でしょうか？

警視　手紙かそのたぐいだな！　この男は手紙を配達していたわけだ！

エラリー　その手紙を渡せ、マードック！（マードックはまたしても笑う）（重々しく）ヴェリー。手紙を取り上げてくれ。

ヴェリー　（やさしく）それをこっちに渡してちょうだいな、おじいちゃん。……渡せ、って言ってるだろう！（勝利の雄叫び）これですよ、クイーンさん。（マードックに向かって）そうやって素直にしていれば、明日はまた、あたしの髪を切ってもかまわないからな……

警視　エラリー、手紙には何と書いてある？　読んでみろ！（紙のカサカサという音）

エラリー　懐中電灯を動かさないでください、お父さん……。これには――何だって！

ヴェリー　（神経質に）どうしました、クイーンさん？

エラリー　こう書いてある――「おまえは夜が明ける前に死ぬことになる」！（マードックのケッケッという笑い声がどんどん大きくなる）

第五場　同じ部屋、少し後

警視　（念押しするように）ヴェリー、そいつを押さえつけておけよ！　マードック。おまえがこの手紙を書いたのだな！　そうだろう？（マードックは口をもごもごさせてから笑う）

エラリー　どういうつもりで、「おまえは夜が明ける前に死ぬことになる」って、書いたのかな？

ヴェリー　この文の「おまえ」って、誰なんだ？

警視　この手紙を誰の部屋のドアの下にすべり込ませるつもりだったんだ、マードック？　誰のドアだ？　誰のドアだ？（マードックは口の中でもごもご言ってから、狂ったようケッケッと笑う）

エラリー　無駄ですよ、お父さん。

ヴェリー　こいつはカイン家の誰かを殺すつもりだったんですな――ひょっとしたら、あたしたちの誰かなのかも！　しかし、どいつなんでしょうな？

警視　たぶん、こやつが狙ったのは、カインが遺言状で遺産相続人に指定した人物だな。

ヴェリー　その場合、マードックは誰が相続人だか知っていることになりますな！　だが、どうやって知ったのですかね？　オーティスは封をした遺言状をまだ開けていないから――知っているのは、あのいかれたカインじいさんしかいないが、やっこさんは死んじまった！

警視　カインが死ぬ前にマードックに教えたのだろうな。いまいましい。わしらがこの召使いのじいさんに口を割らせることさえできればいいのだが！　話せ、さもないとどうなると思う――？

エラリー　待ってください、お父さん。あなたはどうして、この男がカインの使用人のマードックだとわかるのですか？

警視　（ぽかんとして）どういう意味だ、エラリー？

エラリー　数日前に死んだのは、マードックの方だったと考えられませんか！（間。それから二人の驚愕の声）そうです！　ジョン・カインは、マードックをジョン・カインとして埋葬したのです。それから、自ら老召使いを装って、家族をここに集めました。――子供たちは彼を見分けることはできません……三人とも父親とは十八年も会っていない上に、老いさらばえて外見も変わっている……。お父さん、この老人は、ジョン・カインその人かもしれませんよ！

警視　（いぶかしげに）だが、何のために？

エラリー　想像できませんか？

警視　だいたい、オーティスがカインを見ておるではないか！　オーティスがここに着けば、即座にこの男が本当は何者なのか、わしらに話すことができるというのに！

ヴェリー　カインだって、そんなことは百も承知のはずでしょう、クイーンさん！　それすらわかっていないとすれば、こいつは……

エラリー　（ゆっくりと）彼はそれすらわかっていないのだよ、部長。

ヴェリー　（ぞっとして）いかれているんだ、狂っているんだ。正真正銘の——狂人なんだ！（マードックのケッケッケッという狂笑）

警視　（うめく）今や、わしらは気が触れた男を抱え込んだというわけか！

ヴェリー　（用心深く）どうどう、ナポレオン——動くな、こら……

エラリー　ヴェリー、彼をこの椅子に手錠でつないでおこう——このままだと危険だ。（ヴェリーは狂った男を手錠で椅子につなぐ）お父さん、ぼくたちは彼を見張っていなければなりません。夜が明けるまで、一睡もせずに！

警視　もしこの男がジョン・カインなら、自分の子供たちを殺そうとしたことになるな。自分の——血を分けた——子供たちを！

ヴェリー　（息を切らしながら）どうだ、坊や。これでも斧であたしの髭を剃れるものなら、やってみろ！（マードックは手錠をカチャカチャ鳴らし、腹立たしげで意味不明な言葉をもらす）おや……クイーンさん、懐中電灯を点けてくださいよ。暗闇にしておくのはまずいですよ！

エラリー　（ゆっくりと）自然に消えたのだよ、部長。

警視　電池が切れたのだな。まずいことになった。

ヴェリー　まったく、あたしは何で警官になりたいなんて思ったのでしょうな！　おかげで、暗い部屋の中に閉じ込められて一晩を過ごす羽目になってしまった。……しかも、人を殺す気満々の狂人と一緒ときている！

第六場　同じ部屋、さらにその少し後

（沈黙の中、時計だけがチクタクと音を立てる。そこに突然、床がきしむ音）

ヴェリー　（うろたえるが声は落として）何、何だ？
エラリー　（ささやく）ぼくだよ、部長。
警視　（同じ口調で）この夜がいつまでも続くように思えてきたな。
ヴェリー　あの変人じいさんは、不気味なくらい静かですな……椅子に手錠でつながれたまま。
エラリー　かれこれ二時間ほど物音を立てていない。
警視　ちょっと待て！（間を置いて）呼吸の音も聞こえてこないぞ。
ヴェリー　（神経質に）マッチか何かを点けて、やっこさんがくたばってないか確かめた方がいいですな……あたしはそっちの方がありがたいですがね。
エラリー　ここにあります、お父さん。ぼくが点けましょう。（マッチを擦る音）
警視　（ぞっとしてささやく）こ、こやつの目は見開かれたままだ！
マードック　（小馬鹿にした口調で）わしが寝ているとでも思ったのかね、ええ？　あいにくと、そんなことはしておらん。（ぞっとする笑い声が響く）

第七場　同じ部屋、明け方

（どこかで雄鶏が刻を告げる）

エラリー　夜明けの光ですよ、お父さん。
警視　日の光がこんなにありがたいとは！　われらが気の触れた友人はどうしておる？
エラリー　椅子でぐっすり眠っています。
ヴェリー　窓に来てください――早く！（二人は急いで窓際のヴェリーのもとに行く）車道を車が走ってきます！
エラリー　あれは……間違いない！　オーティスの車だ！
警視　やっと来たか！　これでこの狂人がマードックなのかカインなのかわかるし、誰が遺産相続人なのかもわかる。
ヴェリー　（何かに気づいて）おや、そのオーティスとやらに、何が起こったんですかね？
警視　ふらふらしながら車回しをそのまま突っ切って行くぞ！（すばやく窓を押し開けて）ばかもん！　ぶつかるぞ！
ヴェリー　（叫ぶ）スピードを落とせ！　ねえ、ハンドルの向こうのあいつを見ましたか？
エラリー　（興奮して）酔っ払っているか、眠っているみたいな運転だ！　オーティスさん、気をつけて！

警視　直進して――車道を外れて――
ヴェリー　衝突しちまうぞ！（どなる）ブレーキを踏むんだ！
エラリー　屋敷の壁に真っ直ぐ向かっている。この窓の下だ！　危ない――！（三人の叫びは屋敷に車が激突した音でかき消される。爆発音、そして火がはじける音）

第八場　車回し、その直後

（火がはじける音がだんだん大きくなっていく。エラリー、その父、ヴェリー部長が駆けつける）
エラリー　車が燃えている！
ヴェリー　ガソリンタンクが爆発したか！
警視　オーティスをあそこから引っ張り出さねば！
ヴェリー　どいてください！（混乱した様子をアドリブで。「コートを頭に巻くんだ、ヴェリー！」「部長、手を貸そう！」「つかまえました！」「こっちに引きずり出せ！」「火を叩いて消すんだ！」「ヴェリー、おまえは大丈夫か？」「大丈夫です！　オーティスは？」）
エラリー　（冷静に）死んでいます。
ヴェリー　かわいそうに。
警視　衝突したときに死んだのだな。
エラリー　お父さん、彼は衝突のときに死んだのではありません！　これを見てください！

警視　銃弾が心臓を貫いた跡がある！　即死だったに違いない。
ヴェリー　銃弾！　ですが、こいつは車を運転して――
エラリー　違うよ、部長――彼はこの敷地に入る門のところで撃たれたのだ。死者がこの車を車回しまで運転したのだ！
警視　遺言状の入った封筒はどこだ？　オーティスが身につけているに違いない！　遺言を読まなければ！
ヴェリー　ここにありましたよ、警視。胸のポケットの中です。血がついていますな。
エラリー　こっちにくれ、部長！　ああ。彼を殺した銃弾が封筒も撃ち抜いて――待てよ。銃弾は封筒を撃ち抜いたが、遺言状は撃ち抜いていない！
警視　だが、そんなことはあり得ん。
エラリー　いや、ぼくが間違っていました。遺言状は撃ち抜かれた後に封筒から取り出され、上下逆向きに戻されたのです――遺言状には、封筒とは上下逆になった位置に銃孔があります。
ヴェリー　遺言状には何と書いてあるのですか、クイーンさん？　あのじいさんの金は誰が受け取るのですかい？
エラリー　ぼくたちが思った通りだよ。娘の――シュガー・カインだ！
警視　（けわしい声で）あの女が次のターゲットになるわけだ。
ヴェリー　そういえば、衝突と爆発の音を屋敷の誰も聞いていないなんて、おかしくないですか？　なぜだかわかりますか？――

エラリー　何ということだ！　ニッキイもあそこにいるというのに！（走り出す）お父さん！
部長！　行きましょう！

第九場　ミス・カインの部屋、その直後

（エラリーたちがしつこくドアを叩いている）
警視　ニッキイ！　カインさん！　ドアを開けたまえ！
エラリー　ニッキイ！　無事か？（ドアノブをガチャガチャいわせる）
警視　いやな予感がするぞ、せがれ。
エラリー　ドアを破りましょう！（二人はがっしりしたドアに体当たりをする。バーンと音がしてドアが開く）二人ともベッドの上です！
警視　わしに言わんでくれよ、二人が……二人とも……
エラリー　（取り乱して）ニッキイ！（ほっとして）息をしています、お父さん――ニッキイは生きています！　ニッキイ、起きろ！　何が起こったのだ？
警視　ミス・カインも無事だ！　カインさん……目を覚まして、さあ……
エラリー　顔を叩くんです、お父さん！（叩く音）ニッキイ！　目を覚ましてくれ！（警視もシュガーに対して同じことをやる）
ヴェリー　（駆け込んでくる）そっちはどうです？　ドアが破られていますが――

警視　（シュガーを蘇生させようとしながら）デュードとキラーはどうだった、ヴェリー？　二人は自分の部屋にいたか？

ヴェリー　それぞれの部屋にいました！　あの二人のゲリラは、酔いつぶれたみたいに寝ていましたな。あたしには起こすことはできませんでしたよ。

エラリー　ニッキイが目を覚ましそうだ。（ニッキイがうめく）

ニッキイ　何がどうしたの？　わたし、気持ちが……悪い……（警視はまだシュガーの介抱をしている）

エラリー　もう大丈夫だよ、ニッキイ。

ニッキイ　でも——頭も目も大丈夫じゃないわ。くらくらして……

エラリー　ベッドに入る前に、何か飲まなかったかい？

ニッキイ　あのマードックというおじいさんが、水を持ってきてくれて……二人とも飲んだわ……

シュガー　（吐き気がするように）やめて！　誰が——（ほっとして）あら！　何が……あたしの頭に……起こったのかしら？

警視　落ち着きたまえ、ミス・カイン——深呼吸をして——

ヴェリー　そういえば、マードックもあたしらに水を持ってきましたな。——あいにくと、誰も飲もうとしませんでしたがね！　じいさんは、あの二人のゲリラにも水を持って行ったに違いありませんな。

エラリー　薬入りのやつを、ね。あの老人、この家の全員に薬を盛ろうとしたのだな。

ニッキイ　わたしたちがぐっすり眠ってしまったのも無理はないわね。いたた、頭が！

警視　だがエラリー、マードックは――あるいは、やつはカインか他の誰かかもしれんが――一晩中、わしらの部屋の椅子に手錠でつながれていたではないか。しかも、他の連中は薬を盛られていた。だったら、誰が哀れな弁護士を撃ったのだ？

エラリー　（いかめしく）一人だけ、それが可能な人物がいたことになります。――そして、その人物が誰なのか、ぼくにはわかりました！

（音楽、高まる）

聴取者への挑戦

エラリー・クイーンはこの時点で、誰がオーティス弁護士を射殺したのかわかりました。間もなく彼は殺人者の名を明かし、いかにしてそれを突きとめたのか、きちんと説明するはずです。ではここで、エラリー・クイーンに先んじてみませんか？　あなたは推理に必要な一つまたはそれ以上の手がかりを見つけ出すことができましたか？　数分ほど物語を離れ、事件の謎を解いてみてください――たった今から！……あなたの解決がどんなものであろうが、エラリー・クイーンの解決を読めば、正しかったかどうかがわかります。そしてこれはまさに、クイーン氏のラジオドラマの数多（あまた）の聴取者が、「カインの一族の冒険」を聴いてからエラリーの解決に耳を傾けるのと同じ行為なのです。

解決篇

第十場　同じ部屋、前の場面の続き

エラリー　カイン老の使用人にすぎないマードックが、その三人の子供を殺す動機を持っている可能性はありません――そもそも三人とは面識さえもないのですから。にもかかわらず、ぼくたちは、自らマードックと名乗る男が、カイン家の三人を殺そうともくろんだことを知りました。一方、二人の息子と一人の娘を憎んでいる人物は、カイン――父親――自身しかいません。かくしてぼくたちは、次なる結論を下すことができます。その手に斧を持っているところを捕らえられた人物は、使用人のマードックではない。そして、死んだと思われていた父親が、マードックの役を演じていた、と。

ニッキイ　（ぞっとして）遺言を餌にして自分の三人の子供たちを集めて……殺そうと企むなんて！

警視　そして、自分の仕事を楽にするためだけに、全員の水に一服盛ったわけだ。ふむ、こやつは精神病院送り確定だな。

ヴェリー　ですがクイーンさん、この老いぼれ狂人が外でオーティスを撃つなんて、たとえ一発

きりだったとしても、できませんぜ。こやつは一晩中、椅子に手錠でつながれて、あたしらの前にいたのですから！

エラリー　その通りだ、部長。かくして、彼以外の誰かがオーティスを撃ったという結論になる。——そして、彼以外の関係者はカインの三人の子供たちしかいないので、子供たちの一人がオーティスを殺した犯人でなければならないわけだ。

ニッキイ　わかったわ！　あの人たちの一人は、水を怪しいと思って、飲んだふりをしただけだったのね。——そして、今朝は薬を盛られたふりをしただけだったのよ。

警視　そうだ、ニッキイ。オーティスが一部しかない遺言状を持って間もなくやって来るのを知っていたので、敷地に入る門で弁護士を待ち伏せ、合図して車を停めて、哀れなオーティスを冷酷にも撃ち殺したのだ。

ヴェリー　それだと、カインどもの誰がやったのかは、わからないままですな。

エラリー　（さらりと）ああ、いや、わかるよ、部長。（ヴェリー「へ？」）オーティスが射殺された直後に、何があったでしょうか？　彼が身につけているのをぼくたちが見つけた封筒が——遺言状が中に入っていた封筒が——それをぼくたちに教えてくれました。封筒は銃弾で貫かれていました。その銃孔は遺言状にもあいていました——が、本来なら封筒の銃孔と一直線になる位置にあるはずなのに、そうではなかったのです。ぼくが封筒を調べたときに言ったように、これはただ一つのことしか意味しません。銃弾が封筒を貫通した後——つまり、オーティスが射殺された後——殺人者は死体の胸ポケットから封をした封筒を取り出し、封を開け、遺言状を抜き出し、読み、遺言状を封筒に戻すと、その封筒をオーティスのポケットに戻したのです。

ニッキイ　たった一つ犯したミスは、遺言状を封筒に戻すとき、入れる向きを逆にしてしまったこと――だから、銃孔の位置がずれてしまったのだわ。

エラリー　その通りだ、ニッキイ。さて、殺人者が遺言状を読んだという事実こそが、この事件でもっとも重要な手がかりなのです！

警視　わしにはわからんぞ、せがれ。殺人者が遺言状を読んだとして――それが何だというのだ？

エラリー　わかりませんか？　この一つの事実が、殺人者が誰なのか教えてくれるというのに？　さて、遺言状を読んだ殺人者は、父親がその遺産の相続人に娘のシュガー・カインを選んだことを知りました。ここで、殺人者はデュード・カインか彼の弟のどちらかだと仮定してみましょう。〝彼ら〟のどちらであろうと、遺言状をオーティスのポケットに戻し、ぼくたちがそれを見つけるように仕向けるでしょうか？　いいえ！　唯一の相続人として妹の名前が記されていたならば、兄弟のどちらも、遺言状を戻さずに破棄したはずです！　なぜならば、もし遺言状が破棄された場合、老人は遺言を残さずに死んだことになり、三百万ドルは、三人の子供たちの間で等分に分けられるからです。つまり、一人の人物だけが、遺言状が発見されるように仕向けることによって、利益を得るのです……。発見されればすべてを失う二人の息子ではなく、一人の娘だけが……シュガー・カインだけが！（一同、驚愕の声を上げる）そうです。自分の名が相続人として記されていない可能性を考え、その際には何か手を打とうと思い、一足早く遺言状を見ようとして——そのためだけにオーティスを殺したのは、シュガー・カインだったのです！　もし自分の名前がなかったら、彼女は遺言状を破棄したでしょう。ですが、自身の名が相続人として記されていたので、彼女は冷静に遺言状をオーティスのポケットに戻し、死体を乗せたまま車を再び走らせました。そして、ここからは推測になりますが、裏手からこっそり屋敷に戻り、薬を盛られたニッキイが寝ている自分の部屋に入り……彼女自身も薬を飲んだふりをしました。これら全部を——ぼくたちが燃えさかる車に向かって屋敷から飛び出した隙にやってのけたのです！

ニッキイ　（ぞっとして）そして、わたしは一晩中、同じ部屋で寝ていたのだわ……殺人者と！

ヴェリー　そして、あたしらは一晩中、同じ部屋で狂人と寝ていたのですな——まあ、こっちは眠るどころじゃなかったのですがね！

警視　ヴェリー、電話をかけて、精神病院の車と死体保管所（モルグ）行きのバス、それに囚人護送車を呼べ！　ありがたいことに、それで仕事は終わりだ！

（音楽、高まる）

犯罪コーポレーションの冒険

The Adventure of the Crime Corporation

登場人物

探偵の　エラリー・クイーン

その秘書の　ニッキイ・ポーター

エラリーの父親で市警本部の　クイーン警視

クイーン警視の部下の　ヴェリー部長刑事

〈犯罪コーポレーション〉恐喝部門の長の　ハリー・セクストン

〈犯罪コーポレーション〉殺人部門の長の　オスカー・ワンス

〈犯罪コーポレーション〉詐欺部門の長の　デュース・マッケル

〈犯罪コーポレーション〉万引き部門の長の　モリー・トリッパー

〈犯罪コーポレーション〉強盗部門の長の　ジョー・フォレンジー

〈犯罪コーポレーション〉麻薬部門の長の　レディ・ファイフ

さらに　刑事、警察官、他

放送　一九四三年六月十日

状況

エラリーの父であるクイーン警視、そしてヴェリー部長は、ハリー・セクストンが地方検事に〝歌う（自白する）〟という情報を得た。セクストンは、〈シークレット・シックス〉あるいは〈犯罪コーポレーション〉として知られている犯罪グループの恐喝部門の長だった。市の組織犯罪を牛耳っていると言っても過言ではないこの狡猾なグループは、これまで逮捕されたり罪に問われたりすることなく、巧みに逃げおおせていた――セクストンが〝歌う〟ことを申し出るまで。

「お父さん、獲物が仕留められる瞬間に、ぼくも立ち会いたいですね」エラリーは地方検事のオフィスを出るとき、父親と部長刑事にそう呼びかけた。

同じ頃、市内のまっとうに見える私邸――〈シークレット・シックス〉の秘密本部――の閉ざされたドアの奥では、ぞっとする一幕が演じられていた。

第一場　〈シークレット・シックス〉の本部

セクストン　（あわれっぽく）だが、そいつは嘘だ――

ワンス　（冷たく）セクストン、おれはおまえがタレコミ屋だと知っているんだぜ。おまえは

D・A（地方検事）と手を組みやがったな。

セクストン　ジョー――フォレンジー――あんたはワンスなんて信じていないよな、そうだろう？　ワンスがどんな証拠を持っているというんだ？

フォレンジー　ワンス、あんたはおれたちに何の証拠も見せていない。

ワンス　証拠なんてものは、おまわりのためにあるんだ。こいつを見てみろ。卑怯者のように――震えているじゃないか。

モリー　でも、ハリー・セクストンはこれまで、自分の取り分以上の現ナマを、みんなにもたらしてくれたじゃないの。どうして裏切ったりするの？

ワンス　モリー、あんたは万引きには詳しいが、男については間抜け同然だな。セクストンは足を洗いたいのさ――ただしやつは、おれたちがそんなことを許さないのは百も承知だった――そこで、おれたちを売ったというわけさ。

マッケル　（出し抜けに）われわれは証拠とやらをワンスから聞かせてもらった。私はここで投票を提案したい――われわれの掟（おきて）に従ったやり方で。きみは何か言うことはあるかな、レディ。

レディ　（やさしく）セクストンの方にも、わたくしたちに説明する権利を与えるべきですわ。

ワンス　どいつもこいつも阿呆ばかりだ。ようし、おれが間違っていることを、セクストンに証明させてみろ！

マッケル　（ぶっきらぼうに）では、きみの言い分を述べたまえ、セクストン。

セクストン　（意気込んで）朝飯前さ。ワンスはおれをはめようとしたことがある。――それで、おれがやつを見張ることにしたのが、気に入らなかったのさ。ワンスはどんな証拠をおれに対して挙げたというんだ？　勘だけじゃないか！　おれの方が彼に対して挙げてやる言葉がこれさ。ワンスはおれに濡れ衣を着せようとしているんだ――この組織からおれを抹殺するためにな――。おれに二十四時間の猶予をくれ、そうしたら、おまえたちに文句なしの証拠を持ってきてやる！

ワンス　（くすくす笑う）なかなか見事だな、ミスター・セクストン。（冷徹に）しかし、だまされるほど見事じゃない。そんな手が通用すると思っているのか？　二十四時間も与えれば、こいつは太平洋側にいるだろうさ！　いいか、マッケル――あんたは投票をしようと言ったな？　おれも投票に賛成だ。ここに紙とペンがある。

たんだら――そいつをおれに渡してくれ。多数決の結果に従おう。いいか？（一同、アドリブで対応）ほら、紙だ、モリー――レディ――フォレンジー――マッケル……。

セクストン　（ワンスの声にかぶせるように）濡れ衣だと言っているじゃないか！　おまえたちにおれを裁くことはできない！　おれは何もしていない――

マッケル　これは掟だよ。われわれは投票する。

ワンス　続けようぜ……書いてくれ。

セクストン　モリー！　きみはワンスを信じたりはしないよな、そうだろう？

モリー　落ち着いて、ハリー。これがあたしの投票よ、ワンス。

フォレンジー　こっちは、おれのだ。（他の者もアドリブで合わせる）

ワンス　それじゃあ、開けるぞ……（紙を開く）ふん。ふふん……

セクストン　（かすれ声で）ワンス、どうなった……評決は？

ワンス　（物憂げに）投票はだな、わが友よ、無罪が二票……有罪が三票。（投票用紙を裂く）決まったな。三対二で有罪だ。

フォレンジー　残念だったな、セクストン。

マッケル　フォレンジー、ワンス。さっさと片付けよう。

セクストン　（蚊の鳴くような声で）いやだ……（ヒステリックに）ここから出してもらうぞ！（ドアノブをガチャガチャいわせる）鍵がかかっている！　おれの体から手を離せ！（じたばたする）いやだ――おれは従わないぞ！　おまえたちもそんなことはできない！　おれは密告なんかしていない！　ワンスはおれをはめようと――

ワンス　卑怯者め！（平手打ちの音。セクストンはめそめそ泣く）これでよし。フォレンジー、あんたとマッケルでこのタレコミ屋を押さえつけていてくれ。（冷静に）拳銃は……（遠ざかる）おれが取ってこよう。

セクストン　だが、おれは潔白なんだ！

マッケル　きみは投票の結果、有罪になったんだ。男らしくしたまえ！

セクストン　あいつはきっと、おまえたちにも濡れ衣を着せるぞ、おれにやったようにな。次は、おまえら間抜けが――

フォレンジー　どうせ言うなら祈りの言葉を言った方がいいぞ、セクストン。

セクストン　（叫ぶ）いやだ！
ワンス　（現れる――落ち着き払って）フォレンジー、マッケル。壁に向かってセクストンを立たせてくれ。（不吉な音楽を流す）
マッケル　（乱暴に）来い、セクストン。
フォレンジー　（やさしく）どうだ、立てるか？
セクストン　（絞り出すように）ああ。手助けはいらんよ。
ワンス　セクストン、体の向きを変えろ。おれはおまえにこっちを見て欲しいんだ。
セクストン　待て――待ってくれ！　わかった、おまえたちは投票でおれを有罪にした。だから
　おれは死を与えられる。ただ、おれに最後の情けをかけてくれ！
ワンス　（いぶかしげに）どんな情けだ？
セクストン　即死させてくれ。一発で。心臓をあやまたずに。
フォレンジー　ワンス、彼の言う通りに撃ってやれよ。そうすべきだ。
マッケル　なあ、早くかたをつけたいだろう？　やってあげたまえ！
ワンス　一発で心臓を、だな？　そうしてやるよ、セクストン。覚悟はいいか？
セクストン　（しゃがれ声で）撃て！
ワンス　（くすくす笑う）それじゃあ――（悪意をむき出しにして）あばよ（アウフ・ヴィーダーゼーエン）！（間髪を容れず
　一発の銃声。セクストンのあえぎ声。体がどさりと倒れる）
フォレンジー　（ため息をつく）やれやれ、いやなものだな。

マッケル　かくして一件落着。それでは――おい、セクストンが動かなかったか？　ひょっとしたら彼は……？
ワンス　ひょっとしたら、彼はどうだというのだ、マッケル？
マッケル　彼は防弾チョッキを着ていたのかも知れないぞ！　それで心臓を守ったのかも知れない！
ワンス　フォレンジー！　セクストンを調べてみろ！
フォレンジー　ああ。（服を引き裂く）違うな、マッケル。防弾チョッキは着ていない。ワンス、あんたは心臓のど真ん中を見事に撃ち抜いているよ。
ワンス　（冷淡に）ご苦労。それじゃあ、一杯ひっかけに行くか。その後で――
フォレンジー　セクストンを裏庭に埋めるか？
ワンス　ああ。D・Aの犬(ヤー)にはふさわしい場所だな、ふふん。（くすくす笑う）

第二場　裏庭、同じ日の午後

（われわれの耳に墓を埋めるシャベルの音が聞こえる）
マッケル　シャベルでもう少しすくってくれ、フォレンジー。
フォレンジー　ああ。（音が続く。それから止まる）これでいいだろう。あとは芝を戻すだけだ。マッケル、あんたはどう思う？　セクストンはD・Aに密告したと思うか？

マッケル　いいか、無記名投票の結果に従うのが掟というものだ。
フォレンジー　（声をひそめて）これはあんたとおれだけの話だ。あんたはどっちに投票した？
マッケル　（用心深く）ああ、私個人としては、ワンスの証拠とやらは、かなり貧弱に思えたな。
私は「無罪」に投票したよ。
フォレンジー　おれもだ、マッケル。
マッケル　本当か？　セクストンに対する投票は三対二だったから、他の三人が有罪に入れたということになるな。私は――（足音が近づいてくる）
フォレンジー　（小声だが鋭く）マッケル。誰かがこっちに来る。最後の芝を戻しておけ――墓の上に――急げ――！
マッケル　（同じように）よし！（間）
モリー　（現れる。落ち込んだ様子）ハリーの片付けは終わったの？
フォレンジー　終わったよ。尻軽ちゃん。
モリー　あたしを安っぽい売春婦みたいに呼ばないで、フォレンジー。
フォレンジー　（噛みつくように）おれは悪いと思っていないぜ。あんたはセクストンの有罪に投票したのだからな。おれはそいつが気にくわないのさ。
モリー　あたしがセクストンの有罪に投票？　ハリーとあたしは、お互い首ったけだったのに、どうしてさ。あたしがそんなことをするわけがないじゃないの！
マッケル　ちょっと待ってくれ。きみは無罪の方に投票したのか、モリー？（彼女はアドリブで認める）ジョー・フォレンジーと私もそうなのだ！　三人が「無罪」に投票したことになるじゃないか。ワンスはそれを二票しかないと言ったのだ！

フォレンジー　あの野郎は票数をごまかしたのか！

マッケル　それで、ワンスはあんなに急いで投票用紙を破ったのか……

モリー　ワンスがあの人を殺したことになるわ！（けわしい声で）あたしがオスカー・ワンスを引きずり出してくるから、待っててちょうだい――

フォレンジー　おれは、レディも「無罪」に投票した方に賭けるぞ！

マッケル　（唐突に）モリー、レディ・ファイフはどこにいる？

モリー　自分のアパートメントよ。

マッケル　（けわしい声で）よし。新たな審問会を開きに行こう！

第三場　レディ・ファイフのアパートメント、すぐ後

レディ　（落ち着いた声で）バタバタしないで。一度に一人ずつ、お願いするわ。さて、これはいったい、どういうことかしら、フォレンジー？

フォレンジー　レディ、おれたちが知りたいことは、一つだけだ――

モリー　今日の昼、あなたはどちらに投票したの？

レディ　無罪よ。ワンスはわたくしを納得させてくれなかったわ。どうして？

マッケル　われわれはみんな、ハリー・セクストンが無罪だと投票したのだ――われわれ四人全員が！
フォレンジー　三対二で「有罪」ではなく、四対一で「無罪」だったんだ！
レディ　（静かに）考えてもみなかったわ。オスカー・ワンスがそんなごまかしをしていたなんて。卑劣な人ね。
モリー　このままワンスを見逃してはいけないわ。
マッケル　モリーの言う通りだ。だが、われわれは掟に従わなければ。私は、ワンスを裁判にかけることを提案する――あいつがセクストンに対して行ったように！
フォレンジー　そんな必要があるのか、マッケル？　陪審員はおれたちだし、そのおれたちは全員ここにそろっているじゃないか！
レディ　わたくしは、みんなでワンスを始末する方に投票しますわ！　フォレンジー、あなたの投票は？
フォレンジー　やっつける。
モリー　（激しい口調で）あの男のうす汚い心臓をえぐり出すのよ。
マッケル　ワンスはわれわれの仲間を殺った。しかるべき報いを与えよう。
レディ　異議なし！　オスカーに罰を！
フォレンジー　それで、誰が罰を与えることにする、レディ？
レディ　その人以外は、アリバイを作っておきましょう。そして、殺人について知っていることも最小限にするのよ。これでいかが？（皆がアドリブで応じる）よろしいですわ——ここから先は、バラバラに行動いたしましょう！

第四場　人気のない通り、同じ日の真夜中

警視　（用心深く）いま何時だ、ヴェリー？
ヴェリー　（同じように）真夜中です。
警視　みんなをあの家の周りに配置したか？
ヴェリー　アリの這い出る隙もありませんな。
警視　みんなに伝えておけ。銃を撃つのが先で、詰問するのはその後だ、と。よし、行け、ヴェリー。ドジを踏むなよ！
ヴェリー　（くすくす笑う）誰のことです？　この百発百中のヴェリーのことですかい？（遠ざかりながら）ピゴットにヘッス！　伝言を伝えろ。これから突入するぞ！（他の者は離れた位置でアドリブ。警笛の音や、ドアを蹴破る音や、その他の音。その音にかぶせて……）
ニッキイ　警視さん、こんなところが本当に〈シークレット・シックス〉の本部なの？——このこぢんまりとした私邸が？
警視　こんなところがそうなのだ、ニッキイ。
エラリー　でもお父さん。ぼくは、あなたが本部の場所まではつかんでいないと思っていましたが。

警視　建物の中に入ったな！（離れた位置から聞こえていた突入の音が消える）わしらは確かにつかんでおらんかったよ、エラリー――今日までは。今朝早く、セクストンがD・Aに電話で、ここの住所をこっそり教えてくれたのだ――。彼がD・Aに伝えたところによると、ここは秘密の打ち合わせ場所だそうだ――。セクストンは今夜、D・Aのオフィスに出向き、ここに踏み込む計画の手引きをすると言っておった。だが、どちらもやらなかった。

エラリー　ヴェリーが戻って来ましたよ。

ヴェリー　生きている者は一人もいませんでした。

警視　家の中では、やつらの誰も見つからなかったのか？

ヴェリー　やつらのうち、逃げたのは五人だけです。六人めは、まだあそこにいます――くたばって。殺られていました。

警視　（うめく）畜生！　やつらは六人全員、とんずらしたのか？

エラリー　殺られたって？　誰が？

ヴェリー　幹部の一人です。オスカー・ワンス！

第五場　〈シークレット・シックス〉の本部、その後

ニッキイ　それで、ここがワンスの死体が発見された部屋なのね。まるで会社のオフィスのよう

に見えるわ。

エラリー　まさにここはそうなんだよ、ニッキイ。さしずめ、〈重役会議室〉といったところかな。やあ、お父さん——どうでした？

警視　（現れる）ワンスは間違いなく殺されている。背中からやられておった。

ヴェリー　デスク備え付けのペーパーナイフで刺されていましたな。

エラリー　うーん、背中ですか？　それなら被害者が自殺したということは考えられませんね……しかし、なぜワンスが？

警視　わしにもわからん。もし誰かが殺られるとしたら、そいつはセクストンだったはずだ。

エラリー　プラウティは、ワンスはいつ殺されたと言っていますか、お父さん？

警視　先生は今日の午後三時頃だと言っていた。

ヴェリー　それでも、D・Aの役に立ちそうな証拠は、どっさり見つけましたがね。あいつら五人全員をぶち込むのに充分なくらい、ありましたな。

警視　あいつら四人、だ。一人は電気椅子とのデートが待っている。

ニッキイ　警視さんは、ワンスを殺したのは、〈犯罪コーポレーション〉の残り五人のメンバーの誰かだと言いたいの？

エラリー　わかりきったことだよ、ニッキイ。父さんは、この隠れ家を知っているのは六人の幹部だけだ、と言っていたからね。

警視　よし、ヴェリー。マッケル、フォレンジー、モリー・トリッパー、レディ・ファイフ、セクストンの五人を引っ立てて来い。五人とも、朝までに連れて来るのだぞ！

第六場　市警本部、その翌朝

警視　（マイクの近くで）エラリー、ニッキイ。わしの部屋に入りたまえ。

エラリー　（近づきながら）電話で教えてくれたニュースには、びっくりさせられましたよ、お父さん！

ニッキイ　セクストンが――密告者が――死んでいたのですって、警視さん？

警視　昨日の昼頃に死んだらしい。わしらは、マッケル、フォレンジー、モリー・トリッパー、レディ・ファイフの四人を夜のうちに引っ立てて来た。そして、やつらからセクストンの「裁判」について聞き出したのだ。ヴェリーはセクストンの死体を掘り出して、死体保管所（モルグ）に運び込んだよ。

エラリー　こういうことなのですね？　昨日の昼に「裁判」が行われ、ワンスの冷酷きわまりない虚偽の集計の結果、ワンスはセクストンの心臓を撃ち抜いた――処刑のために。だったら話は簡単ですよ、お父さん。ワンスは昨日の午後三時頃に殺されたのだから、四人の容疑者がその時間にどこにいたかを確かめるだけではありませんか。

警視　（皮肉っぽく）エラリー、そいつはおまえ自身で確かめてみろ。（内線電話をかける）フリントか。ネズミどもを連れて来い。（電話を切る）おいせがれ、おまえに忠告しておこう――こいつはとんでもない事件だぞ。（ドアが開く）入れ。（四人がアドリブをしながら現れる）マッケル、前に出ろ。（マッケルは不機嫌そうなアドリブをしながら近づく）デュース・マッケルだ、せがれよ――〈犯罪コーポレーション〉の詐欺部門の長だ。どうだ、立派な肩書きだろう？

エラリー　（冷ややかに）マッケル、昨日の午後三時頃、あなたはどこにいましたか？

マッケル　（不機嫌そうに）きみたちが、また知りたいというのなら――私は競馬場にいて、当てにならんシラミたかりの駄馬ばかりに、千ドルほどつぎ込んでいた。

エラリー　この男のアリバイは調査しましたか、お父さん？

警視　徹底的に調べた。こやつは何ダースもの顔なじみと会っておったな――その中には三人の警官と、二人の競馬場付き探偵もいた……。おい、おまえ、ファイフの姉御、こっちに来い。（レディは冷ややかなアドリブをしながら近づく）レディ・ファイフだ、エラリー。この街の麻薬中毒者の半数に、幸福の粉を売りまくっておる。

レディ　（冷ややかに）ハロー、ハンサムさん。

エラリー　（相手にしないで）昨日の午後三時、あなたはどこにいましたか、レディ？

レディ　スタックポールのランジェリー売り場ですわ。自分用の新しいスキャンティをいろいろと試着していたわね。興味がおあり？

エラリー　裏付けはとれましたか、お父さん？

警視　二人の売り娘、試着係、それにランジェリー売り場の女主任の証言がとれた……。フォレンジー！（フォレンジーがアドリブをしながら近づく）ジョー・フォレンジーだ、せがれ――強盗部門担当だ。フォレンジー、この肩書きはおまえの命取りになるかもしれんな。

フォレンジー　もしあんたらが、ワンスが逝っちまったときに、おれがどこにいたかを知りたいのなら……地方検事に訊くんだな！

エラリー　地方検事だって！　どういう意味だ、フォレンジー？

フォレンジー　昨日の三時、おれはＤ・Ａのオフィスで、彼と話していたんだ。おれの部下が一人、逮捕されちまったんで——釈放をかけあいに行ったんだよ。

エラリー　（不意に警視に向かって）これは事実なのですか、お父さん？

警視　間違いない。Ｄ・Ａ本人がフォレンジーのアリバイ証人だ。

ニッキイ　わたしにはもう、簡単なことに思えるけど、警視さん。三人がアリバイを持っている——だったら、四人めがワンスを殺した犯人に決まっているじゃないの！

モリー　（近づいてくる）何かしら？　あんたは誰、赤毛ちゃん？

警視　（そっけなく）モリー・トリッパーだ。〈犯罪コーポレーション〉の万引き部門の長の。

エラリー　昨日の午後三時、あなたはどこにいましたか、モリー？

モリー　八十六番街の美容院で過ごしていたけど、キザ男さん。二時から五時までそこにいたわ。

（ニッキイ「何ですって！」）

エラリー　しかし——（不意に警視に向かって）これも疑問の余地がないのですか、お父さん？

警視　これっぽっちもないな。ワンスがギャングの本部で殺されたとき、モリーは少なくとも六人の非の打ち所のない店の客によって目撃されておった……。いいぞ、フリント。こいつらを連れて行け。（離れた位置で男がアドリブで対応。みんなでアドリブをしながら去っていく。離れた位置でドアが閉まる）わしが何を言いたかったか、わかっただろう、エラリー？　どうだ、まさしく難問だろう？

エラリー　お父さん。ワンスが殺された、あのギャングの本部ですが――あなたは、あの場所を知っていたのは幹部連中だけだということに、確信はありますか？

警視　それはまぎれもない事実だと信じていいぞ、せがれよ。

ニッキイ　でも……あの人たち四人しか、ワンスを殺すことができなかったというのに――四人全員が、鉄壁のアリバイを持っているじゃないの！

警視　簡単なことだ、ニッキイ。四つのアリバイのうちの一つは偽物だということだ。だが、どいつが偽物なのだ？　どいつもこいつも完璧に見える――

エラリー　そうです……アリバイの一つは偽物なのです、お父さん――まさに、もっとも完璧に見えるアリバイこそが。（あくびをする）実に興味深い事件でしたよ。ぼくを立ち会わせてくれたことに、感謝します。

警視　興味深い事件「でした」だと？　エラリー、おまえが言いたいことは――

ニッキイ　どのアリバイが偽物かわかった、ということなの？

エラリー　もちろんさ、ニッキイ――そしてその必然的結果として、ぼくは誰がオスカー・ワンスを殺したのかもわかったのさ！

聴取者への挑戦

「ストーリー・ダイジェスト」誌の読者のみなさんと、ラジオでの『エラリー・クイーンの冒険』の常連聴取者のみなさんは、ドラマのこの場面になると、エラリーがいつも必ず演技を止めるのを思い出すでしょう。エラリーは彼自身が真相を明かす前に、聴取者たちにも謎を解く機会を与えてくれるのです。

この聴取者が参加する形式は、みなさんの楽しみをいっそう深めてくれます。なぜチャレンジしないのですか？「誰がオスカー・ワンスを殺したか？」――この謎に対するあなた自身の解決を示すことができるまで、読み進めるのを中止しましょう。

エラリーが手に入れ、結びつけ、論理的に推理し、唯一無二の犯人を指摘するのに用いたいくつもの手がかりがわかりましたか？

あなたが、自分で事件を解決できたと思ったとき――そしてそのときのみ――エラリー・クイーン自身の解決を読みましょう。

解決篇

警視　ついさっき、おまえは、アリバイの一つが偽物だと言ったな、せがれよ。ところが今は、あやつら全員のアリバイは問題ないと言っている。どっちかに決めてしまえ。

エラリー　アリバイの一つは偽物なのです、お父さん。しかし、その偽物は、彼ら四人のアリバイの一つではありません。思い出してください、〈犯罪コーポレーション〉の幹部会には、六人のメンバーがいたはずです。

ニッキイ　でも、残り二人のギャングは、死んでいるわ。

警視　おまえは、ワンスは自分で自分を殺したと言うのじゃなかろうな、せがれよ――彼は背後から刺されておったのだぞ。ワンスは自殺などできなかった。だいたい、おまえだって、そう言ったではないか！

エラリー　確かにぼくは、そう言いました。従って、六人の幹部のうち、五人の疑いが晴れたわけです。では、六人めについては、どうでしょうか？　その人物のアリバイは？

警視　セクストンのことか？　ワンスが殺した男の？　おいエラリー、セクストンのアリバイこそ、誰よりも完璧じゃないか――死んでいたのだからな！

ニッキイ　その通りだわ。ワンスが刺される三時間も前に、セクストンは死んでいたのよ！

警視　一体全体、どうやったら、セクストンがワンスを殺せたというのだ？　いくらセクストンが、一人だけ残った容疑者だったとしてもだ！

エラリー　まさしく、その通りです。一人だけ残った容疑者だからこそ、セクストンがワンスを殺したのでなければならないのです。簡単な論理ですよ。

警視　だが、セクストンは死んでいたのだ、せがれよ！

エラリー　論理は、彼が殺人者だと示しています――ならば、彼は死んでいなかったに違いないのです！

警視　馬鹿な！　ワンス自らが、セクストンの心臓を間違いなく撃ち抜いたのだぞ！

エラリー　論理は、ワンスに撃たれたそのときには、セクストンは死んでいなかったことを示しています――ならば、彼は心臓を撃ち抜かれていなかったに違いないのです。

ニッキイ　でも、マッケルとフォレンジーが、彼の心臓が撃ち抜かれているのを確かめたのよ、エラリー！　二人でセクストンを調べたのだから！

エラリー　わかりきったことですが、二人はただ単に、セクストンの胸の左側を調べたにすぎません。二人は、セクストンの心臓があると思い込んでいる位置に、弾丸の穴があいているのを見ただけなのです。

警視　（呆然として）「思い込んでいる位置」だと？

エラリー　お父さん、セクストンが心臓と思われる位置を撃たれ、それでも死ななかったという状況を説明できる可能性が、一つだけあります――弾丸は彼の心臓をかすりもしなかった――セクストンの心臓が、体の左側になかったために！

警視　やつは〈心臓右位症〉――右側に心臓がある人間だったのか！　何ということだ……（カチャリという音）フリント！　ヴェリーに電話をかけろ――あいつは死体保管所にいる！　急げ！（カチャリという音）

エラリー　そうです。セクストンの心臓は、右側になければなりません。従って、ワンスに「心臓をあやまたずに」撃ってくれ、と頼んだとき、セクストンは百も承知だったのです。ワンスは、通常の心臓の位置——左側を狙うだろうということを。しかしその一撃は、セクストンの場合、ただ単に、胸に重傷を負わせたに過ぎなかったのです——心臓にはかすりもせずに。

ニッキイ　でも、他の幹部たちは、それを知らなかった！　普通の人なら心臓のある場所が撃ち抜かれていたのを見た彼らは、セクストンが死んだと思い込んでしまったのね！

エラリー　その通りだ。彼らが去った後、セクストンは、デスクまで這い寄り——ペーパーナイフを手に取ると、待っていたのです。ワンスが戻って来たとき、セクストンは彼を背後から刺しました。そして、その後で、胸の重傷によって息絶えたのです。マッケルとフォレンジーがセクストンを埋葬するために戻って来たときは、もう暗くなっていました。だから、セクストンが処刑された後も三時間にわたって生きて動いていたとは、気づきもしなかったのです！

（電話のベルが鳴る）

ニッキイ　わたし、こんな話は今まで聞いたこともないわ！（電話をとる音）

警視　（意気込んで）ヴェリーか？

ヴェリー　（電話ごしの声）警視、あなたが呼んでいるって、フリントが言ったもので。

警視　ヴェリー、プラウティ先生は、ハリー・セクストンの死体の検死を終えたのか？

ヴェリー　ええ。そういえば警視、先生（ドク）は「奇妙なことがある」って、言って——

警視　一つの質問だけに答えればよい、ヴェリー。セクストンの心臓は、胸の逆側になかったか？

ヴェリー　ええ？　いやあ、フーディニの名にかけて、どうしてあなたにわかったんです？

警視　フーディニじゃない。推理だよ、ヴェリー――簡単で、常識的な推理だ！

（音楽、高まる）

奇妙な泥棒の冒険

The Adventure of the Curious Thefts

登場人物

探偵の	エラリー・クイーン
その秘書の	ニッキイ・ポーター
エラリーの父親で市警本部の	クイーン警視
クイーン警視の部下の	ヴェリー部長刑事
著名な小説家の	コーネリアス・ベネディクト
その妻の	クララ
クララの実父の	マシューズ氏
コーネリアスの秘書とそれ以外もつとめる	フィリス・レーン

放送　一九四五年十二月十九日

状況

クララ・ベネディクト夫人は嫉妬の炎に身を焦がしている。なぜなら、夫——人気作家コーネリアス・ベネディクト——が、彼女と離婚して、秘書のフィリス・レーンと結婚することを望んでいるからだ。クララはコーネリアスの離婚の申し出をヒステリックに拒絶する。しかも、宗教に取り憑かれている彼女の父親が味方についている。このマシューズ氏は、自分の家で、不幸な娘と不品行な義理の息子と一緒に暮らしているのだ。ある日コーネリアスは、クララとの激しいケンカを終えた後、どうしても知りたいことがあると言い出した。家族の誰が、夜の間に彼の靴を片方だけ盗んだのか、と。この盗難事件には、謎めいた点があるのだ。途方に暮れたコーネリアスは、エラリー・クイーンに相談する決意を固める。

第一場　クイーン家のアパートメント

コーネリアス　（セリフ開始）——というのが、この事件で私の置かれている立場なのだ、クイーン君。

エラリー　ベネディクトさん、ぼくのことを誤解されているのではないかと思うのですが。ぼくはプロの探偵ではありませんよ——たまに道楽で事件に手を出すことはありますがね。ということは、ぼくは自分が興味深いと思った事件だけを選んで手を出すことができるのです。そして、あなたの事件は、そうではない。

コーネリアス　（短く笑う）きみは、ずいぶんはっきりと言うのだね。

エラリー　もう一つ言いますよ、ベネディクトさん。ぼくは、離婚問題は一切扱いません。

コーネリアス　だが私は、きみに離婚の相談をしているわけではない！　事件の背景を説明したのは、家庭内のごたごたをきみに把握して欲しかったからだ。私は、昨日、目を覚ますと夜の間に靴を片方だけ盗まれていた事件に、家族の誰かがからんでいると思っているからな。

エラリー　ぼくは、あなたの靴がどこかに行った件に関しては、捜査の必要をまったく感じませんね。おそらく、単なるイタズラでしょう。

コーネリアス　私もそう思っていた。ところが——またしても盗難があったのだ。しかも今朝！

エラリー　（不思議そうに）本当ですか？　もう片方の靴が？

コーネリアス　靴ではない。今朝がたのことだが、私が寝過ごして階下に行くと、他のみんなはもう朝食を終えていた。私は出版社との約束に遅れそうだったので、時間の節約のため、帽子とステッキと手袋を玄関広間のテーブルに置いてから、朝食をとることにした。そして、食事を終えた私が玄関広間に行くと、帽子はちゃんとそこにあった——ステッキもちゃんとそこにあった——

エラリー　ところが、あなたの手袋一組が消えていたわけですね、ベネディクトさん。

コーネリアス　いいや。手袋一組ではないのだ、クイーン君。片方だけだ。

エラリー　あなたが食事をしている間、他の人たちはどこにいましたか？
コーネリアス　フィリスは――ミス・レーンは――私の書斎でタイプを打っていた。クララは――私の妻は――台所にいた。マシューズ氏は――私の義父は――居間でいつものように永遠不滅の聖書を読んでいた。三人の中の誰でも、玄関広間の手袋を盗ることができたはずだ。
エラリー　昨日はあなたの靴の片方――今日はあなたの手袋の片方。ふーむ！　パターンが見えてきましたね。もし第三の盗難事件があるとしたら――明日だと思いますよ。
コーネリアス　きみならば興味を示すと思っていたよ、クイーン君。確かにこいつは、ささいなことに違いない――が、そうは言っても――きみにこの事件の意味がわかるかな？
エラリー　いいえ、わかりません。どうやらこの事件は、ぼくの考えを変えてしまったようです。お引き受けしましょう。ベネディクトさん、作家仲間として、ぼくを招待してくれますか？あなたの家で一日か二日、過ごしたいのです。ミス・ポーター――ぼくの秘書ですが――も、一緒に行ってくれるでしょう。ではさっそく、あなたと行くとしましょうか！

第二場　ベネディクト家の居間

フィリス　では、あなたがエラリー・クイーンの秘書というわけね！　ご存じでしょうけど、あたしはコーネリアス・ベネディクトの秘書ですの、ポーターさん。
ニッキイ　秘書……ということは、レーンさん？

フィリス　もちろんそうよ。（ドアが開く音で話は中断）

マシューズ　いま入って来たのがわしの娘だ、クイーン君。クララ、わしの大事な――

クララ　（さえぎって）何よ、お父さん？（場面に加わる）あら、失礼、コーネリアス。あなたにお友達がいるなんて知らなかったわ。

コーネリアス　ああ、違うよ、クララ。おまえに私の作家仲間を紹介しようと思って連れてきたのだ。義兄弟ならぬタイプライター兄弟というやつさ。なあ、クイーン？（笑う）

エラリー　ぼくがミステリ小説を書いている点から考えると、ベネディクト……兄弟よりは従兄弟(いとこ)と言うべきでしょうね。

クララ　わたしはまだ、この方の名前をうかがっていないと思うのだけど、コーネリアス。

コーネリアス　おっと！　悪かった、クララ。こちらはエラリー・クイーン……それにクイーンの秘書、ニッキイ・ポーター。

クララ　（ゆっくりと）エラリー・クイーン。（息をのむ）思い出したわ！　あなたは作家だけじゃなく――探偵もやっているはずよ！

エラリー　探偵ですって？　ああ、探偵活動は単なる気晴らしにすぎませんよ。作家こそがぼくの本業で――

マシューズ　（割り込んで）探偵だったのか！　娘よ――！

クララ　とうとうこんな手まで使ったのね、コーネリアス！

コーネリアス　何を言いたいのだ、クララ？

クララ　探偵まで呼ぶなんて！（ヒステリックに笑う）この男がわたしの粗を〝探し出す〟ことを期待しているのでしょう、と言いたいのよ――あなたが死ぬほど望んでいる離婚の材料を手に入れるために！

エラリー　ベネディクト夫人、あなたは根本的に誤解されて――

コーネリアス　クララ、クララ、後生だから――

クララ　どうやら、家の中でわたしに恥をかかせるだけでは、満足できなくなったのね！　とうとうあなたは、世間様にもわたしの恥を公開したくなったのね！　わかったわ、コーネリアス――あなたの勝ちよ！（声が遠ざかる）あなたの勝ち！（ドアがばたんと閉まり、声が消える）

マシューズ　娘よ、（こちらの声も遠ざかる）クララー！（離れた位置でドアが開く音）娘よー！（声が消えていく）愛しい娘――！

フィリス　あの人――あの人ったら、かなり取り乱しているみたいねえ。

エラリー　（あせって）ぼくは彼女に誤解されたままでいたくはないな、ベネディクト。奥さんは深く傷ついてしまった。これ以上彼女を苦しめてはいけない――。ぼくがここに来た理由を、ちゃんと説明すべきだ！

コーネリアス　きみの言う通りだろうな。一緒に来てくれ！（みんなの足音。急ぐ足音にコーネリアスの声が重なる）クララ！　クララ！

フィリス　この階段を上がって――

エラリー　（叫ぶ）ベネディクト夫人――早合点しないでください！

コーネリアス　（エラリーの不安が伝染したかのように）クララ、きみは誤解している——！（声にドアを叩く音が重なる）マシューズ！　クララはここですか？
マシューズ　（声が近くから。半狂乱で）娘は内側から鍵をかけているのだ！　返事をしてくれないのだ！（ノックをしながら哀願する）娘よ！　ドアを開けてくれ！
エラリー　ベネディクトさん、あなたは鍵を持っていないのですか？（ベネディクト「持っている！」）だったら、それでドアを開けてください——さあ、早く！（鍵を回す音。ドアが開く音。しばしの間。それから急ピッチで演じる）
マシューズ　（弱々しく）娘よ。
ニッキイ　エラリー、彼女、自殺しているわ！
フィリス　（すすり泣く）ニーリィ（コーネリアスの愛称）、あたしたちのせいだわ！　でもまさか、ここまでやるなんて、どうすれば予想できたというの！
コーネリアス　フィリス——しっかり！　クイーン、クララは——？
エラリー　床にある瓶は——睡眠薬か——
ニッキイ　定量以上に飲んだのね！
マシューズ　（うめく）そして自殺した……
エラリー　いや、彼女はまだ生きている！　ニッキイ、医者に電話だ——早く！
クララは助かった。だがエラリー・クイーンは、これ以上自分がベネディクト家にいるべきではないと認めざるを得なかった。ニッキイと共に立ち去る前に、エラリーはコーネリアスに、クララを刺激しないように注意した。そして、今後も風変わりな盗難が続いたら、ただちにエラリーに連絡することも約束させた。エラリーは、これまでの盗難事件には一つのパターンがあることに、うすうす気づき始めている。

第三場　クイーン家のアパートメント、その翌朝

ニッキイ　（ドアを開ける）はい？　あら、ベネディクトさん。おはようございます――

コーネリアス　クイーンはどこかな？（離れた位置でドアが閉じる音）

エラリー　（離れた位置から近づきながら）やあ、ベネディクト。

警視　ベネディクト君、今朝は、奥さんの具合はどうかね？

コーネリアス　妻ですか？　ああ、彼女なら大丈夫です、警視。クイーン、今日来たのは、私に取り憑いている例の問題だ。

エラリー　昨晩、また何かが盗まれたのですか？

コーネリアス　そうだ！

ヴェリー　今度は何ですかね、ベネディクトさん。

コーネリアス　クイーン、きみは私を信じていないが――今でもそうだろう――こいつはどうかな。私はもう何年も、歯の一本を義歯にしている。毎晩、そいつを外してから寝ているのだ。

そして昨夜も、ベッドに入る前に、いつものように義歯を外し、バスルームの洗面台の上に置いておいた。ところが、今朝になってみると――

ニッキイ　歯は紛失していた？

コーネリアス　誰かが私の義歯を盗んだのだ！（間。ヴェリーが馬鹿にしたように笑う）笑われる筋合いはないと思うがね！

ヴェリー　まあ、もし盗まれたのが自分の義歯だったら、あたしも不安になるでしょうな。失礼しました、ベネディクトさん！　義歯とはねえ！

コーネリアス　クイーン、きみはこういったたぐいの謎に人生を捧げているのだろう。どう思うのだ、きみは？

エラリー　（途方に暮れて）ぼくにはわかりません、ベネディクト――靴が片方、手袋が片方、義歯が一本。ぼくにはわかりません。

ニッキイ　盗まれた物に共通する点は、どれもベネディクトさん個人の所有物だということだけね。

ヴェリー　しかも、どう見ても価値の無い物ときてる。

エラリー　さらに言うなら、どれも盗まれたまま、戻って来ていない……靴も手袋も義歯も。ベネディクト、ぼくはおかしな疑いを持っています――これらの盗難は、一種の警告ではないのでしょうか。

コーネリアス　警告だと？

エラリー　はっきりとは、わかりません。おそらく、まだパターンが終わっていないためでしょう。次の盗難事件で、何らかの光明が得られると思うのですが——次に盗まれる物を見るためにも、ぼくたちはベネディクトさんの家にいるべきです！

警視　（くっくつ笑って）「ぼくたち」だと。おまえはこのおとぎ話に、わしも引きずり込む気じゃなかろうな、エラリー。

エラリー　でもお父さん、ぼくが行くわけにはいきませんよ。——ぼくが行けば、ベネディクト夫人の神経を逆なでするだけですから。ベネディクト、奥さんはあなたの担当編集者を知っていますか？

コーネリアス　いいや——クララは一度も会ったことがない。

エラリー　お父さん、あなたはコーネリアス・ベネディクトの担当編集者になってください。

警視　いかれてしまったようだな。

エラリー　打ち合わせをしておきましょう、ベネディクト。ぼくの父があなたと一緒に行って

——

警視　おい、せがれ——！

エラリー　父は今晩ずっと、その目を開けて見張っている。

警視　（つっけんどんに）わしは何もせんぞ。誰であろうが、わしを引きずり込むことはできん。こんな馬鹿げた、（声がだんだん小さくなっていく）愚にもつかん、くだらん——

第四場　クイーン家のアパートメント、その翌朝

警視　（落ち込んだ様子で登場）おはよう。

エラリー　お父さん！　なぜ家にいるのですか？　何か進展があったら、電話で連絡すると決めたでしょう――

警視　ああ。例のくだらん馬鹿騒ぎの話か。たとえおまえでも、もう二度とわしをこんなことに巻き込むなよ。わしは殺人課であって、遺失物係ではないのだからな、エラリー。

ニッキイ　何かが昨晩、起こったようね。

ヴェリー　今度は何がかっぱらわれましたか――寝巻きでも？

警視　まあ、似たり寄ったりのくだらなさだな。ベネディクトは昨夜、ベッドの中でしばらく本を読んでいた。それから、寝る前に、その読書用眼鏡を外して、ナイトテーブルの上に置いた――

ニッキイ　そして、今朝になってみると、彼の眼鏡は消えていたのね？

警視　（げんなりと）今朝になってみると、彼の眼鏡は消えていた。

エラリー　（緊張した声で）彼の――眼鏡が？

ヴェリー　それで、誰がそいつを盗ったんですかい？

警視　（面目なさそうに）実はな、ヴェリー、わしはずっと起きて見張っておったのだが、午前三

時ごろ、ついウトウトしてしまったのだ。気がつくと、朝になっておった。

エラリー　眼鏡とはね。これは注目すべき手がかりですよ！

警視　どこがだ？　使い古しの靴、使い古しの手袋、義歯、そして今度は眼鏡！

エラリー　お父さん、それこそがパターンなのです。ぼくは、ようやくわかりましたよ、これが〝危険〟を意味していることを。ニッキイ、ベネディクト宅に電話をかけてくれ――早く！（ニッキイはアドリブで対応。離れた位置でダイヤル音が終わるまで場面から抜ける）ぼくたちは、今すぐベネディクトに警告しなければなりません！　彼は恐るべき危険のまっただ中にいるのですから！

ニッキイ（場面に戻る）はい、エラリー。フィリス・レーンが出たわ。

エラリー（せわしく）レーンさん？

フィリス（電話ごしの声）ええ。クイーンさんですの？

エラリー　ベネディクトはどこです？　急いでお願いします。

フィリス　ニーリィの邪魔はできません。執筆中なので――

エラリー　では、邪魔をしてくれ！

フィリス　ニーリィが執筆している間は、中断してはいけないことに――

エラリー（まるで自分自身をののしるかのように）馬鹿者が！（大声で）ベネディクトの奥さんはどこです？

フィリス　自室で寝ているはずだわ、たぶん。

エラリー　夫人のお父さんは？
フィリス　マシューズさんは、ベネディクト夫人に付き添っているわ。
エラリー　では、きみがやるしかないな。すぐにベネディクトの部屋に電話をしてくれ。今すぐに！
フィリス　でも、これはニーリィが決めた、守らなければならないルールで――
エラリー　（憤慨して）ぼくは古くさい脅し文句で訴えなければならないのか？　これは生きるか死ぬかの問題なんだ！　急ぐんだ、このわからず屋！
フィリス　あたしに向かってそんな口のききかたをするなんて！（電話の向こうで相手が切る音）
エラリー　レーンさん！　レーンさん！（受話器を叩きつける）あの女の秘書根性に呪いあれ、だ！　お父さん――一緒に来てください。手遅れになる前に！

第五場　ベネディクト家、そのすぐ後

（ドアを叩く雷のような音。ドアが開く）
フィリス　（顔を出す）はい？　ああ、また――
エラリー　レーンさん、ベネディクトはどこです？
警視　言いたまえ！
フィリス　書斎にいると思うわ。（ドアを閉める）あたしは居間で本を読んでいたので。

警視　書斎はどこだ？

フィリス　広間の突き当たりよ。

ヴェリー（声が遠ざかりながら）こっちだ！（みんなで走り出す）

フィリス　ねえちょっと、クイーンさん。何の権利があって、こんなやり方で他人の家に押し入るのよ！　言ったじゃないの、ニーリィの厳格なルールについて。あたしでさえ、邪魔することは許されていないのに――

ニッキイ　口を閉じた方がいいわよ、レーンさん。エラリーにはルールなんてものは通用しないのだから。（せわしげなノックの音）

ヴェリー　返事がない？

警視　ベネディクトは書斎にいるのではなかったのか、レーンさん！

フィリス　あの人がいない？　そんなはずはないわ！（ドアノブを乱暴にガチャガチャ回す）鍵がかかっているわ。いつもはかけたりしないのに――

エラリー　ヴェリー！　手を貸してくれ！

ヴェリー　離れてください、レーンさん。あなたもです、ポーター嬢ちゃん。（フィリス「ちょっと待って――」）よっしゃ、大先生（マエストロ）、いきましょうや！（二人はドアに体当たりする）もう一丁！（再び体当たり。ドアが外れる。中に飛び込む足音。その足音が止まる。間）

フィリス（叫ぶ）ニーリィ！（間を置いて）どうして――あの人が――あの人が……（突然、わっと泣き出す）

ヴェリー　死んでいますな、警視。
警視　うむ。ペーパーナイフで刺されている。レーンさん、このペーパーナイフは、そこのベネディクトのデスクにあった物かね？
フィリス　（すすり泣きながら）わかりません。ああ――そう――そうです。
ニッキイ　レーンさん、わたしと一緒に、ここを出た方がよくありません？（二人は遠ざかる）どこか横になれるところに――
ヴェリー　（ニッキイの声に重ねて）書斎のドアはオートロックでした、警視。
警視　殺人犯は、この書斎で待ち伏せしていたのに違いないな。ベネディクトが書斎に入って来たときに刺し殺し、自動的にロックされるようにして立ち去る……。だが、なぜ殺したのだ？誰が殺したのだ？　おい、エラリー――（間）エラリー！（エラリー「え？」）おまえはこうなることを恐れていたのだな。ベネディクトが危ないと言っておっただろう。
エラリー　（ぼんやりと）ええ、お父さん。あるパターンがあったので……靴、手袋、義歯――これだけでは、ぼくは何もわからなかった。でも、眼鏡で……（むっつりと）やっと気づいたときは、もう手遅れだった。
警視　おいヴェリー、こいつが何を言っているか、わかるか？
ヴェリー　あたしに振るのですか、警視？　いいでしょう、大先生。まず、誰かがこやつの靴と手袋と義歯と眼鏡をかっぱらったわけですな。そして、この品物は、こやつが危険だと示していたわけですな？　そして、こやつをこの世からおさらばさせたのと、何かの関係があるわけですな？　でしょう？

エラリー　何だって？　ああ、悪かった、部長。考え込んでいたものだから。

警視　（うなりながら）よしヴェリー、こいつが考え込んでいる間に、おまえとわしで仕事を進めるとしよう。この家にいるやつは、どいつもこいつも引っ立てて来い。徹底的に調べあげてやる。やつらの一人がベネディクトを殺したのに決まっておるからな。

ヴェリー　（遠ざかりながら）わかりました、警視。

エラリー　まだ行くな、部長。

ヴェリー　（戻りながら）おお、お目覚めになられた。何ですか、大先生。

エラリー　お父さん、あなたが尋問する必要はありませんよ。（間）

警視　おい、もういわかったなんて言うなよ。

ヴェリー　（くってかかる）信じられませんな！　絶対に無理ですよ！　いいや、大先生、この事件はそんなに早く――

エラリー　にもかかわらず、ぼくはわかったのさ――誰がベネディクトの靴と手袋と義歯と眼鏡を盗んだのかを。そして、それがわかれば、きみたち二人も、誰が殺したのかわかるはずだよ。

（音楽、高まる）

聴取者への挑戦

このラジオ小劇場を読んでいるみなさんは、ここで読むのを止めて、知恵をめぐらしてください。そうすれば、より一層の楽しみを得ることができるでしょう。誰がコーネリアス・ベネディクトを殺したのでしょうか？　盗まれた靴・手袋・義歯・眼鏡が持つ論理的な意味とは何でしょうか？　そして、もしあなたが正しい推論によって正しい解答にたどり着いたと思ったならば……エラリー・クイーン自身による「奇妙な泥棒の冒険」の解決を読んでください。

解決篇

第六場　同じ場所、すぐ後

（エラリーが解決したと聞いた警視、ヴェリー、ニッキイの三人が、アドリブでざわめく声が聞こえてくる）

エラリー　解答は盗難事件の中にありました。明らかに、何者かが意味のあるパターンに従って、盗んでいたのです。泥棒は、ベネディクトの靴を、一足ではなく片方だけ盗み、手袋もまた、一組ではなく片方だけ盗んだ、というのが最初の手がかりでした。――どちらもそれ自体には、何の価値も意味もありません。そしてこの点では、義歯と眼鏡も同様でした。これが、ぼくに一つの考えをもたらしたのです。これらが意味するものは、その物自体にはなく、象徴としてあるのではないか、という考えを。シンボルとして見た場合、〝片方の靴〟は何を表しているでしょうか？

警視 片方の靴か？「足」だろう。

エラリー そう。靴は単純に「足」のシンボルとして用いられるでしょうね。では、〝片方の手袋〟は？

ニッキイ もちろん、「手」だわ。

エラリー そして、〝義歯〟が示すものが何かといえば？

ヴェリー 簡単、簡単。「歯」ですな。

エラリー つまり、最初の三つの盗難は、ぼくたちに次なるパターンを提示しています――足、手、歯。

警視 確かに何らかのパターンがあるな。

エラリー 明らかですよ、お父さん。特に、四番めに盗まれた品物について、あなたが考えてくれるならば。――ベネディクトの眼鏡は？

警視 両目(アイズ)か！

エラリー 正解です。ただし、最初の二つが「足」「手」と単数形であることから考えると、残りも複数形ではなく単数形にすべきでしょう。そして、単数形で統一してみると、パターンの始めの四つはこうなります——足、手、歯、目。

ヴェリー　わかりましたよ。どうやらあたしは何も思いつかない間抜けらしい、ということが。

警視　エラリー、こいつは解剖学の授業なのか？

エラリー　お父さん、あなたはこのパターンが完了していないことを忘れていますよ。

警視　だが、他には何も奪われていない——この四つの品物だけじゃないか！

エラリー　違います、お父さん。五番めに奪われたものがあります。

ニッキイ　五番め？

エラリー　そう。ベネディクトの命は、奪われなかったですか？

警視　（自信なさそうに）ああ、せがれよ、もちろんそうだ。だが——

エラリー　あらためてパターンを見てください！　足、手、歯、目、命。そして、これらが順番に奪われていった。

ヴェリー　先生、助け船を出してくれませんかね。

エラリー　まさか、きみは日曜学校に行かなかったというのじゃなかろうね、部長？『出エジプト記』の中でモーゼに与えられた法は何だった？（朗々と）「そしてもし害ある時は罪を償うべし……命には命を、目には目を、歯には歯を、手には手を、足には足を」

警視　何ということだ！　まったく同じパターンだ……順番が逆である点を除けば！

エラリー　では結論は？　この家の誰かが、自分自身を任命したのです。コーネリアス・ベネディクトに責任を問う、全能の神の代理人に。その人物は、旧約聖書のパターンに忠実に従いました——ただし順番を逆にして。ベネディクトの「足」を奪うわけにはいきませんから、足のシンボルとして、彼の靴を盗みました。ベネディクトの手の代わりに、彼の手袋を盗みました。そしてその後も同じように盗んでいったのです。最後に、その人物の真の目的である、ベネディクトの命を奪いました——今度は文字通りに。ここまでわかると、ぼくは誰がやったかもわかりました。この家では、たった一人だけが、このようなパターンを思いつく精神を持っているからです。その精神の持ち主は——

警視（冷静に）クララの父、マシューーズ氏か。

エラリー その通り、ベネディクトの義父です。マシューズただ一人が、この痛ましい事件における犯行パターンと一致するのです。最愛の娘に対するベネディクトの仕打ちが、父親であるマシューズの精神のバランスを崩したのでしょう。そして彼は、旧約聖書の法を、自らの手で執行することにしたのです。お父さん、マシューズ氏は精神病院に送るべきです。——ぼくは信じて疑いませんよ。有能な専門家連中が調べさえすれば、法が彼をあるべきところに導くことを！

（音楽、高まる）

見えない手がかりの冒険

The Adventure of the Invisible Clue

登場人物

探偵の　エラリー・クイーン
その秘書の　ニッキイ・ポーター
エラリーの父親で市警本部の　クイーン警視
クイーン警視の部下の　ヴェリー部長刑事
検死官補の　プラウティ博士
風変わりな発明家の　ブラウン

放送　一九四二年一月十五日

第一場　クイーン家のアパートメント

（音楽、高まる……。パトカーのサイレンの音、ブレーキが悲鳴を上げる音、車のドアをすばやく開け閉めする音が立て続けに――）

警視　すまんな、グラディ！　家まで乗せてもらって。（再び音楽。車の走り去る音と石段を上がる二人分の足音。鍵をまわす音。ドアが開いて閉まる音。不意に音楽が途切れる）

警視　（音楽が途切れるとすぐに……鋭い声で）それから、ヴェリー。

ヴェリー　（疲れた声で）はあ、警視？（屋内の階段を歩く音）

警視　ヘイグストロームの家に電話を入れてくれ。例のフィリピン人のタクシー運転手についての報告を確認しておくのだ。（ヴェリー「はあ」）次に老女中の死体から出た弾丸の弾道検査だ。（ヴェリー「はあ、警視」）ブルックリンにも電話だ――別荘狙いの空き巣の件で何か進展はないか調べておけ。それから、朝一番で――

ヴェリー　（慇懃無礼に）途中で、かみさんにキスをするために、五分間ほど抜け出してもかまいませんでしょうかね、警視？

警視　（くすりと笑う）〈泥棒と警官ごっこ〉について学んでもらうために、許可を与えよう。（あくびをして）何という一日だ！（足を止める）家に入ってくれ。残りの指示を与え――おや？

何だ、これは？

ヴェリー　（あくびをしながら）何が「何だ」なんですかい？

警視　わが家のドアに手紙がはさんである。（かがみ込みながら、ぶつぶつ言う）速達だ。エラリーにだな。（鍵をあける音）エラリーとニッキイは中にいないのかな？

ヴェリー　二人とも中にいますよ、ご心配なく。息子さんは自分の探偵小説のために、かわいそうなニッキイ・ポーター嬢ちゃんを、一日中こき使っているようですな――（ドアが開いたとたん、離れた位置からタイプライターが絶え間なくカチャカチャ鳴る音が聞こえてくる）（ドアが閉まる）

警視　（そっけなく）ポーター嬢は気にしておらんように見えるが。（呼びかける）エラリー！　ニッキイ！　わしだ！（エラリーとニッキイは離れた位置でアドリブで挨拶をする。その間もタイプライターはずっと鳴り続けている。警視もアドリブで応えてから）入ってくれ、ヴェリー。

ヴェリー　（憮然として）あたしが来たというのに、歓迎してくれないのですかね、お二人さん。

エラリー　（場面に加わる）今晩は、部長！（大げさにあくびを嚙み殺す）いったい、今は何時ですか？　何と――十一時か！　ニッキイ、すまない……

ニッキイ　（さらに大きくなったタイプライターの音に重なるように）邪魔しないで！　今ちょうど、ジェニファーが恋人の死体を木の下で発見したシーンを打っているところなんだから！（エラリーは決まり悪そうに笑う）

警視　座ってくれ、ヴェリー。おおそうだ、エラリー。速達が届いていたぞ。いまドアの外で見つけたのだが。郵便配達のベルは聞こえなかったのか?

エラリー どうやら聞き逃したようですね。ありがとう、お父さん。(エラリーが次のセリフを続ける間、警視は少し離れた位置で話し続ける。「明日の話だが、ヴェリー。まず朝一番で市刑務所に出向いてくれ……」などなど)何の手紙だろう?(封筒を破く音)タイプはもういいよ、ニッキイ、もう遅いから。木の下の死体は待っていてくれるさ。ふーむ。市内にあるハーレクイン・ホテルの便箋か。――「エラリー・クイーン様」、ふむふむ……(タイプライターの音が止まる)

ニッキイ (疲れた声で)わかったわ。(タイプライターから紙を抜く。あくびをして)わたし、もうくたくただわ。(エラリーが口笛を吹く)何で口笛なんか吹いたの、エラリー?

エラリー こいつは、ちょっとした驚きだ。ニッキイ――お父さん――部長!(警視とヴェリーのアドリブの会話が止まる)この手紙の内容を聞いてください!

ヴェリー (場面に加わる)ファンレターですかい、クイーンさん?「親愛なるクイーン様。あなたの瞳は最高に美しい。どうかサイン(ジョン・ハンコック)をいただけますか。あなたに魅せられた崇拝者より」――おお、まるで作家みたいだ。春は来たりぬ!

警視 (ぼそりと)センター街の詩人のつもりか。それでエル、何と書いてあるのだ?

エラリー (読み上げる)「親愛なるクイーン様。この手紙を今夜中に受け取ってもらいたいので、速達で出すことにします。明日の朝、小生がぐっすり眠っている間に、貴君に間違いなくホテルを訪ねて来て欲しいのです」!

ニッキイ なにそれ!

ヴェリー　雄鶏（おんどり）ごっこですかね。
警視　わしには冗談とは思えんな。それだけか、エラリー？
エラリー　（いかめしく）とんでもない！　聞いてください。「小生はハーレクイン・ホテルのスイートルーム七七七号に住んでいます。この部屋の鍵を同封しました」（他の三人に向かって）この通り、鍵は封筒に入っています。（続けて）さらにこの手紙にはこう書いてあります。「どうか――どうか明日の朝七時に、小生の部屋に来てください。ドアの鍵を開けて、寝室に入り、小生を起こしてください。小生は薬で眠っていて――この点がとても重要なのです」
ニッキイ　（ぽかんとして）この人は薬で眠っていて――その点がとても重要なのです、って？
エラリー　「小生を起こしてくれた後、貴君自身の目で、小生がいつも見ているものを見て欲しいのです――そうしなければ、貴君は小生を信じてくれないでしょうから。クイーン様、どうかこの申し出を拒絶しないでいただきたい。小生は哀願します。これは、生きるか死ぬかの問題なのです！」。本文と同じように、震える手で署名されています。「バーソロミュー・ブラウン」と。（間を置く）
ヴェリー　イカレタ国アキレタ市より。
警視　（皮肉っぽく）こいつは、わしの管轄と関係あるのか？　生きるか死ぬかの問題だと？
ニッキイ　何て奇妙な手紙なの、エラリー！　鳥肌が立ちそうだわ。
エラリー　（考え込みながら）そうだな、ニッキイ――実に奇妙だ。
警視　ああエラリー、言ってくれ！　こんな手紙を真（ま）に受けたりはしないと。この男は変わり者かイタズラ者のどちらかに決まっておるさ！

エラリー　ぼくはそうは思いませんよ、お父さん。ブラウンからの手紙は――あまりの恐慌状態のため支離滅裂な手紙を書いてしまうくらいひどい窮地から助けて欲しいというこの訴えは――ぼくの心を打ちましたよ。ニッキイ、明日の朝七時十五分前に、ハーレクイン・ホテルのロビーで落ち合えないか？　きみにノートをとって欲しいのだ。

ニッキイ　わたしを仲間はずれにできるものなら、やってみなさい！

ヴェリー　ええと……あたしもちょっと寄ってみていいですかい、クイーンさん？　この変人はちょっと気になるので。（エラリーはアドリブで応じる）

警視　（言い訳がましく）ああエラリー……わしも様子を見に立ち寄ろう。たまたま手が空きそうなのでな――（鼻を鳴らす）寝ているところを見ろ！　そして起こせ、か！　そいつが必要としているのは、探偵ではなく、目覚まし時計のようだな！

ニッキイ　（ゆっくりと）確かにそうかも知れないけど、わたしは嫌な予感がするわ。これがわたしの思いすごしで――（言葉を切る）

エラリー　きみの思いすごしで――何だい、ニッキイ？

ニッキイ　ブラウンさんが無事に起きることができるといいのだけれど！

第二場　ハーレクイン・ホテルの廊下

（神秘的で――その上、どこか狂った音楽が高まり……七時の時報が割り込み……そして、廊下の絨毯の上を歩く柔らかな足音が……）

ヴェリー　（抑えた声で）七七七号室だ。さて、ここが精神病棟というわけですな。（足音が止まる）

警視　（不満たらたらで）牛乳配達の男と一緒に上がってくるとはな！　わしの頭はぼけ始めたようだ。おい、せがれ――おい！

ニッキイ　（神経質に）お先にどうぞ。エラリー――鍵を開けてちょうだい！

エラリー　（やはり神経質に）わかっている、わかっているよ。（鍵を慎重に差し込み、ガチャガチャいわせてから、ドアをきしませて開ける。そしてささやく）中に入るんだ、早く！

ヴェリー　（ぶつぶつと）みんな神経質ですなあ。（きしむドアをそっと閉める）

第三場　ブラウンのスイートルーム

警視　（小声で）何か聞こえるか？（間を置く）

ニッキイ　（ささやく）わたしには聞こえないけど。エラリー、どこに行くの？

エラリー　（少し離れた位置で）手紙には寝室だと書いてあった……（エラリーの足音に続く三人分の小走りの足音。それが一斉に止まる。前とは別のドアがきしむ鈍い音）
ヴェリー　（ささやく）この中が〈カッコーの巣〉（精神病院）ですかい、クイーンさん？
エラリー　（すぐ近くから――小声で）この中は寝室だよ、部長！（ドアのきしむ音がさらに続く。間）
ヴェリー　（小声で）人がベッドにいますぜ！
警視　（うなる）何を間抜けなことを言っておる。人間以外の何が見つかると思っておったのだ――カンガルーか？
ニッキイ　エラリー、あの頭の禿げた小柄な男の人……もしかしたら……もう……
エラリー　（いつもの声に戻して）ブラウンさん……（間）ブラウンさん？（間）
ヴェリー　（不安そうに）ねえ！　ひょっとしたら、そいつは――
警視　（同じく不安そうに）ブラウン！　ブラウンさん！（一同が走り寄る足音）ブラウン！（一同の足音が止まる）
ニッキイ　（おびえて）見たくない、いいわ！
エラリー　息はある！　昨夜（ゆうべ）、睡眠薬を飲んだのです！（一同、安堵のため息をつく）（エラリーは男をゆさぶって）ブラウン！　ブラウンさん、起きてください！（ヴェリーと警視はアドリブでエラリーに合わせる）
ブラウン　（鼻を鳴らして目覚めると、口を開く。――変わり者らしく演じること。ただし、やりすぎないように……あくまでも〝風変わり〟程度で。……声優ジョン・ブラウン氏が巧みに演じてくれますように）うわ！（叫ぶ）殺さないでくれ！　わしを殺さないでくれ！（恐怖にかられ、いつまでもわめき続ける）

ニッキイ　（喜んで）ふ〜う！

警視　叫ぶのをやめてくれんかね、頼むから！

ヴェリー　（いかれた人に対するように）誰もあんたを殺したりはせんよ、センセイ……

エラリー　落ち着いてください、ブラウンさん。――ぼくは、あなたが速達を出した相手ですよ。忘れてしまったのですか？

ブラウン　（狂喜して）きみはクイーン君か！（大きな安堵のため息）わしは、もう駄目かと思っておったのだよ、クイーン君。きみに会えてとても嬉しいよ！（再びおびえて）そこにいる二人の男は何者だ？　女は？

ニッキイ　（うんざりして）わたしは「女」ではありません、ブラウンさん。クイーンさんの秘書、ニッキイ・ポーターです。

警視　そしてわしは、市警本部のクイーン警視。こっちは部下のヴェリー部長だ。ではブラウンさん、この戯(ざ)れ事について教えてもらえますかな？

ブラウン　警察か！　ありがとう、クイーン君――警察を連れて来てくれて！（何か気にかかるかのように）きみたちは、まだあれを見ていないのか？

エラリー　（おだやかに）ぼくたちが何を見たと思っているのですか、ブラウンさん？

ヴェリー　（ぶつぶつと）もし「蛇を見たはずだ」（アル中の幻覚）なんてほざいたら、この場で暴れてやるからな。

警視　（やはりぶつぶつと）この男がおびえているのは間違いない。（声を高くして）ええと……あなたは何を恐れているのかな、ブラウンさん？　わしらに話してくれたまえ。

ブラウン　見せてあげよう！（秘密めかして）これからわしは、あなた方がここにいないかのように――わしがたった一人でいるかのように――ふるまうことにする……

ニッキイ　（小声で）こんなことを続けるなら、すぐに、たった一人になれるわ……！

ブラウン　諸君は、わしにぴったりついてきてくれ。目はしっかりと開けて。（絶望にとらわれているかのように）わしはもう、自分の眼が信じられないのだ！（再び秘密めかして）お嬢さん、もしあんたがしばらく後ろを向いていてくれたら、わしは部屋着を着ることができるのだがね。……ああ、すまんな……（ベッドがきしむ音）いいかね、わしは今、こうやってベッドを出て……スリッパはどこだ、いまいましい！（ぶつぶつ言い続ける）

警視　（小声で）ヴェリー、護送車を呼べ。

ヴェリー　（同じく小声で）気の毒な男ですな。階下で電話をかけてきましょう――

エラリー　（小声で）いや――待ってください。（明るい声で）続けてください、ブラウンさん。みんな、あなたについていきますよ。

ニッキイ　（小声で）いつまでも、というわけではないけど。

ブラウン　わしはベネツィアン・ブラインドを引く――（ブラインドを引く）――これを毎朝や

っておるのだよ。言うまでもないが、太陽の光を入れるために……

警視　毎朝何を入れているって言った？――月の光か？　エラリー、頼むから――

エラリー　(小声だが緊張して)いや……待ってください、お父さん！　彼があのドアに向かう理由を突きとめてからにしましょう。(呼びかける)ブラウンさん、そのドアは、どこに通じているのですか？

ブラウン　(少し離れた位置で)浴室だ。(声がだんだん大きくなる――エラリーたちが近づいていることを示している)わしは浴室のドアを開けて――(ドアを開ける)――それから、(叫ぶ)あったぞ！　浴室の鏡の表面――洗面台の上のやつだ！　見えるか？　鏡の表面のあれが見えないのか！(しゃくり上げる)あれは間違いなく……間違いなく……

ヴェリー　(真剣になって)鏡の表面に何か書いてある。まるで幽霊が書いたみたいだ！

警視　近くで見ると……ヴェリー、こいつは石鹼で書かれているぞ！

ニッキイ　石鹼で書かれた警告文よ、エラリー！　このかわいそうな人がおびえるのも――

エラリー　(ゆっくりと)そして、こう書いてある……「わたしはあなたを殺す」。

ヴェリー　毒ペンの――この場合は石鹼の――手紙(悪意の手紙)というやつか！

警視　こんなことが、これまでどれくらい続いているのですかな、ブラウンさん？

ブラウン　(泣きながら半狂乱になって)もう何週間も続いている！　いつも同じメッセージだ！浴室の鏡をふきとっても、翌朝にはまた現れるのだ！(あえぐ)しかも、これだけではない。わしがこれからすることも見ていてくれるかな？　いつも居間のテーブルに置いてある煙草入

れを取りに行くのだ。見ていたまえ！（早足で――エラリーたちも後に続く）

警視　（足を止める直前に）煙草入れはちゃんとある！（足を止める）これがどうしたのですかな、ブラウンさん？

ブラウン　（前と同じ口調で）わしは怖いのだ――この煙草入れを開けるのが。こんな風に……（煙草入れを開ける。悲鳴を上げて）見ろ！　見たか？　ケースの中にカードが入っている！（さらに悲鳴を上げる）わしはもう読む必要がない――何が書いてあるか、わかっているからだ……。いつも同じことが書いてある……

ニッキイ　そのカードには何て書いてあるの、エラリー？

エラリー　（口早に）「わたしはあなたを殺す」。同じメッセージだ！

ヴェリー　（のろのろと）あたしには……何がどうなっているのやら……

警視　（小声で）すてきな定型文じゃないか？　おかしいのは……

ブラウン　（半狂乱で）わしのスイートのどこでもだ！　あるときは壁にメモが留めてあり――あるときには朝刊やデスクの吸取り紙になぐり書きされている！　わしの目に入るどこでも――同じ警告文が――「わたしはあなたを殺す――わたしはあなたを殺す――わたしはあなたを殺す」と。わしの気が変になるまで！　おかげで、眠るためには睡眠薬が欠かせなくなってしまった！（ヒステリックに泣き出す。離れた位置で玄関のベルが鳴る。あっという間に錯乱状態におちいったブラウンがささやく）誰なのだ？

警視　（かなり真剣になって）誰なのか見てこい、ヴェリー。

ヴェリー　（遠ざかりながら）誰なのかはわかってますよ。ボリス・カーロフでしょう。

エラリー　落ち着いてください、ブラウンさん。さもないと、衰弱死の方を心配しなくてはならなくなりますよ。しっかりして——元気を出して。

ニッキイ　クイーンさんがあなたを助けてくれるわ。ここに座ってください、ブラウンさん。今、アスピリンを持って来ますから……

ブラウン　（錯乱して）わしに触るな！（激しくあえぎながら）誰なのだ？　誰がベルを鳴らしたのだ？

警視　さあさあ、何も恐れることはありませんよ、ブラウンさん。（呼びかける）ヴェリー、何をモタモタしておる！

ヴェリー　（現れる）速達でしたよ、警視。——こんなものが心配の種だったのですかねえ？（なぐさめるように）ほら、あんたが心配するようなことは、何もなかったですぜ、ブラウンさん。こんなチッポケな速達が、あんたを傷つけることができると思っているのですかな？　ええ？　ふん！　そんなわけないでしょうが！（B氏を安心させるように明るく笑う）

ブラウン　（どなりつける）わしにその手紙を渡すんだ、この間抜け！（封筒を開く。便箋を広げる）

ヴェリー　（その音にかぶせて）おっと。何て危ないオッサンだ！

ブラウン　（叫ぶ）来た！　ああ、来た来た来た来た……（ヒステリックに笑ったり泣いたりする。それがしばらく続く）

ニッキイ　ヒステリーだわ。部長、手を貸して、お願いぃ！

ヴェリー　近づくと危ないですよ、ポーター嬢ちゃん。こんなときには、あんたは話しかけない方がいい。（子供をあやすように）落ち着いてください、ブラウンさん！（音楽の流れる中、ヴェリーとニッキイはアドリブを続け、ブラウンは笑い続ける）

警視　封筒には何が入っていたのだ、エラリー？　おい！　隠すな！

エラリー　鉛筆で書かれていて、署名はなく、普通の安っぽいメモ用紙で、中央郵便局で昨夜遅く受け付けたようですね……。こう書いてあります……（間を置いてから、ゆっくりと）「もうすぐあなたは殺される。あなたが〝毎日〟話している人物によって！」（ブラウンのヒステリックな笑いが高くなり……音楽が高まり……そこにブラウンにアドリブで話しかけるヴェリーとニッキイの声が重なる……「大丈夫か、ブラウンさん」「気分は良くなった？」「もう一杯飲んで」などなど）

第四場　同じ場所、すぐ後

ブラウン　（運命に逆らうのをやめて〝落ち着く〟。以下の場面では、普通に戻って演じること）ありがとう！　うむ。いや。みんな親切だな……。しかし、それももはや無駄なのだ。わしはもう死んだも同然なのだからな。今となっては、死ぬことしか残されていない。もう、終わりだ。

警視　（元気づける）さあ、大人の男なら、話すという手も残されているだろう？　しっかりしたまえ、ブラウンさん！　あなたを殺そうとする人物に心当たりは？

ニッキイ　敵はいませんの？

ブラウン　敵？　いる——そして、いない。わしが言いたいのは——敵はいるが、そいつということは……（ため息をつく）いや、こうなっては何でもあり得るな。

ヴェリー　（小声で）ねえ、医者を呼んで、このオッサンをぶち込んでもらいましょうや。拘束衣を着せて。

警視　（同じように小声で）あわてるな、ヴェリー！　何かありそうだ。

エラリー　ブラウンさん、あなたには敵がいると言いましたね。それは誰ですか？

ブラウン　長い話になる。実は、わしは発明家なのだが……

ヴェリー　（それですべての謎が解けたかのように）なるほどねえ！

ブラウン　（遠くを見るように）数年前、わしはある男と共同で、発明に取り組んでいた。だが、いつまでも完成しなかったため、共同研究者は失望して手を引いたのだ。わしは新たな角度から取り組み、ついに問題を解決することができた。そして、この発明は大金をもたらしてくれた。すると、かつての共同研究者は何をしたと思う？　彼はわしに利益の五〇パーセントを請求したのだ！　しかし、わしは裁判で勝って——特許権がわしのものだとはっきりさせたのだよ。

エラリー　そうでしたか。ではブラウンさん、その共同研究者の名前は？

ブラウン　スミスだ。

警視　スミスだって？　冗談でしょう！

ブラウン　いやいや、それが本名なんだ。（ため息をつく）スミスという名の人々が何人も実在することは、あんたも知っておるだろう。わしの名だって、〝ブラウン〟だ。
ヴェリー　（つぶやく）あんたの名は〝タワケ〟だよ。
エラリー　（真剣に）どこに行けば、あなたのかつての共同研究者に会えるのですか？
ブラウン　スミスか？　ああ、彼は死んだよ。数年前のことだ。
ヴェリー　（間髪容れず）さあ、帰りましょうや。
警視　（小声で）ちょっと待て、ヴェリー！（声を上げて）ううむ……ブラウンさん。そのスミスという男だが——あなたを恨むような縁故者はいなかったのかな？
ブラウン　（物憂げに）彼には息子と娘が一人ずついたな。
ニッキイ　エラリー、その人たちだわ！
エラリー　ニッキイ、静かにしてくれ。ブラウンさん、その息子と娘は、どんな外見なのですか？
ブラウン　どうしてわしが知っていると思うのかな？　会ったこともないのに。
エラリー　（あせって）それでは、二人が住んでいる場所はどこです？
ブラウン　全然知らん。
ニッキイ　ニューヨークに住む若い男性の誰かがスミスの息子であり、若い女性の誰かがスミスの娘である、と言いたいのかしら？　しかもあなたは、二人に会っても、そうとは気づかないと？（ブラウンの物憂げな「そうだよ、お嬢さん」）エラリー、手の打ちようがないわ。
エラリー　その通りだ、ニッキイ。最悪の状況だ……（苛立たしそうに）この問題を論理的に検討してみましょう。何者かが夜の間にこっそりここに忍び込み、ブラウン氏に対する脅迫文をいくつもなぐり書きしました——おそらくはドアの合い鍵を持っているのです。——どれも、さほど難しいことではありません。

ヴェリー　（小声でくってかかる）だったら、なぜ犯人は、こんなことをするより先に、ブラウン氏を殺さないのですかね？

ニッキイ　（やはり小声で）なぜなら犯人は、殺す前にブラウンさんを苦しめようとしているからよ。それが理由だわ、部長！　エラリー、こんなことをするのは、復讐が目的の人だわ！

エラリー　どうやら間違いなさそうだな。ブラウンさん——（ブラウンはぼんやりと「ああ？」と答える）あなたの敵は、この手紙でこう言っています。「あなたは殺される。あなたが〝毎日〟話している人物によって」と。——「毎日」のところに傍線が引いてあります。では、まずここから始めましょう。しっかり考えてください、ブラウンさん。一週間で、あなたが毎日会っている人物は誰ですか？

ブラウン　（ぼんやりと）エレベーター・ボーイだな。いや、いつも同じ人ではないな。それに、わしは彼らとは一度も話したことがない。

ニッキイ　（すばやく）ロビーのクラークはどうかしら？

ブラウン　いや、毎日会っているわけではない。

エラリー　ドアマンは？

ブラウン　やはり毎日ではない。

ヴェリー　あたしも入れてください！　あんたの身内はどうです？　身内はいつもトラブルの元ですからな。
ブラウン　わしは天涯孤独の身だ。（ヴェリーはぶつくさ言う）
警視　仕事関係だったら、毎日話している人はたくさんいるのではないかね、ブラウンさん。
ブラウン　仕事はしていないのだ。わしは例の発明を売って、その特許権料で生活している。
（警視は「ふ〜む」と言う）
エラリー　ブラウンさん、あなたは毎日同じレストランで食事をしていますか？
ブラウン　いや。
ニッキイ　友人だわ！　もちろんそうよ。お友達がいるでしょうから……
ブラウン　友人はいない。わしは本と音楽を友とし、ここで隠者のような生活をしている。知人は何人かいるが、毎日会ったりはしない。
ヴェリー　わかりましたよ！　映画だ！　映画館の案内係とか、そのたぐいだ！
ブラウン　映画？　ああ、なるほどね。だが、わしは映画を観に行ったことがない。
警視　（いらいらしてくる）あなたの弁護士はどうです？　かかりつけの医者は？
ブラウン　かかりつけの医者とは、もう半年も会っていない。弁護士とは一年以上もごぶさただ。
ニッキイ　近所のお店の人は――雑貨店とか薬局とか事務用品店とか……（ブラウンは一つずつ「いいや」と答える）
エラリー　銀行員やタクシー運転手や花屋は？（ブラウンは一つずつ「いいや」と答える）

ヴェリー　こいつはなかなか興味深～くなってきましたな。セールスマンはどうです？　あんたを毎日悩ませているでしょう？――雑誌や保険、掃除用具や掃除機なんぞを、あれこれ勧めて。
ブラウン　その手の連中は、このホテルには入ることはできない。
ニッキイ　電報配達、マッサージ師、内装の職人はどう！（ブラウンは一つずつ「いいや」と答える）
エラリー　あなたはどこかのクラブに所属していませんか、ブラウンさん？（ブラウン「いいや」）
警視　わかった！　あなたは毎日、一杯やるために同じバーに寄っているでしょう。――そして、いつも同じバーテンダーとおしゃべりをするわけだ！
ブラウン　警視、わしは厳格な禁酒主義者なのだよ。
ニッキイ　待って！　わかったわ！　あなたは、ビジネスやプライベートな手紙を、毎日、速記者に口述しているのでしょう！
ブラウン　そんなに手紙を書いたりはしない。それに、書くときは速記者を使わず、自分の手で書いている。
警視　（腹立たしそうに）歯医者！（「いいや」）洋服屋！（「いいや」）窓拭き！（「いいや」）
エラリー　株式仲買人（「いいや」）、図書館員（「いいや」）、ベルボーイ（「いいや」）。
ヴェリー　そうか！　部屋付きメイドだ！
ブラウン　マギーばあさんか？　彼女とはめったに顔を合わせない。わしが外出している間に掃除をするのだからな。（間を置いて）どうやら、みなさんには――

エラリー　考えてください、ブラウンさん！　あなたと毎日話している人物が、少なくとも一人はいるはずです！

ブラウン　一人もいないのは、もう間違いない。（ため息）もう、これ以上は時間の無駄だな。親切な諸君、これで解放してくれるかな？　わしはもう、くたくただ。

ヴェリー　このお方はくたくたのようですな。警視、おさらばしましょうや。

警視　エラリー、おい……ちょっといいか？

エラリー　待ってください、お父さん。ブラウンさん。ガウンを脱いで、数分ほどくつろいでください。その後でロビーに降りてきてくれませんか。ぼくたちはそこで待っていますから。待っている間に、まだ残されている可能性を調べておきますよ。

ブラウン　（ぼんやりと）クイーン君、骨折りには感謝するが、しかし……わしはもう万策尽きはてたのだよ。まあ……遅かれ早かれ人は誰でも死ぬのだからな。だがもちろん、クイーン君、それできみが満足するというなら……

エラリー　（真剣に）心から満足しますよ、ブラウンさん。（小声で鋭く）お父さん、階下へ行きましょう。どこを捜せばいいか、どうやらわかったようです！

第五場　ホテルの廊下、すぐ後

（ごく短い音楽による中断――そこにドアに鍵をかける音が割り込む）

ニッキイ　エラリー、しっかり鍵をかけた？

エラリー　ああ――もちろんだよ、ニッキイ。それにブラウンさんは、今は決して誰も部屋に入れないだろうしね。（全員の足音が響く）

警視　せがれよ、どういうことなんだ――どこを捜せばいいかわかった、というのは？

ヴェリー　あたしをかつごうったって無駄ですぜ。犯人は「見えない人（インビジブル・マン）（透明人間）」なんでしょう。

ニッキイ　（恐ろしげに）あるいは「見えない女（インビジブル・ウーマン）」かも。

エラリー　（ゆっくりと）おかしな話ですが、その言葉は今回の謎を的確に表しているのかもしれませんね。

警視　やれやれ。いいか、せがれ。あの男は明らかに精神病患者だ。頭がいかれておるのだよ！　あのメッセージは全部、自分で書いたに決まっておる！

ヴェリー　（うんざりと）そんなこと、一時間も前から、みんなわかっていますぜ。――たった一人の探偵作家を除いてね。（足音が止まる）

エラリー　エレベーターを呼んでくれ、部長。（ヴェリーはアドリブで対応）ブラウンについてのみんなの考えが正しいかどうかは別にして、まぎれもない事実が一つあります。それは、毎日話してはいるのだが、そのために顔をつき合わせる必要はない人物が存在する、ということです。

ニッキイ　エラリー！　電話ね！

エラリー　もちろんそうさ！　ぼくは、ホテルの電話記録を調べ、ブラウンの今週の通話をすべて洗い出してみるつもりです。そして、もし彼が毎日通話している電話番号があったら……それが答ですよ！

警視　わしの方は、階下でプラウティ先生に電話だ。今すぐここで、ブラウンを診察してもらうつもりだよ。もしプラウティが、わしの考えを裏付けてくれたら、ブラウン氏には住所を変更してもらうことになる——ハーレクイン・ホテルから、ベルビュー精神病院の監視つきの病室に。

第六場　同じ場所、しばらく後

（音楽、高まる。……エレベーターの扉が開く音がすると、音楽は止まる）

プラウティ　（登場する）この階が、問題の狂人のねぐらかね？　そいつはどこだ？　どうやって行くのだ？（エレベーターの扉が閉まり、みんなの足音が響く）

ヴェリー　やあ先生、あいつを警戒させちゃ、駄目ですぜ。あたしは、ブラウンを精神病院にぶちこむ気がないと言ったら、嘘になりますからな！

警視　時間はたっぷりあるよ、プラウティ。……おいせがれ、通話記録の方は何か見つかったか？

エラリー　（むっつりと）同じ相手と毎日通話している記録はありませんでした。ニッキイが「ホテルの電話交換手ではないか」というアイデアを出してくれましたが、調べてみると、十人の女性が毎日交代で働いていることがわかっただけでしたよ。

ニッキイ エラリー、わたしがわからないのは、なぜブラウンさんが、わたしたちと落ち合ってあなたと話すためにロビーに降りて来なかったのか、よ！（足音が止まる。ドアをノックする音）

ヴェリー あいつはおそらく、次に使う石鹸を泡立てているところでしょうよ。

プラウティ （声高に）変人だと、まったく！　おい、ドアを開けなさい、ご老体。そして老いたるプラウティ医師に、きみの頭蓋骨をのぞかせてくれたまえ！（さらにノックの音。不吉な音楽が流れる中、しばしの間）

ニッキイ （不安そうに）エラリー……なぜブラウンさんは……返事をしないの？

エラリー まさか――そんな馬鹿な。あり得ない。ただ単に、おびえて出て来ないだけだろう。そうだ、ぼくはまだ、彼が送ってきた鍵を持っていたっけ。（鍵を差し込む音）

警視 （落ち着かない様子で）そうだな。そんなところだろう。ブラウンはドアを開けることを怖がっているだけさ。おい、せがれよ、早く開けてしまえ！　何をそんなに神経質になっているのだ？（ドアが開く）ブラウンさん！　おい、ブラウンさん！　どこにいる？（ドアが閉まる）

ヴェリー （猫なで声で呼びかける）あたしたちですよ、ブラウンさん！

ニッキイ （呼びかける）ブ・ラ・ウ・ン・さ～ん！（間を置いてから恐ろしげに）エラリー……

エラリー 寝室だ！（走る足音。止まる。開いたドアが壁に叩きつけられる音。ニッキイの叫び声）

警視 ブラウンの死体が！

ヴェリー ベッドの上に！

エラリー　プラウティ先生！　彼は――

プラウティ　（心底腹立たしそうに）ディック・クイーン、おまえさんはわしに、生きている男の診察だと約束したな！　それなのに、わしを呼びつけたところに待っていたのは何だ？　四回も喉を刺され、マグロのように死んでいる男ではないか！

第七場　クイーン家のアパートメント

（ドラマチックな音楽、高まる。……そこに割り込むように）

プラウティ　（くぐもった――電話の向こうからの声）嘘つきじいさんに教えてやろう。こいつは自殺ではないぞ！

警視　（弱々しく）聞いてくれ、先生（ドク）。わしがしくじったのは――

プラウティ　（電話ごしの声）わしにアリバイを申し立てんでもいい、ディック・クイーン！　おまえさんはこいつの検死報告が欲しいのだろう、違うか？　傷口はどれもかなり深く、自分でつけることはできん。――そもそも、現場には凶器は残されていなかったと言っておったではないか！

警視　（なだめるように）あんたはどんな種類の凶器だと――

プラウティ　（電話ごしの声）どうしてわしにわかる？　**おまえさん**が探偵なのだから――**おまえさん**が見つけ出せばいい！（電話の向こうで受話器を乱暴に切る音。こちらも切る音）

エラリー　クイーン家に静かな夜が戻りぬ。プラウティはなぜ、荒れ狂っているのかな?
ニッキイ　〝生きている人間を診察する〟という、めったにない仕事を取り上げてしまった運命に対して、まだ怒っているみたいね、先生は。（ため息）かわいそうなブラウンさん――。それなのに、わたしたちはみんな、あの小柄で孤独な人を狂人だと思い込んでいたのよ!
警視　（不機嫌そうに）ブラウンのかつての共同研究者の息子と娘がどこにいるのかわかりさえすれば! だが、そのための手がかりは、「スミス」という名前しかない……。スミスとはな! いまいましい。エラリー、何か考えはないか?
エラリー　（陰鬱に）あるのは頭痛だけです。ブラウンが毎日接触していた人物なんて、想像すらできない。
ニッキイ　警視さん、ホテルの関係者から、ブラウンさんについて何か聞き出せたの?
警視　（陰気に）役に立つ情報はなかった。わしが見つけ出したことといえば、ホテルの人間はみんなあの小男を好いていた――チップをはずんでくれるから――ということだけだ。あのどでかい荒涼とした墓場の中で、ブラウンはいつも身だしなみをきちんとして、ちゃんとした服装で暮らしておったそうだ。
エラリー　（不意に）お父さん!（「何だ、エラリー?」）ぼくの記憶が間違っているのか、それとも……。ぼくたちがブラウンの死体を見つけたとき、彼は上着を着ていなかったのではないですか?
警視　その通りだ。上着以外はちゃんと着ておったが。

エラリー　そして、彼のネクタイには血が一滴もついていなかった。そうですね？
ニッキイ　わたしが保証するわ。ブラウンさんの姿は、決して忘れることはないから。
エラリー　（興奮して）シャツのカラーにも、血はついていなかったのですね？（二人そろって「ついていなかった」）ニッキイ、電話をとってくれ！（ニッキイはアドリブで対応。電話を渡す。ダイヤルを回す音が七回続く間も次の会話を続ける）
警視　何をそんなに興奮しているのだ、エラリー？
エラリー　すぐにわかります！　ヴェリーはまだハーレクイン・ホテルにいて、ブラウンのスイートルームで仕事をしているはずでしたね？（警視「ああ」。ダイヤル音が止まる）もしもし！七七七号室につないでもらえますか。（間を置く）ええ、ええ、わかっています。ですが、これは警察の電話なのですよ。
ニッキイ　どうやら、大天才が天からの啓示を受けたようね。
エラリー　（いかめしく）「大天才」のところはともかく、これが啓示であることは間違いないよ、ニッキイ。もし違っていたら、きみに抱え切れないほどの蘭を買ってあげよう。やあ！　ヴェリーか？　エラリー・クイーンだ！
ヴェリー　（電話の向こうからの声）（憮然として）あたしより楽しい夜を過ごされている御方ですかい。
エラリー　ヴェリー、ふざけている余裕はないんだ。聞いてくれ！　殺人の後で、そのスイートルームに出入りした者はいるか？　ぼくたちと警察関係者以外だ。

ヴェリー　いいえ、先生。
エラリー　よし。それではきみに浴室に行って欲しいのだが――電話のコードをそこまで引っぱることができるか、ヴェリー？
ヴェリー　ええ。あたしは今は寝室にいますが、こいつはかなり長いコードなのですよ。で、何をする気なんです、クイーンさん？　あたしはもう死にそうなくらい疲れているのですが。
エラリー　報われるさ、部長。もう浴室の中か？
ヴェリー　こいつが職務とはね。いいですよ、浴室の中です。それから？
エラリー　薬品戸棚を開けてくれ！
ヴェリー　クイーンさん、もしこいつが悪ふざけだったら、プラウティ先生をあんたに差し向けますぜ。よーし、電話はつないだまま……
ニッキイ　（小声で）警視さん、あなたの息子さんが医学的な〝診察〟を受けるべきか知りたいなら、わたしが教えてあげるわ。
警視　受けるべきかもしれんし、受けるべきではないのかもしれん。静かにしてくれ、ニッキイ！
ヴェリー　あたしはちょうど薬品戸棚の前に着いたところです。それで、何をすればいいのですか――毒を飲めとでも？
エラリー　いいかヴェリー、薬品戸棚の中にある物すべてを、一つも余すことなく、声に出して教えてくれ！　ニッキイ、ちょっと書き留めてくれないか、頼む。（ニッキイ「ペンはここにひかえております、陛下」)

ヴェリー　では、いきますぜ。歯ブラシと歯ミガキ粉。(エラリーはくり返す。ニッキイはエラリーに続けてくり返す)アスピリンがひと壜と、もうひと壜は……睡眠薬かな。ああ、やっぱり睡眠薬だ。(エラリーとニッキイ、同様にくり返す)消毒用アルコール。(同様にくり返す)デーデーオードーラントの広口壜。って、こりゃ何だ?(同様にくり返す)うがい薬の壜。(同様にくり返す)救急箱……

エラリー　救急箱だって?　開けてくれ、ヴェリー!

ヴェリー　ちょっと待ってくださいよ。……まずは包帯が一巻き、ヨードチンキの壜、絆創膏が一巻き、それに脱脂綿。(ニッキイ「救急セット一式」)

エラリー　他にはないか、ヴェリー?

ヴェリー　ガラスの棚板が三段。(ゲラゲラ笑う)

エラリー　(気にせずに)ありがとう、部長。(電話を切る音)

警視とニッキイ　(声をそろえて)それで?

エラリー　(さらりと)それで、終わりました。

警視　何が終わったというのだ、せがれよ?

エラリー　ぼくは誰がブラウンを殺したのかわかりました。(間を置く)

ニッキイ　あり得ないわ。クイーンさん、今回だけは。あなたは天才かもしれないけど、今回は……今回だけは絶対に無理よ。わかるはずがないわ!

エラリー　（くすくす笑う）ニッキイ、ぼくはその無理をやってのけたのさ。

警視　（興奮して）ニッキイが正しい――。不可能だ、エラリー！　たった一人の容疑者すら存在しないのだぞ！

ニッキイ　（憤然として）それにあなたは、ブラウンさん以外は、誰とも話していないじゃないの！　しかも、そのブラウンさんは被害者なのよ！　いったいどうやって解決できたというの、エラリー？

エラリー　（落ち着きはらって）お二人の〈疑り屋のトマス（キリストの復活を疑った使徒）〉も、ブラウン氏が殺されたということは信じているのでしょう？（二人は同意する）もしお父さんたちがそれを信じるならば、殺した者が存在するということも信じなければなりません。そう、ただ一人の殺人者が――毎日ブラウンと話していたたった一人の人物が――存在するのです。そして、ぼくはその人物が誰かを、まぎれもなく知っていて、しかも証明できるのです。

警視　（あきらめて）降参だ！　わしは――降参――する！

（音楽が高まり……裁判コーナー（スタジオに招かれたゲストと聴取者が犯人を推理するコーナー）に）

聴取者への挑戦

エラリーは裁判の陪審員（番組のゲストのこと）と聴取者に向かって、こう語る。陪審員も聴取者も、殺された男の発言しか聴いていないというのは、事実である。しかし、にもかかわらず、正しい解決にたどり着くことは可能なのだ。――当てずっぽうではなく、集めたデータに基づく純粋な推理によって。

解決篇

第八場　同じ場所、すぐ後

エラリー　ブラウンを殺した人物について、ヴェリーがふざけて「見えない人(インビジブル・マン)」だと言っていましたね。実は、そうとは知らずに、彼は正しい答えを言い当てていたのです！

警視　（うめく）もう、いいかげんにしてくれんか、せがれよ。わしの頭はどうにかなりそうだ。「見えない人」だと？　何の話をしておるのだ？

エラリー　（くすくす笑う）あなたの目に留まらず、注意も引かず、記憶にも残らないある種の人間がこの世には存在する、ということですよ。G・K・チェスタトンはかつて、家の中にたった一人でいた男が殺される物語を書いたことがあります。家の外で見張っていた四人は、誰も家に出入りしなかったと誓いました。にもかかわらず、殺人は起きたのです。どうして証人たちには、犯人が見えなかったのでしょうか？　なぜなら犯人は、郵便配達人だったからです！

ニッキイ　（ゆっくりと）そう言われてみると、確かにそうだわ。郵便配達人やウェイターの恰好をした人なんて、誰も覚えていないもの。

エラリー　そこで、ぼくは結論を下したのです。ブラウンは毎日、「見えない人」と会って、話を交わしているに違いない、と。……その人物は、毎日スイートルームに来て、鼻先で仕事をして、帰っていくのにもかかわらず、ブラウンは彼を一人の〝人間〟としては考えていなかった……一つの〝仕事〟がなされているにすぎないとしか考えていなかったのです。

警視　おまえの言いたいことは、どうやらわかったよ。しかし、せがれよ――そいつは誰なのだ？　わしらがブラウンを質問ぜめにしたときには、すべての可能性を検討し尽くしたではないか！

エラリー　いいえ、お父さん。ぼくたちは、一つだけ見落としていたのです。さて、ここでお二人にも機会を与えましょう――ぼくと同じように解決する機会を。ぼくがブラウンのネクタイとシャツのカラーに血痕がついていないことを確認したの覚えていますか？（二人はうなずく）では、ブラウンはどんな方法で殺されましたか？

警視　喉を四回刺されて、だ。

エラリー　ならば、当然の結果として、ブラウンのネクタイとシャツのカラーは血まみれにならなければなりません。どうして一滴の血もついていなかったのでしょうか？

警視　（考えをまとめながら）刺されたとき、カラーとネクタイが何かでおおわれていたとしか考えられないな……

エラリー　そうです、お父さん。何かがカラーとネクタイをおおっていたのです。ニッキイは何だと思う？

ニッキイ　ナプキン、タオル。何かそのたぐいのものね。どれかしら？
エラリー　その疑問は、ぼくたちを第二の疑問に導くことになります。ここに一人の男がいて、彼は何度も何度も脅迫されている。にもかかわらず殺人者は、ブラウンの疑惑をかき立てることなく、喉を刺せるくらい近づくことができたのです！　なぜでしょうか？
ニッキイ　喉を刺せるくらい近づくことができて、その間、相手の首と胸は何かタオルのようなものでおおわれていて……
警視　（うなり声を上げる）わしは何と間抜けだったんだ！　まさにおまえの言う通りだ！　だがエル、せがれよ――その仕事をやっているやつが、ブラウンを〝毎日〟訪ねていたことを、おまえはどうして知ったのだ？
エラリー　（くすくす笑う）あなた自身が、ブラウンは「いつも身だしなみをきちんとしていた」と言ったではないですか。さて、身だしなみをきちんとしている男が、少なくとも一日に一回はやらねばならないことは――ヒゲ剃りです！（ニッキイ「そうだわ！」）ブラウンは自分でヒゲを剃っていたのでしょうか？　違います。ブラウンの浴室の戸棚にあるものは、ヴェリーが一つ残らず教えてくれました――が、折りたたみ式剃刀も、安全剃刀も、電気式剃刀も、シェービング・クリームも、ローションも、タルカム・パウダーも、剃刀負けの薬も、何一つ挙げませんでした。――男が自分でヒゲを剃ろうとするときに必要な道具は、何一つ挙げなかったのです。（再びくすくす笑う）結論。ブラウンは毎日、理容師にヒゲを剃らせていた。――その理容師は、商売道具一式を持って毎朝スイートルームを訪ねてきて、仕事を終えると、再び道具を持って帰って行くのです。そして、その理容師こそ、ブラウンの首にタオルを巻くことができて、少しも疑われることなく、喉を刺せるくらいブラウンに近づくことができた、唯一の人物なのです！　お父さん、ヴェリーに電話をして、ブラウンのヒゲを毎日剃っていた、ハーレクイン・ホテルの理容師を逮捕させてください。ぼくは、ニッキイの微笑み一つに対して百ドルを賭けますよ。彼こそがブラウンのかつての共同研究者であるスミスの息子であり――復讐に燃える息子であると判明する方に！

見えない時計の冒険

The Adventure of the Invisible Clock

登場人物

探偵の……エラリー・クイーン
その秘書の……ニッキイ・ポーター
エラリーの父親で市警本部の……クイーン警視
クイーン警視の部下の……ヴェリー部長刑事
上流階級の青年の……グリーンロウ
その妻の……イーニッド・グリーンロウ
夫妻の一歳になる息子の……ピーティ
上流階級の医者の……ヴァン・ダイク医師
その妻でイーニッドの姉の……マートル・ヴァン・ダイク
グリーンロウ家の客の……フィリップ・リバルタ伯爵
伯爵の妻の……マリー・リバルタ伯爵夫人
グリーンロウ家の執事の……ダニエル
グリーンロウ夫人付きメイドの……スザンヌ

放送　一九四〇年八月十一日
場面　クイーン家のアパートメント——ロング・アイランドのグリーンロウ邸

第一場　クイーン家のアパートメント

ヴェリー　あんたは、マーク・トウェインの「跳び蛙」（短編「世にも名高いキャラヴェラス郡の跳び蛙」より）よりもバタバタしていますな、グリーンロウさん！
警視　落ちつきたまえ、グリーンロウ君。
グリーンロウ　（好青年だが、極度の緊張のために神経質になっている）落ちつけるわけがないですよ、警視。じっと座ってなんかいられません。寝られないし。食欲もないし——
エラリー　探偵よりも、医者を必要としているように聞こえますね、グリーンロウさん。
グリーンロウ　（うめいて）クイーン、ぼくをこの苦境から救える医者なんていないよ。
警視　（鋭く）きみの子供に関係することじゃなかろうな？　大富豪の一歳になる一人息子とくれば——
グリーンロウ　いえいえ、ピーティ坊やは関係ありません。実は……（不意に）あ、あの音は何、何だ？
（間）
ニッキイ　（びっくりして）音って何のこと、グリーンロウさん？
ヴェリー　（小声で）お次はピンクの蛇が見えると言いだすぞ。

エラリー　（やさしく）何の音も聞こえませんが、グリーンロウさん。

グリーンロウ　神経のせいです。神経がズタズタなのですよ。幻聴が聞こえるのです！（苦笑して）看護人が必要だと言われそうですね……。さてと！　今晩、妻が主催するパーティがバルボア・ホテルで開かれるのですが……

ニッキイ　社交界でよく開かれる、慈善舞踏会のことね。

グリーンロウ　そうです、ポーターさん。それで――イーニッドは――ぼくの妻ですが――カーバ・ルビーをつけて出ると言って、きかないのです。しかも――

ヴェリー　カーバ・ルビーとね！　警視、何年か前、売買のため国内に持ち込まれたとき、あたしたちが警備した、あの赤い宝石じゃなかったですか？

警視　そうだ、ヴェリー。それにしてもグリーンロウ君、きみがあの宝石を買っていたとはね。確か、五十万ドルじゃなかったかな？

グリーンロウ　ええ。妻への結婚プレゼントに。

ニッキイ　何て幸運な女性なの！　わたし、カーバ・ルビーが展示されているのを見たことがあるわ。もう、今まで見たことないくらい綺麗で――卵みたいに大きくて――そう、血のように赤く輝く卵だったわ……それも、美味しそうな。

エラリー　それで、奥さんは今夜、その高価な宝石をつけて慈善舞踏会に行くと言い張っている、というわけですね、グリーンロウさん？

グリーンロウ　考え直すよう、頼んだのですが――

ヴェリー　ふふん、〈早業のルイ（西部の有名なギャンブラー）〉のような輩(やから)がチョロまかそうとするかもしれん、と恐れているわけですな？

グリーンロウ　そうなのです、部長さん！　でも、イーニッドは――あいつは頑固で――

エラリー　カーバ・ルビーには、保険がかかっていないのですか？

グリーンロウ　もちろんです。かけていますよ。

警視　だったら、何を心配しているのかね？

グリーンロウ　（意を決して）クイーン警視……妻はずっと、カーバ・ルビーは銀行に保管してあると思い込んでいるのです。ここ一年くらい、身につける機会はありませんでしたからね。でも――ああ――ぼくが借金にどっぷりつかってしまって――財産も手放す羽目になって――投資もうまくいかず――でも、イーニッドに心配をかけまいと――

エラリー　グリーンロウさん、カーバ・ルビーは、もう、あなたのものではなくなったと言いたいのですか？

グリーンロウ　実は、ルビーのネックレスは、銀行から融資を受ける際に担保にしてしまったのです。そして、買い戻すだけの大金は、今のぼくには用意できません……

ヴェリー　銀行に頼んで、一晩だけルビーを貸してもらうというのはどうです、グリーンロウさん？　そうすれば、奥さんも気づかないで――

グリーンロウ　借用書を書けば、借りることはできます、部長さん。でも、もしイーニッドがそれを失くしたり――盗まれたりしたら、どうします。損失は大して問題ではありません。今さら五十万ドル増えてもどうってことないくらいの借金がありますからね……。まずいのは、ぼくの財政状態が世間に知られてしまうことなんです！　社会的信用が失われ――イーニッドが何と言うかを――どう思うかを――考えると、あわせる顔がありません。

グリーンロウ　奥さんが今夜開く舞踏会には、誰が出席するのですか？

エラリー　まず、妻の姉のマートルと、その夫のヴァン・ダイク医師です。

警視　ああ、あの、金持ち相手に名の通ったお医者さんかね？

グリーンロウ　ええ。他にはリバルタ伯爵夫妻――

エラリー　リバルタ……どんな人です？

グリーンロウ　ヨーロッパから移住してきた、王家の血筋だそうです。数年前に故国を離れ、ロング・アイランドに地所を借りて住んでいました。間もなくヨーロッパに戻ることを決め、その邸宅と地所をぼくが引きついだのです――これが、イーニッドとぼくが、二人と知り合ったきっかけです。最近、彼らはまた戻って来て、わが家の客になっています。すばらしいご夫妻ですよ。庶民的で――

ニッキイ　（皮肉っぽく）ご立派な方たちだこと。

警視　すぐに銀行からルビーを借りた方がいいな、グリーンロウ君。息子が見張り番を引き受けてあげよう。

エラリー　ミス・ポーターとぼくが、奥さんのパーティにおじゃましますよ。あなたの〝招待客〟として、今夜の舞踏会に出席しましょう。

グリーンロウ　（声をつまらせて）どう感謝していいか……ありがとう、クイーン。イーニッドには、ぼくの友人だと言っておきますよ。急いで銀行に行かなくては。（立ち去りながら）本当に、どうもありがとう――きみとポーターさんがディナーに来るのを待っていますよ。では。

ニッキイ　（一緒に歩きながら）玄関までお送りしますわ、グリーンロウさん。

エラリー　（小声で）お父さん。（警視「何だ、せがれ」）どうして万が一に備えてリバルタ伯爵夫妻を調査しないのですか？――今すぐ調べてください！　ぼくは知りたいのですよ。彼らの肩書きが先祖代々のものなのか……それとも、一代限りのものなのかを。

第二場　ロング・アイランドの邸宅

（三人の男女が豪華な階段を登っている）

イーニッド・グリーンロウ　（おろおろしている若妻）あなたが頭痛だなんて、わたし、どうしたらいいのかしら、伯爵夫人？

伯爵夫人　（魅力あふれる典型的ヨーロッパ人。こちらは落ち着き払っている）本当に、わたくしったら恥ずかしいわ、グリーンロウの奥さま。あなたの心づくしのディナーを中座してしまうなんて……

イーニッド　（悲しげに）お気になさらないで。何かわたしにできることがあったら――

伯爵夫人　（少し息を荒くして）いいえ、いいえ、グリーンロウの奥さま。これ以上、あなたに迷惑をおかけしては申しわけございませんわ。（イーニッドは抗議する）フィリップ――手を貸してくださるかしら――この階段――疲れてしまって――

伯爵　（貴族風の男）マリー、ダーリン……（三人は階段の踊り場まで登る）ゆっくりと――私の腕につかまって――ああ、グリーンロウの奥さん、どうか、他のお客さんのところに戻ってください――（三人は二階の廊下を進む）

イーニッド　もちろん、パーティはおひらきにしますわ、伯爵夫人。

伯爵夫人　いえ、いえ、いえ！　すぐ治まりますわ、グリーンロウの奥さま！　横になって、フィリップにこめかみをマッサージしてもらって……一時間くらい休めば、また良くなりますから。（かすかにうめく）

伯爵　（心配そうに）さあマリー、部屋についたよ。グリーンロウの奥さん――もう私ら二人だけにしてくれませんかな――

イーニッド　（心配そうに）そうですわね、伯爵。（遠ざかりながら）もし何かして欲しいことがありましたら、どうかご遠慮なさらずに……

伯爵　ご親切に感謝します。（自分たちのスイートルームのドアを開ける）私につかまって、ダーリン（リバルタ伯爵夫人が弱々しく応じる）さあ――ゆっくりと――（ドアを閉める。すると急に、二人とも緊張感をにじませた鋭い口調に変わる）マリー。うまくやったな。

伯爵夫人　ドアの鍵を確かめなさいよ、この馬鹿！（伯爵はドアが閉まっているかを確かめる）あのおせっかい女――しつこいったら、ありゃしないんだから――いつまでも離れないんじゃないかと思ったわ！

伯爵　マリー、何で病気のふりなんかしたんだ？

伯爵夫人　（蔑（さげす）むように）フィリップ、あんたって何も見ていないんだから！　あの男に――あの珍しい名前の男に――気づかなかったの？

伯爵　グリーンロウ夫人の義理の兄貴の、ヴァン・ダイク医師のことか？

伯爵夫人　違う、違う、あのがさつな田舎者のわけがないでしょう！　もう一人の男の客――赤毛の娘を同伴していた――そう、クイーンだったわ！　あの男のことよ。

伯爵　エラリー・クイーンか？　気持ちのいい若者だと思ったが――

伯爵夫人　危険な男よ！　あの日に気づかなかったの？　ポーターっていう小娘とやって来たときからずっと、あの男はあたしたちを見張っていたのよ、フィリップ！

伯爵　あいにく、おれはその小娘の方ばかり気にしてたものでね。（甘ったるく）なかなか可愛い娘じゃないか、あのポーター嬢は……

伯爵夫人　この低脳！　あいつらは探偵なんだよ！

伯爵　（仰天して）探偵だと！

伯爵夫人　間違いないね！　フィリップ……用心しなくては！　見張られているのだから！

第三場　同じ場所、少し後

（一階の玄関広間に数名の男女がいる）

イーニッド　（気をもんで）赤ちゃんはちゃんと寝ているかしら？　車の準備はできたかしら？　わたしの恰好はおかしくないかしら？　みんなそろっているかしら？　あら、舞踏会に遅れそうだわ、あなた！

グリーンロウ　おいおい、イーニッド、ちゃんと間に合うさ。

エラリー　リバルタ伯爵夫妻はどうしたのですか、グリーンロウさん？

イーニッド　ええ、伯爵夫人は頭痛で……。あなた、あの方たちも一緒に行けるかどうか、何かおっしゃってました？

グリーンロウ　ぼくたちは先に出て、伯爵夫妻とは舞踏会で合流することになった。

ニッキイ　ここには有名なお医者さんがいるというのに——伯爵夫人が診てもらいたがらないなんて——おかしくない？

エラリー　（くすくす笑う）リバルタ伯爵夫人は、あなたがお気に召さないのでしょうかね、ヴァン・ダイク先生？

ヴァン・ダイク　（低音で話す太った男）あのガリガリ女が本当に頭痛だとしたら、わしは医師免許を返上するよ、クイーン。ええい、こっちの女房の方は、どこに行ったのかな？

イーニッド　でもヴァン――伯爵夫人は繊細で神経質な方ですし。何といっても――高貴な方なのだから――

ヴァン・ダイク　（鼻を鳴らして）彼女はわし以上に、神経症なんかとは縁がないよ、イーニッド！（どなる）マートル！　おまえのせいで、みんなが待っているのがわからんのか？　さっきからずっと、この広間につっ立っているのだぞ！

マートル　（二階から――気の弱そうなタイプ）いま行きますわ、ドクター。（姿を現わす）本当にごめんなさい、夜会服の縫い目がほつれてしまって――直さなくてはいけなかったのよ。イーニッド、許してくださいね。

イーニッド　（不機嫌そうに）大丈夫よ、マートル。赤ちゃんの方は、二階でおとなしくしているかしら――あの子ったら、ちっともじっとしていなくて――

ニッキイ　（笑って）毛布をけっとばしたときの姿ときたら！

グリーンロウ　フットボールの選手になるかもな！　さあさあ、出かけるとしよう――

ヴァン・ダイク　ちょっと待ってくれ。マートル、おまえはその恰好で舞踏会に行く気か？

マートル　（おずおずと）何のこと、ドクター？

ヴァン・ダイク　もう一つ、わしをドクターと呼ぶな！　おまえはわしの妻だろう！　……何のこと、だと？　おまえが着ている、そのゾッとするボロきれのことだ！

マートル　（口ごもりながら）でも、あなた――この夜会服は買ったばかりの新品だし――最新の流行だし――みんなもそう言っているし……

ヴァン・ダイク　みんなが何とほざこうとかまわん――その服は最低だ。さっさと二階に戻って着替えてこい。

マートル　（小声で）はい、あなた。（二階に引き返す）もう少しだけ待っていてください――ごめんなさいね、みなさん……

ヴァン・ダイク　わしも一緒に上って、おまえがまたズダ袋を着ないようにしなければな。（後を追って）マートル！　待てと言っとるのに。

マートル　（離れた位置で）はい、あなた。（二人のアドリブの会話が遠ざかる）

ニッキイ　（小声で）彼って、ずいぶんひどい人ね、エラリー。

エラリー　（皮肉っぽく）二五〇ポンドの粗野のかたまりといったところかな。ところで、グリーンロウさん。ぼくはちょっと外に出て、雨あがりの庭の香りに触れてみたいのですが。ニッキイ、きみも来るかい？

ニッキイ　わたしはこの玄関広間にいるわ、エラリー。外は寒いから。

エラリー　わかった。（玄関のドアに向かう）みなさんとは、車の中で会いましょう……（出て行く）

イーニッド　ポーターさん、お恥ずかしいですわ。姉の夫を許してやってください。ヴァン・ダイク先生は、決して悪い人ではないのですが……

ニッキイ　どうか気になさらずに、グリーンロウさん。わかっていますわ、あなたが――

グリーンロウ　イーニッド！　カーバ・ルビーはどこにある？

イーニッド　（はっとして）ルビーのネックレス？　ちゃんと着けて——（悲鳴を上げる）ないわ！
わたしのルビーのネックレス——盗まれたわ！

グリーンロウ　（かすれ声で）イーニッド、後生だから——思い出すんだ！　本当に首に着けていたのか？　どこかに忘れて——

イーニッド　（泣きだして）でも、確かに着けた覚えがあるのよ！　ああ、あなた、それなのに、思い出せない——

ニッキイ　（笑いながら）ルビーのネックレスは、なくしたのではないわ！　忘れたの、奥さま？　ついさっき、二階の子供部屋で、わたしたちに赤ちゃんを見せてくれたでしょう。そのとき、ネックレスを外さなかった？

イーニッド　そうだったかしら？　ダーリン——ポーターさんの言う通りだわ！　外したわ！

グリーンロウ　ふ～う！　外してどこに置いたのかな、イーニッド？

イーニッド　ええと、外して、どこに置いたかしら？　いま思い出すわ。

ニッキイ　忘れっぽいのね、奥さま。わたしは見ていたわよ、ベビーベッドの脇机の上、時計と小型ラジオの間に置いたじゃないの。

イーニッド　わたしったら、本当に馬鹿なんだから！　ダーリン——ポーターさんも——ちょっと待っててくださいね。二階に上って、取って来ますから。（走り出す）すぐ戻って来るわ……

グリーンロウ　いやあ、一瞬、本当に盗まれたかと——（鋭く）ポーターさん！　聞こえないか……話し声が？

ニッキイ　話し声ですって！（震え声で）あのう、グリーンロウさん――あなた、ご自分で、ときどき幻聴を聞くとおっしゃったでは――

グリーンロウ　違う！　聞いてみてくれ！（間。ささやくような話し声がかすかに聞こえる）あれが聞こえないのか？　ドアの上の開いた明かり取りの窓から聞こえてくる！（小声で）一緒に来てくれ、ポーターさん。音を立てないように！

ニッキイ　わたしも聞こえるわ！（小声で）あの明かり取りの窓のあるドアは、食堂に通じてるのではなかったかしら、グリーンロウさん？

グリーンロウ　そうだ！　静かに！（今度はスザンヌの甲高い笑い声がはっきり聞こえてくる）

スザンヌ　（小柄なフランス人のメイド）ダニエル――あなた、えらくロマンチックじゃないの、執事さんにしては。（いちゃついているような笑い声）ダニエル！　放してちょうだい！

ダニエル　（イギリス人の執事。情熱的に）スザンヌ――私がきみにベタ惚れだってことは、わかっているくせに……。さあ、私の腕の中に戻りたまえ、スザンヌ。（二人がいちゃついている間に、ニッキイが話す）

ニッキイ　（くすくす笑って）グリーンロウさん、ずいぶん驚かせてくれましたわね。でも、赤ちゃんの子守りをするメイドと執事が、おなじみの〝物かげのロマンス〟をやっているだけみたいで――

グリーンロウ　（腹立たしそうに）ぼくが気づくわけがないでしょう？　あのフランス人のメイド

はそつがないし、執事は人当たりがよさそうな目をしているし……。シーッ！　あの二人はこれからどうするつもりなんだ――（話し声が再び高くなる）

ダニエル　それでも、きみと結婚したいのだよ、スザンヌ――

スザンヌ　（楽しそうに）あたしと結婚！　ダニエル――あなたって、お・ば・か・さ・ん・ね。

ダニエル　（下手に出て）愛しているのだ、スザンヌ。私はきみに大したものは与えられないが、二人が力を合わせれば、すばらしいものが生み出せるはずだ――。きみも知っているだろうけど、少しならたくわえもあるので――それでこの土地に二人でコテージを買おう――

スザンヌ　ダニエル！　どうやら本気みたいね。

ダニエル　（ムッとして）本気？　私はきみに妻になってくれと頼んでいるのだよ、スザンヌ！

スザンヌ　でも、ダニエル――あたしは何て答えればいいの？　これまで一度も――（二人のささやき声は、まるで遠ざかるように小さくなっていく）

グリーンロウ　まるで芝居をしているみたいだな。きっとあの二人は――！

ニッキイ　（おかしそうに）グリーンロウさん、照れているの？（明るく）ところで、奥さんは何をしているのかしら？　二階（うえ）にあがって、様子を見た方がいいのかもしれないわね――

グリーンロウ　（つぶやくように）そうだな。ちょっと時間がかかりすぎる……（二階でつんざくようなイーニッドの悲鳴）誰だ、あの悲鳴は？

ニッキイ　奥さんの声よ、グリーンロウさん！（二人は階段に向かう。悲鳴はまだ続いている）

グリーンロウ　（叫ぶ）イーニッド！　おまえか、イーニッド！

ニッキイ　あの声は――恐ろしいことがあったんだわ！（二人は階段を駆け上がる）
グリーンロウ　二階からだ！　イ、イ、イ、イーニッド！　イーニッド！（悲鳴がだんだん近くなる）どこだ、イーニッド！（二人は二階に達する）
イーニッド　（くぐもった声で）助けて！　助けて！
ニッキイ　赤ちゃんの部屋の中よ、グリーンロウさん！（二人は子供部屋に向う。リバルタ夫妻の部屋のドアが開く）
伯爵　（出てくる）誰の悲鳴だ？
伯爵夫人　（離れた位置から）何か起こったの？　フィリップ、わたくし、気絶してしまいそう！
グリーンロウ　（叫ぶ）いま行くぞ、イーニッド！（ヴァン・ダイク夫妻の部屋のドアが開く）
ヴァン・ダイク　（出てくる）グリーンロウ！　あの悪鬼のようなわめき声は何だ？
マートル　（離れた位置から）妹のイーニッドよ！　イーニッドに何かあったんだわ！（グリーンロウは子供部屋のドアに飛びついて開ける。赤ん坊が弱々しく泣いている。イーニッドは悲鳴を上げ続けている）
グリーンロウ　イーニッド、ダーリン……
ニッキイ　奥さんは床に倒れているわ！　グリーンロウの奥さん！
イーニッド　（すすり泣きながら）襲われたの！　ルビーが――カーバ・ルビーが――盗まれたわ！

第四場　同じ場所、少し後

（背後でイーニッドが泣き続け、ニッキイとグリーンロウが彼女をなぐさめている）

エラリー　（電話に向かって）そうです、お父さん。リバルタ夫妻と使用人とヴァン・ダイク夫妻は各自の部屋に戻しておきました。

クイーン警視の声　そいつらを逃がすなよ、エラリー。ヴェリーとわしが、今すぐ駆けつけるからな。

エラリー　わかりましたよ、お父さん。砦は死守します。（電話を切る）ニッキイ、グリーンロウ夫人はどんな様子かな？

ニッキイ　ヴァン・ダイク先生にもらった鎮静剤のおかげで、少し落ち着いたわ。奥さん……もう泣かなくても大丈夫ですよ……

グリーンロウ　（取り乱して）頼むから教えてくれ、イーニッド！　どうしてきみは、盗まれるがままにしていたのだ？

イーニッド　（すすり泣く）どうしようもなかったのよ、ダーリン。ネックレスを取りに二階に上って、子供部屋のドアを開けたら――薄暗い常夜灯だけで……。ルビーを取ろうと子供部屋に入った瞬間、誰かが毛布をわたしの頭にかぶせて、それと同時に、両足が持ち上げられて、倒されたの……。悲鳴を上げようとしたのは覚えているわ。でも、すぐに気が遠くなって……

エラリー　気を失ったのですね、グリーンロウさん？　どれくらいの時間でしたか？

イーニッド　（泣きながら）ほんの数秒だったと思います、クイーンさん。すぐ気づいて、毛布を引きはがそうとしながら、馬鹿みたいに悲鳴を上げました。でも、毛布を外してみると、周りには誰もいませんでした——逃げられたのです！　ルビーを持って。

ニッキイ　ご主人とわたしが駆けつけたのが、そのときだったわけね。

エラリー　明かりも暗かったし、頭に毛布をかぶせられてもいたから、襲撃者の顔は見ていないのでしょう、グリーンロウ夫人？

イーニッド　（すすり泣きながら）すみません、クイーンさん。何の役にも立てなくて——（ぎくりとして）ピーティ坊やは？　赤ちゃんは大丈夫？　あの子、眠っていたのに、わたしが悲鳴を上げたせいで、目をさまして泣き出して——

ニッキイ　赤ちゃんは、またすぐ眠ったわ、奥さま。（ニッキイは夫人をわきに連れて行く）横になったらどうかしら？　クイーンさんが見つけてくれるわ、あなたの——

グリーンロウ　（こわばった低い声で）クイーン、ぼくと広間に来てくれ！

エラリー　いいですよ、グリーンロウさん。（エラリーとグリーンロウは広間に行く）

グリーンロウ　（切羽詰まった声で）クイーン、今夜のうちにルビーを見つけ出してくれ！　もしきみが見つけてくれないと、ぼくのボロボロの財政状態が明らかになってしまう——そうしたら、ぼくはもう終わりだ——それに、結婚プレゼントを担保にしたことを、イーニッドが知ってしまう……（がっくりして）頼む、クイーン……

エラリー　奥さんのルビーは必ず見つけ出しますよ、グリーンロウ――約束しましょう。

第五場　同じ場所、少し後

（ヴェリーが場面に加わる）

クイーン警視　どうだ、ヴェリー？

ヴェリー　家の周りには、クイーンさん以外の足跡はありませんな。

警視　グリーンロウ夫妻のいる玄関広間にニッキイを残して、おまえが車に向かったときの足跡だな、エラリー？

エラリー　その通りです、お父さん。

ニッキイ　誰がルビーを盗んだか、見当もつかないわ！

警視　（そっけなく）わしは見当がつくよ、ニッキイ……。なあ、せがれ。おまえは車の中で待っている間、玄関を見張っておったのだろう。そして、子供部屋の窓は、玄関の上にあった。

ヴェリー　おまけに、玄関以外のドアは、すべて内側から鍵がかかっていたし、誰も窓からは抜け出すことはできなかった――もし窓から出たら、あたしらが窓の下の雨に濡れた地面に足跡を見つけたはずですからな。

警視　つまり、内部の者による犯行というわけだ。

ヴェリー　誰もこの家から出ていないってことは、ルビーはまだこの家のどこかに隠されてるってことですぜ。捜しましょうや。

ニッキイ　この屋敷を捜すの、部長さん？　ネックレスを隠せる場所なんて、何百もあるわよ。

警視　その通りだ。徹底的に調べるには、一週間はかかる。

エラリー　それに、ここにいる者は全員、グリーンロウ邸には詳しいのですよ、お父さん。リバルタ伯爵夫妻は、グリーンロウがこの家に引っ越してくる前に実際に住んでいたし――

ニッキイ　ええ、それにヴァン・ダイク夫妻は、しょっちゅう、ここを訪ねているわ――グリーンロウ夫人がそう言っていたから。

ヴェリー　そしてもちろん、使用人どもは隅から隅まで知りつくしているのでしょうな。

警視　ヴェリー――メイドと執事をここに連れて来い！

ヴェリー　（疲れた声で）やるとしますか。（ドアを開ける）おい、ジーブス（P・G・ウッドハウス作品に登場する有能な執事）！　可愛い子ちゃん！　来るんだ！　おい、おまえたちのことだよ――執事とメイド。（ドアを閉める）入った入った。

スザンヌ　（神経質に）あたひたちは何もひてません。何も知りません……

ダニエル　（神経質に）クイーン警視、誓ってもいいですが――

警視　わしの質問に答えるだけでよろしい。二階の子供部屋からルビーが盗まれたとき、きみたち二人はどこにいたのかね？

スザンヌ　ムッヒュー、あたひたちは一階の食堂に、ずっといまひた――

ダニエル　本当です、警視。

ヴェリー　一階で何をしていたんだ？

ダニエル　（咳払いをする）ええと……その……私は夕食後のいろいろな確認をしておりました、部長……いつもやっている細々（こまごま）した用を……

スザンヌ　あ――あたひはダニエルと話ひていまひた。

警視　よろしい。きみたちには、後でもう一度話を聞かせてもらおう。この二人を連れて行け、ヴェリー！　それからヴァン・ダイク夫妻を連れて来い！

ヴェリー　お二人さん、錨をあげて。（ヴェリーは二人の使用人をドアまで連れて行き、ヴァン・ダイク医師夫妻を呼ぶ）

ニッキイ　（待っている間に）あの二人が言ったことは本当よ、警視さん。グリーンロウさんとわたしが、二人の話を立ち聞きしたのだから。ダニエルが彼女を口説いていたわ。

警視　ここは自由の国だからな……。やあ！　ヴァン・ダイク先生に奥さん。（ヴァン・ダイク夫妻がヴェリー部長と共に入って来る）盗難があったとき、お二人はどこにいましたかな？

マートル　二階のわたしたちの部屋にいました、警視さん。わたしは夜会服を着がえていて――

ヴァン・ダイク　（そっけなく）マートル、おまえは黙っていろ。警視、妻とわしは、義妹のネックレスを盗んだ疑いをかけられていると考えていいのかね？

警視　（とぼけて）盗んだのですか、先生？

ヴァン・ダイク　もちろん盗んでおらん！　妻とわしは二人とも自室にいて――

警視　ヴァン・ダイク先生、あなたは上流階級の金持ち相手の医者の一人だ。こういう医者連中は、馬鹿な女性を神経症のままにしておいて、けっこうな料金を取っていますな。ところが、こちらが調べたところ、こんな実入りのいい商売にもかかわらず――あなたは首までどっぷり借金につかっている。あなたは町のすべての賭博場に金をつぎこんでいるようですな。

ヴェリー 他にもいろいろとね！

マートル 知らなかったわ！ 最近、家で悩んでいた理由がそれだったのね、ドクター――

ヴァン・ダイク （憎悪をむきだしにして）しゃべるな！ この……単細胞！

ニッキイ ずいぶんとご立派な亭主だこと！

警視 外へどうぞ。ヴェリー――次は伯爵夫妻だ。

ヴェリー 連れて来る前に、手にキスするとか、何かしなくちゃいけませんかね。……こちらへ、先生……奥さんも……（ヴェリーはヴァン・ダイク夫妻を連れ出し、伯爵夫妻を呼ぶ）

エラリー リバルタ伯爵夫妻の身元照会で何か出て来ましたか、お父さん？

警視 ちょっと待っておれ、エラリー。（慇懃に）伯爵――伯爵夫人も――どうぞお入りください。（リバルタ夫妻が入って来る）

伯爵夫人 フィリップ――頭痛が――くだらない尋問には耐えられそうにないわ……

伯爵 （やさしく）もっともだよ、おまえ。（見下すように）今すぐ伯爵夫人と私に、ここを立ち去る許可を与えたまえ！

警視 なぜ、そんなに急ぐのですか、伯爵？ まず、盗難のときに何をしていたか、説明してもらいましょうか。

伯爵　（怒って）私を尋問しておるのか、このリバルタ伯爵を――

伯爵夫人　（すばやく）権力の犬には従った方がいいわよ、フィリップ。このアメリカの走狗たちときたら、本当に無礼なのですから。

伯爵　（冷ややかに）よかろう。伯爵夫人と私は二階の自室にいた。伯爵夫人の具合が悪かったのだ。私は看病をしていた。グリーンロウ夫人が悲鳴を上げたのを聞いて、部屋を飛び出したのだ。

警視　ふーむ。他にわれわれに話すことはないですか、伯爵？

伯爵　あとは、きみたちが我慢のならん卑小なブルジョアだということだな！

ヴェリー　あとは、あんたが偽の伯爵だということもありますな！

伯爵夫人　（あえいで）フィリップ！　あなた、侮辱されているのよ――？

警視　奥さん、あんたの相棒が伯爵ではないのと同様、あんたも伯爵夫人なんかじゃない。二人とも、母国の警察から追放されているのだろう。（二人があえぐ）ヴェリー、この寄生虫ペアを連れ出せ――目を離すなよ！

ヴェリー　（いかめしく）おいでください、低貴なお方。ほら、とっとと来い！（二人を送り出す）次は、どうすればいいのですかね、クイーンさん？

エラリー　行き詰まりかな。容疑者は誰もが二人一組で互いにアリバイを証明している――ニッキイとグリーンロウさえも。

警視　どれか一つを破ることができない限り、お手上げというわけか……

ニッキイ　待って！　今、思い出したわ！　忘れていたけど、一つ、気づいたことがあるわ！
エラリー　（熱心に）それは何だい、ニッキイ？
ニッキイ　グリーンロウさんとわたしが食堂の外の広間で立ち聞きをしていたとき、ある音が聞こえていたの。ずっと聞こえ続けていて……
ヴェリー　今度はあんたの方が幻聴を聞いたのじゃないですかね、ポーター嬢ちゃん？
警視　（鋭く）どんな種類の音だったのかね、ニッキイ？
ニッキイ　時計の音よ――チクタク時を刻む音。
エラリー　（ゆっくりと）チクタク時を刻む音……
ヴェリー　ですが、一階のあの広間には、時計なんかありませんぜ。
警視　つまり、そのチクタクという音は、食堂から聞こえたわけだ。しかし、それがどうしたというのだ？　時計の音が聞こえたって、おかしくあるまい、ニッキイ？
ニッキイ　わたしにはわからないわ、警視さん。でも、いつもエラリーに、細かいことまで覚えておくように言われているので、指摘してみただけで――
エラリー　（くすくす笑う）ニッキイ、きみはすばらしいよ！　教え子が先生を超えたというわけだ！　お父さん――ぼくと一緒にグリーンロウ家の食堂に来てください。そうすれば、ニッキイの聞いた時計の音の、どこがおかしいのか見せてあげますよ。

第六場　同じ場所、すぐ後

ヴェリー　食堂に着きましたが――

ニッキイ　でも、時計はどこにあるの？

警視　ここに時計がないだと？　あるはずだぞ！

ヴェリー　でも、ありませんな。（エラリーがくすくす笑う）

警視　何がおかしいのだ、エラリー。グリーンロウさん！　どこですか、グリーンロウさん？

グリーンロウ　（現れて）ここです、クイーン警視。

警視　グリーンロウさん、いつもこの食堂に置いている時計はどこに移したのかね？

グリーンロウ　（当惑して）時計？　ここには時計なんか置いたことはありませんよ、警視。

警視　（いらいらして）ニッキイ、確かに時計の音を聞いたのかね？

ニッキイ　時計の音くらい、ちゃんとわかりますわ、警視さん！

グリーンロウ　ぼくも聞きましたよ、警視。確かに時計の音でした。間違いありません。

エラリー　ふむ、〝見えない時計〟というわけですね？（再び、くすくす笑う）

ニッキイ　すると、誰かが時計を食堂に持ち込んで、また持ち去ったのかしら？　そうだとすれば、今はどこにあるのかしら？

ヴェリー　あたしは何でそんなことをしたのかを知りたいですな！

警視　手がかりであることは間違いない――だが、何の手がかりになるのだ？

エラリー　（もったいぶって）誰がカーバ・ルビーを盗んだかを示す手がかりですよ、お父さん！

聴取者への挑戦

ここでエラリー・クイーンは、イーニッド・グリーンロウのカーバ・ルビーを盗んだ人物を突きとめました。あなたはどうでしょうか？　手がかりはすべて示されています。あなたに求められているのは、それを見つけ出し、つなぎ合わせ、ただ一つの論理的な結論を導き出すことだけです。クイーン氏が正しい解決を示す直前のこの部分で、「見えない時計の冒険」を読むのを中断して、自力で解決に挑んでみてください。そうすれば、このエラリー・クイーンのラジオ・ミステリを、より一層、楽しめるでしょう。

解決篇

第七場　同じ場所、すぐ後

エラリー　グリーンロウ夫人が子供部屋で襲われたとき、二種類の攻撃が同時になされました――毛布が彼女の頭にかぶせられると同時に、両足が持ち上げられたのです。明らかに、一人の人物がこの二つを同時にやることは不可能です。結論。グリーンロウ夫人はルビーを盗むために手を組んでいた二人の人物に――二人の泥棒に――襲われた。

ヴェリー　で、その結論がどうだというのですか？　あたしにはわかりませんがね！

エラリー　ここで、容疑者たちのアリバイを考えてみましょう。彼らはみんな、二人一組で行動していましたね。ヴァン・ダイク夫妻は互いにアリバイを証明し――執事とメイドも互いにアリバイを証明し――リバルタ夫妻も互いにアリバイを証明し――グリーンロウとニッキイでさえも、互いにアリバイを証明していました。

ニッキイ　大したものね！　わたしを信じていないの、エラリー？

エラリー　（笑いながら）もちろん信じているさ、ニッキイ。しかし、他の三つの相互に依存するアリバイの一つは偽物でなければなりません。犯行が可能だったのはこの六人しかいないのですから。三組のペアのうち、一組は嘘をついています。――そのペアは、証言した場所には実際にはおらず、赤ん坊の部屋でグリーンロウ夫人を襲い、脇机の上にあったルビーのネックレスを奪っていたのです。

警視　そこで問題は、どのアリバイが偽物か？

エラリー　それは、使用人ペアのアリバイです。執事とメイドが一階の食堂で話していたのを、グリーンロウときみは立ち聞きしたね、ニッキイ。でもきみは、彼らの声しか聞いてない。それにきみは、時計の音も聞いたのだろう？　時計など存在しない――これまでも時計など存在しなかった食堂から。

警視　わしも、そこに引っかかっておったのだよ、エラリー――その時計に！

エラリー　ええ、そこですよ、お父さん。もしニッキイが、食堂から発せられるはずのない〝時計の音〟を聞くことができたとすれば、食堂から発せられたのではない〝二人の声〟もまた、聞くことができたということになるではないですか！　そして、メイドと執事が食堂にいなかったとすれば、二人のアリバイは崩れてしまうのです。

ヴェリー　執事とスザンヌは子供部屋にいた、と言いたいのですかい？

ニッキイ　グリーンロウさんとわたしが、一階で話し声を聞いたとき、二人は本当は二階の子供部屋で話していたというの？

警視　だがエラリー、どんな手を使えば、子供部屋にいる二人の声を、一階下の食堂から聞こえるようにできるというのだ？

エラリー　一つだけ方法があるのです、お父さん！　ニッキイ、きみはさっき、グリーンロウ夫人はどこにネックレスを置き忘れたと言ったっけ？

ニッキイ　子供部屋の脇机の上だったわ。小型ラジオと時計の間に……あら……時計だわ！

エラリー　その通り――時計は子供部屋にあったのです。さて、〝小型ラジオ〟があるなんて、おかしいとは思いませんか？　本当にラジオだったのでしょうか？　わずか一歳の赤ん坊の部屋にラジオを置いておくなんて話、聞いたことがありますか？

ニッキイ　もちろんないわ――考えてもみなかったわね。だとしたら、あれは、小型のラジオのように見える別の何かだったのね……

エラリー　その通り。裕福な家の赤ん坊の寝室に置いてある、小型ラジオの〝ように見える〟ものとは何でしょうか？　一つしか考えられません。〈ラジオ・ナース〉です。

ヴェリー　一体、その〈ラジオ・ナース〉ってのは何ですかね。

警視　そんなことも知らんのか。ラジオ・ナースというのはだな、子供部屋から他の部屋へ――赤ん坊の泣き声などを――放送する機械のことだ。みんな知っておるぞ。

ニッキイ　わたしも知っているわ！　一方は赤ん坊の寝室にセットしておいて、もう一方は家のどこか別の場所にセットしておくのよ――受信機は数か所にセットすることもできるわ。――そうすれば、お母さんや子守りがどこにいても、子供部屋の赤ん坊の声を聞くことができる、という仕組みなのよ。

エラリー　そうです。われらが賢きメイドと執事は、グリーンロウ夫人が子供部屋にネックレスを忘れてしまい、それを取りに戻ったことを知りました。うまい具合に、ラジオ・ナースの受信器のある一階の食堂の隣には――食堂の明かり取りの窓の向こうの広間には――二人の証人がいてくれることも知りました。かくして彼らは、この機械を使って、すばらしいアリバイをでっちあげたというわけです。

ニッキイ　あの二人のラブ・シーンは芝居だったというの、エラリー？

エラリー　そうだ、ニッキイ――一階で聞いている人のためのね。だが、彼らはたった一つだけ、ミスを犯しました――ラジオ・ナースの高感度マイクが、子供部屋の脇机の時計の音までも拾ってしまうことを忘れていたのです。

ヴェリー　あとはこっちにお任せあれ。ちょっと絞めあげれば、すぐ白状しますぜ。

警視　さよう。捕まえる相手がわかれば、あとはどこにルビーを隠したかを階下（ビロウ・ステアズ）の召使部屋（ビロウ・ステアズ）の二人に吐かせるだけだからな。（ニッキイが笑う）

エラリー　ミス・ポーターは何か面白いことを見つけたらしいですね。ニッキイ、何で笑っているのかな？

ニッキイ　今、思いついたのだけど――。エラリー、もしあなたが今回の事件みたいな探偵小説を書いたら、読者はカンカンに怒るでしょうね！

エラリー　なぜそうなるのかな、ニッキイ？

ニッキイ　ほら、探偵小説の暗黙のルールにあったでしょう？「執事を犯人にしてはならない」って。（全員が笑い、音楽が高まる）

ハネムーンの宿の冒険

The Adventure of the Honeymoon House

登場人物

探偵の　エラリー・クイーン
その秘書の　ニッキイ・ポーター
エラリーの父親で市警本部の　クイーン警視
クイーン警視の部下の　ヴェリー部長刑事
〈B&B兵器会社〉の社長の　バレット・シニア氏
バレット・シニアの息子の　スティーブ・バレット
バレット・シニアの若き共同経営者の　ジャック・ベンソン
〈B&B兵器会社〉の重役の　ストライカー
ストライカーの秘書の　ジョイス・ケント
アディロンダックにあるバレットのロッジを管理する　タトル

放送　一九四〇年五月十九日
場面　ニューヨーク市の〈B&B兵器会社〉のオフィス——アディロンダックのウィンゴ湖のロッジ

第一場　〈B&B兵器会社〉の重役室

（夜遅く。ストライカーが一人で、録音機に向かって口述している）
ストライカー　（寡黙な管理職タイプ）……そして、〈B&B兵器会社〉の重役として、私は貴社への委託を推すわけにはいきません……（離れた位置でドアが開く）
バレット　（ぶっきらぼうな実業家タイプ）おお、ストライカー！（ずかずかと入って来る）ほう、こんな遅くまで仕事かね？
ストライカー　これはバレットさん！　現場に戻って来るのは明日の朝だと思っていましたが。
バレット　出張は早く切りあげざるを得なかった。ワシントンに行く用事ができたのだ。
ストライカー　ワシントンに——今夜のうちに行かれるのですか？（さりげなく）なにかいい案件があるのですか……社長？
バレット　（自慢げに）もちろんだよ、ストライカー——陸軍省がどでかい発注をするそうだ。（てきぱきと）軽火器類の仕様書と新しいZ—5型ライフルの設計図が欲しいな……（ファイルケースを開く）ああ、かまわんよ。わしが自分でやるから。そういえば……ストライカー。

ストライカー　何です、バレットさん。
バレット　ベンソン坊やは、ちゃんと仕事をしとるかな？
ストライカー　ええと……ちゃんとしているとは言いがたいです、社長。
バレット　（腹立たしげに）ある男の共同経営者が死に際に馬鹿息子に権利を渡してしまった場合、その男は何をすればいいのだ！　で、ジャックの若造は、今度はどんなトラブルを起こしたのだ？　女どもと何か？
ストライカー　（意味ありげに）女は一人です。
バレット　あの無節操なプレイボーイが一人の女に入れあげていると言うのか？
ストライカー　ジャック・ベンソンと私の秘書のミス・ケントは、明日、市役所で結婚式を挙げる予定です、バレットさん。
バレット　（うなる）信じられんな。あの遊び人がねえ。ミス・ケントか？　あの尻の軽そうな、けばけばしい女か！　ジャックのような頭の軽い男をたらし込むのは、さぞたやすかっただろうな……（不意に）ストライカー、わしの息子のスティーブは、その件でどうなっておる？
ストライカー　あなたのご子息ですか、社長？　元気というほどではありませんが。
バレット　ごまかすんじゃない、ストライカー！　スティーブはまた酒に手を出したのではないか？
ストライカー　残念ですが、その通りです、バレットさん。
バレット　あの馬鹿が！（やむを得ないといった様子で）手を止めて聞いてくれ、ストライカー。

おまえにならら話せる。実はな、数週間前、息子のスティーブはわしに言ったのだよ……おまえの下で働いている、才能ある金髪の秘書と結婚したい、と。

ストライカー　そんなことではないかと思っておりました、社長。

バレット　わしは断固として反対した。スティーブにきっぱりと言ってやったさ。あの女はおまえにはふさわしくない、腹黒い危険な女だ。金目当てに決まっておる、とな。あの女と結婚したら勘当だと脅したりもした。すると、今度はジャック・ベンソンが――わしの今は亡き共同経営者の息子であり、スティーブの親友でもある男が――その同じ女と結婚するというのか！　あいつらの間には、もめごと以外の何も起こらんぞ、ストライカー。

ストライカー　もう、もめごとが起こってしまいました、バレットさん。

バレット　（いらいらして）くそっ、くそっ……ワシントンへの出張がうらめしい！　ストライカー、その目を開けたままでいられるかな？　わしが戻るまで、スティーブが馬鹿なことをしでかさないよう、見張っていて欲しいのだが。

ストライカー　もう手おくれではないかと案じております、バレットさん。

バレット　（ぽかんとして）どういう意味だ？

ストライカー　あの……今日、オフィスで奇妙な事件がありまして。終業のちょっと前でした。この外の中央オフィスにあるガラスのショーケースには、宣伝用に、有史以前から現代までのさまざまな武器の歴史を示すための展示がしてあるのはご存じでしょう？

バレット　それで？　それがどうした？

ストライカー　私がちょっとそのオフィスから離れたことがあったのです。戻ってみると、そのわずかな間に――バレットさん――二つの展示品がショーケースから消えていたのです！

バレット　二つの武器が、か、ストライカー？

ストライカー　三八口径のリボルバーと一本の矢です。

バレット　リボルバーと矢が！

ストライカー　私はすぐに、他の社員に気づかれないように調べました。しかし、誰かがショーケースを開けたのに気づいた者も、オフィスを離れた者もいませんでした。この半時間ほどの間にオフィスに出入りした外部の者は、ウィンゴ湖にあるあなたの避暑用ロッジの管理人をつとめているタトルだけでした。

バレット　（ぼんやりと）夏にあのロッジを使うので、タトルはその準備をしておるはずだが……

ストライカー　タトルは夏までに補充しておく必要がある品物をリストアップするために立ち寄ったのです。――外部の者は、彼だけでした。にもかかわらず、何者かが、リボルバーと矢を持ち出したのです！

バレット　（きびしい声で）その二つの武器を盗んだ何者かは、オフィスの誰かだと言いたいのだな、ストライカー。

ストライカー　そうとしか考えられません、社長。ですから私は、みんなが退社するとき、見張っていました。今日は暖かかったので、トップコートを着ている男性は一人もいませんでした。女性も全員、ミス・ケントも含めて、スーツだけでした。それなのに――

バレット　包みや巻いたものを持ってオフィスを出た者は、誰もいなかったのか？

ストライカー　はい、社長。それで、みんなが帰った夜中に、鍵をすべての部屋にかけてから、徹底的に調べたのです。ところが――リボルバーも矢も見つ、か、ら、な、い、ん、で、し、た。

バレット　ストライカー、まさか息子が……（不安そうに口ごもる）

ストライカー　わかりません、バレットさん。私は心配でたまらないのです。あの盗まれたリボルバーは……

バレット　おい！　あのリボルバーがどうしたというのだ？

ストライカー　弾、が、込、め、て、あ、っ、た、の、で、す。

第二場　同じ場所、その翌日

（スティーブ・バレットがストライカーのオフィスに入って来る）

スティーブ　（気の弱そうな若者で、緊張している）何か用かい、ストライカー？

ストライカー　（静かに）入りたまえ、スティーブ。そこに座って。

スティーブ　前置きはいらないよ、ストライカー。そんなものにつきあう気分じゃないんだ。

ストライカー　楽にしてくれ、スティーブ。もうすぐジャック・ベンソンとミス・ケントが市役所から戻って来る。こちらに顔を出してから、ハネムーンに出発するそうだ。きみとジャックは親友だろう、スティーブ。きみの父上が引退されたら、一緒にこの〈B&B兵器会社〉をやっていくことにもなっているし。だったら、ジャックがジョイス・ケントと戻って来たら、彼のオフィスに顔を出して、二人にふくむところなどないことを教えてあげるべきではないかな？

スティーブ　だったらストライカー、あんたは自分の仕事だけにはげんでいればいいんじゃないかな？

ストライカー　（こらえて）スティーブ、また酒を飲んでいるようだな。

スティーブ　親父が、おれのことであんたをわずらわせてしまったようだな、そうだろ？（感情をむきだしにして）今度のことで、おまえに何がわかるというんだ、ストライカー？　親父と同じ、生きた化石のくせに！　工場を動かし――コストを計算し――人間というよりは、よく手入れされた機関銃じゃないか！

ストライカー　（静かに）おそらく、きみが思っているほど、私は人情の機微にうとくはないよ、スティーブ。確かにジョイス・ケントは魅力的な女性だし、私の下で二年間も秘書をつとめていたからね。

スティーブ　おやあ？（下品に笑う）あの金髪のふたまた女に、あんたも骨抜きにされちまったなんて言うのじゃなかろうね！（声を落として）すまない。つまらんおしゃべりをしてしまったようだ。（立ち去りながら）後で会おう。

ストライカー　（不安げに）どこに行くのだ、スティーブ？

スティーブ　（吐きすてるように）飲みに行くのさ！

第三場　別のオフィス、しばらく後

（オフィスの中は、グラスやボトルの音、それに人々の祝福の声であふれかえっている。ジャック・ベンソンとジョイス・ケントが幸せそうに受け答えをしている）

ジャック　（うぬぼれ屋のプレイボーイ）ありがとう、ありがとう。みんな、もう一回いこう。あらためて、わが花嫁に乾杯！（全員、ジョイスに乾杯する）

ジョイス　（魅力的だが計算高い女性――笑いながら）花婿にも乾杯した方がいいみたいよ、みなさん。この人、まだ飲み足りないみたいだから！（笑い声が高くなる）ねえ、あなた？

ストライカー　（入って来る）おめでとう、ジャック。

ジャック　ありがとう、ストライカー。ポール、ストライカーさんにも一杯頼む！（男が一人、返事をする。グラスやボトルの音）

ストライカー　ありがとう、ポール。それじゃあミス・ケント――おっと、ミセス・ベンソンだった！――（笑って）きみとジャックの幸せを祈っているよ。

ジョイス　ええ、ありがとうございます、ストライカーさん。もう、あなたの口述を書き留めることができなくなってしまうのですね！　それでも、世界中であたしほど幸福な女はいないでしょうね！　ジャック、ダーリン――キスしてちょうだい。（周囲からの声「キスするんだ！」「いけいけベンソンさん！」「もうきみの女房になったのだから！」）

ジャック　こっちにおいで、ミセス・B。（はやしたてる声。突然、ドアが開く）

スティーブ　（入って来る——へべれけで）やーあ……新婚しゃん！（まず沈黙、その後、「おいおい。スティーブ・バレットだよ。ジャック・ベンソンが彼女にキスするところを見ちゃったぜ」「スティーブは酔っているぞ」「ここから出て行こうぜ！」というささやき声。オフィスの面々は少しずつ退散していく。スティーブだけがやたら〝陽気〟のまま）

ジャック　（小声で）落ちついて、ジョイス、ハニー。

ジョイス　（小声で）ああ、ジャック。あのスティーブの醜態ったら——何もしでかしませんように！

ジャック　（小声で）大丈夫だよ、ダーリン。……やあ、スティーブ。

スティーブ　やあ、ジャック！　しょして、うりゅわしのミシュ・ケント——おっと、ミシェス・ベンションだったにゃ！　やあ、ミシェス・ベンション！　おめれとう！

ジョイス　（神経質に）ありがとう、スティーブ。（無理して明るく）それ、シャンパンね！　スティーブはあたしたちにシャンパンを持って来てくれたのよ、ジャック。

ジャック　（同じように無理して明るく）気が利くじゃないか、スティーブ。

スティーブ　（耳ざわりな声で）イエイ！（陽気に）シュトライカー、にゃにを陰気な顔をしゅてるんだ？　こにょシャンパンを開けてくりぇよ、シュトライカー！　新郎新婦にカンパイするんにゃ！

ストライカー　いいとも、スティーブ。（コルクを抜く音やグラスの音など）これはミセス・ベンソンに。こちらはジャックに……スティーブにも……

スティーブ　しゅばらしいハニェムーンにカンパーイ！（みんなで飲む。グラスの砕ける音）こりぇでいいかにゃ、シュトライカー？　シュティーブくんの態度はりっぱらろう……ん？

ストライカー　（調子を合わせて）とても良かったよ、スティーブ。ところでジャック。きみと奥方は、どこでハネムーンを過ごすのかね？

ジャック　言い忘れていましたね。実は、驚いているのですよ。ねえ、ダーリン。

ジョイス　バレット社長の粋なはからいなのよ！

ジャック　昨晩、スティーブのお父さんが、ぼくの机の上にメモを残しておいてくれてね――それを朝イチで見つけたってわけさ。

ストライカー　社長がそんなことを？　私が帰った後に書いたようだな。

ジョイス　バレット社長のご厚意なんでしょう？　ジャックとあたしに、ウィンゴ湖のロッジを使わせてくれるというのよ。

ジャック　管理人のタトルには社長が連絡しておいてくれたので、ぼくたちのために、準備万端、整っているそうです。スティーブ、きみのお父さんは、何て親切なんだろう。あそこはハネムーンにぴったりだからね。今晩、車で行くつもりなんだ。

スティーブ　（苦々しげに）わりぇわりぇバレット一族は立派なのしゃ。（声を張り上げて）にゃにみんにゃで突っ立ってりゅんだ？　シュトライカー、シャンパンをくりぇ！　飲みたいんら――（笑いながら泣く）――飲むぞ……飲むぞ……

第四場　アディロンダックのロッジ、その夜

（一台の車がロッジの前に停まる。ジャックとジョイスが仲むつまじく笑いながら降りる）

ジャック　こいつだよ、ダーリン。気に入ったかい？

ジョイス　（少し高揚して）すてきだわ、ジャッキー！　ふーう！　体がほてってきたわ！　スティーブのシャンパンのおかげね。スティーブといえば、ジャック、あの泣きっ面を覚えている？

ジャック　（笑う）誰がスティーブのことなんか気にするんだい？　今夜はぼくがうれし泣きをするのさ、ベイビー。（二人はポーチに上る）ロッジの居間には明かりがついているな。いい雰囲気だろう、ダーリン？（せわしなくノックする）バレット老は、管理人のタトルにちゃんと連絡しておいてくれたらしいね。（もう一度ノックする）

ジョイス　（夢心地で）ミーセース・ジャック・ベンソンの……ハネムーンの宿が……とお～っても美しい田舎に……木々に囲まれて……すっごくステキなところで誰にも邪魔されず……う～ん！　最高だわ！

ジャック　タトルはどこに行ったんだ？（もう一度叩く）

ジョイス　あの人はここにいない方がいいわ。あなたと……二人きりの方が……

ジャック　（うわずった声で）ジョイス……惚れ直すようなことを言ってくれるじゃないか。ぼく

も……（ノブを回してみる。ドアがきしみながら開く）なんだ！　もとから鍵はかかっていなかったんだ。さすがはタトルだ！（笑い声。ドアが閉まる）
ジョイス　（笑いながら）こっちよ、ジャック！　あら、どうしてこの玄関広間は明かりが消えているのかしら？
ジャック　居間の明かりがここまで届くからだろう。さあ、パパの方へおいで、ハニー――花嫁さん――ぼくが居間まで運んであげるよ――男が男だった時代のようにね！（彼が抱き上げると、ジョイスは嬉しげに身をよじらせる）
ジョイス　（笑いながら）ジャック、おばかさん。ジャック、あたしを略奪するつもりね！
ジャック　（息を切らせて――笑いながら）わかりきったことを！　さあ、いくぞ……！
ジョイス　おお、ジャック、とってもたくましいわ――（突然、リボルバーの発射音がして、ジョイスが悲鳴を上げる。ジャックも叫ぶ。第二弾の音に続いて、電球が破裂したときのようなガラスが割れる音がする。ジョイスがうめき声を上げる）
ジャック　（かすれ声で）二発――誰かが居間の明かりを撃ったのか。……ジョイス！　大丈夫か？（間）ジョイス！　どうした……なぜ動かない？（ジョイスは喉をゴボゴボさせて息をひきとる）ジョイス……！（間。それからヒステリックな叫び声）死んだ！（狂ったような笑い声。それがだんだん小さく……）

第五場　同じ場所、その翌日

（ニッキイとヴェリー部長がロッジのポーチに腰を下ろしている。エラリーはそこを行ったり来たりしている）

ニッキイ　エラリー・クイーン、ポーチを行ったり来たりするの、やめてくださる？　ヴェリー部長、あなたも目ざわりでしょう？

ヴェリー　あのお方は大自然を楽しんでおられるのですから、わかってあげなければいけませんな、ポーター嬢ちゃん。（詩を吟じるように）小鳥のさえずりに耳を傾けようではないか。（深く息を吸って）かぐわしき大気を嗅いでみようではないか。さあ、クイーン殿――嗅いでみようではないか！（ニッキイが笑う。エラリーはうろつくのをやめる）

エラリー　部長、そいつはぼくにとって何の役にも立たないな。いいかい、ニッキイ、ぼくはこの事件について考えているのだよ。ちょっとばかり魅力的な謎じゃないか。

ニッキイ　わたしが考えられるのは、これからハネムーンを楽しもうとする女性が殺された、ということだけよ。もしこの事件が魅力的だと感じるのだったら、わたしはマクベス夫人ということになるわね。

ヴェリー　（くすくす笑う）警視とあたしは、手配中のギャングの足どりを追っかけて、このウィンゴ湖の近くに来ていたんですよ。地元の巡査は殺人事件を抱える羽目になったことを知ると、警視に向かって「クイーン警視」って言って、「今日はあっしの座骨神経痛がひどく痛みましてな」って言って、「体が動かせそうにないのです」って言って、「それで――ええ――あなたとヴェリー部長で、あっしの代わりに、この殺人事件を調べてもらえませんかね？」って言ったんです。そして病気の牛みたいなうめき声を上げると、禿げ頭に布団をかぶってしまったんですよ！（ヴェリーはゲラゲラ笑う）

ニッキイ　そしてもちろん、警視はその頼みを断れなかったわけね。

エラリー　（くすくす笑う）当然だよ、ニッキイ。クイーン家の血がそうさせるのだ。

ヴェリー　（真面目になって）血といえば、クイーンさん、向こうに横たわっている女は、狩られたキジバトみたいでしたよ。

エラリー　中に入るとするか。まだ父さんが被害者の亭主に事情聴取をしているのなら、見てみよう。（みんなでロッジの中に入る）ジャック・ベンソンは〈B&B兵器会社〉の若き共同経営者で、昨夜遅く花嫁と共にオフィスを出て、こちらに車で来た。と、こんなところだったかな、部長？

ヴェリー　ええ。このロッジはバレット・シニア氏のものだそうです。彼は昨晩、仕事でワシントンに向かったそうですが、ベンソンが働くオフィスにメモを残しておいたんですよ。ここをハネムーンでいちゃつくのに使っていい、と。

ニッキイ　何というハネムーンになってしまったのかしら！（三人が殺人のあった部屋に入ると、そこではジャック・ベンソンが生気の失せた声で、クイーン警視のきびしい事情聴取を受けている）

エラリー　やあ、お父さん。最速ですっ飛んで来ましたよ。

警視　おお、エラリー、ニッキイ。ちょっと失礼するよ、ベンソン君。（声をひそめて）おい、せがれ、ヴェリーからこれまでのいきさつを全部聞いておるな？

エラリー　ええ、お父さん。それで、どうしてぼくを呼んだのですか？

ニッキイ　朝方、ヴェリー部長から電話があって、今すぐこちらに車を飛ばして来いと言われたときには、ちょっとびっくりしましたわ、警視さん。

警視　（小声でくすくす笑う）もし呼ばなかったら、おまえはわしを許さなかっただろうからな、せがれよ。実は、この事件には変わった点がいくつもあってな。おまけに、そのうちの一つは、とびきり変わっておるのだ！

ニッキイ　（おずおずと）あの……ベンソン夫人の死体って――この……もりあがったシートの下にあるの？（ヴェリーがうなるようにうなずく）それに、ご主人の方は……表情がうつろだわ……

エラリー　ショックでぼんやりしているのだ。かわいそうに。

警視　ここまで戻すのも一苦労だったよ。（やさしいが断固とした口調で）ベンソン君。（間を置いて）ベンソン君！

ジャック　（ぼんやりと）はあ……何です……そっちのあんたら、誰？

警視　ベンソン君、しっかりするんだ。話の続きを聞かせてくれたまえ、いいかね？　わしの言っていることがわかるかな？

ジャック　わかります……はい。つまり……もちろんです、警視さん。

警視　（やさしく）先ほどまでの話では、昨夜、二発目の弾丸が居間の電灯を撃ったので、きみは奥さんを抱えたままそこを出て、広間を横切って食堂に行くと、明かりをつけた。そこで奥さんが死んでいるのに気づいた。そうだね？

ジャック　（のろのろと）こめかみを撃ち抜かれていました。彼女の血が――髪の毛を染めて――ぼくの……ぼくのコートの襟も赤くなって……ジョイスの血で……（口ごもる。それから泣き出す）

ヴェリー　落ちつくんだ、ベンソン君。

ニッキイ　（気が滅入って）ああ、エラリー、わたし、ニューヨークに残っていた方がよかったわ！

エラリー　（やさしく）すぐに片づくよ、ニッキイ。お父さん、明らかに、殺人者は居間でベンソン夫妻を待ち伏せしていたのです。――二人が入って来たときに撃つために、明かりが必要だったのですね。

警視　そうだ。そして犯人はベンソン夫人を殺した後、すぐさま居間の明かりを撃った。逃げる姿を見られないようにな。ベンソン君――まだ話を続けられるかね？（ジャックは泣きやむ）

ジャック　（何とか続ける）犯人の姿は見ていません。その――撃ってきたときも……ううっ！（間を置いて）すみません。何しろ、あっという間の出来事だったので……。管理人のタトルを大声で呼んだのですが、ロッジにはいませんでした。それで電話で助けを求めようとしたのですが――電話線が切られていました。だんだん頭がおかしくなってくるようでした。それで、妻の――妻の死体を床に下ろして、ロッジを飛び出したのです。その……馬鹿げた考えでしたが、医者を呼ぼうとしたのです。何でそんな考えが浮かんだのかはわかりません。彼女はもう死んでいるというのに。ぼくはまるで……まるで……

警視 （小声で）ベンソン君は村で医者をつかまえると、車で戻って来たのだ、エラリー。その医者からは、すでに一部始終を聞き出しておる。だが、ベンソンと医者がロッジに入ったとき……留守のあいだにベンソン夫人の死体にあることが起こっているのに気づいたのだ。

ニッキイ （驚いて）何かが起こったというの……死体に？

ヴェリー ポーター嬢ちゃんを外に出した方がいいんじゃないですか、クイーンさん。

エラリー ニッキイ、父さんとぼくが調べている間、ベンソンさんを別の部屋に連れて行ってくれないか……今すぐ頼むよ。

ニッキイ 何かが起こった……（うわずった声で）ベンソンさん、お願いします！ ここから出て行きましょう！ こちらに――わたしの手をとって……

ジャック （声が遠ざかる）矢だ……矢があったんだ……（声をつまらせる。ニッキイが彼を連れ出す）

エラリー さて、何があったんです、お父さん？ 死体に？ 矢ですって？ あの女性は撃ち殺されたのだと思っていましたよ！

警視 その通りだが――こっちに来てみろ、エラリー。ヴェリー、死体のカバーを取ってくれ。

そして、さっき言った〝とびきり変わった点〟というのを見せてやるとしよう。

ヴェリー　はい、警視。（死体のカバーをめくる。エラリーがわずかに悲鳴をもらす）〝とびきり変わった点〟というのは、この一本の矢なんですよ、クイーンさん！

エラリー　彼女の心臓に突き立てたのか？

警視　（不快そうに）しかも、村の医者によると、この矢が刺さったときには、もう絶命していたそうだ。見事な手際じゃないか、ええ？　殺人者は彼女を撃ち殺した後、物かげに隠れてベンソンが飛び出すのを待っていたのだ――電話線を切っておいたのは、ベンソンを追っぱらうためだったのだな――そして、邪魔者がいなくなってから、もう一度出てきて、死んだ女の心臓に矢を突き立てたというわけだ。

ヴェリー　愉（たの）しみのためですかねえ。それとも運動をしたかったとか。

エラリー　しかし、どんな理由があるというのです？　死んでいる女に矢を刺すなんて。（吐きすてるように）精神異常者の仕業に決まっていますよ！

警視　（冷静に）それで、朝っぱらからあちこちに電話をしてみた。このベンソン夫人が――旧姓ジョイス・ケントが――誰かのハートと財布にダメージを与えたのではないかと思ってな。あまり評判のいい女じゃなかったよ……。そうだ、せがれ。わしは彼女の心臓（ハート）の矢は、そいつを象徴するためだと思っておるのだ。

エラリー　わかりますよ。殺人者は愛が憎しみに変わったことの象徴として矢を残した、と言いたいのですね。キューピッドの矢を逆にして、世間に自分の動機をアピールするための象徴にしたと。あり得ますね。

ヴェリー　調べた限りでは、このカワイ娘ちゃんをどうしても手に入れたがっているロミオが、少なくとも二人はいましてね。〝ドンパチ〟バレット老の息子スティーブ・バレットと、会社の重役ストライカーです。

警視　あと何人いるかは神のみぞ知る、といったところさ！

エラリー　タトルとかいう男は――このロッジの管理人は――どうです、お父さん？

警視　タトルの居所は、まだつかめておらん。

ヴェリー　あたしに言わせてもらえりゃ、あの管理人を見つけ出すには、高性能の顕微鏡が必要ですな。

警視　いずれ見つかるさ。ではヴェリー、彼女にシートをかけ直したら、町に戻って捜査だ。（いかめしく）〈Ｂ＆Ｂ兵器会社〉のオフィスに行って、ベンソン夫人の火遊びの相手とおしゃべりをせねばな。

第六場　〈Ｂ＆Ｂ〉社のオフィス、しばらく後

（ヴェリーが報道陣をくいとめている）

ヴェリー　いや、警視はまだストライカー氏との話が終わっていません。警視、あたしは外でこいつらを防いでいますから。（ドアをバタンと閉める）

ニッキイ　あの記者たち、まるで虎ね、エラリー。
エラリー　（不快そうに）今回のネタから血のしたたる肉の臭いを嗅ぎつけたのさ、ニッキイ。
警視　ストライカーさん、われわれがこの三八口径のリボルバーを見つけたことは、もちろん聞いておられるでしょうな。ウィンゴ湖のロッジの居間に、ベンソン夫人殺害犯人が捨てていったものですが。
ストライカー　（疲れた声で）聞いています、警視さん。
ニッキイ　指紋はなかったわ――ずるがしこい悪魔ね！
エラリー　このリボルバーは、こちらのオフィスのショーケースから盗まれたものに間違いありませんね、ストライカーさん？
ストライカー　はい、クイーンさん。
警視　こちらの矢の方はどうですかな、ストライカー？　被害者の心臓に刺さっていたものですが。こいつです。ほら、ちゃんと見たまえ！
ストライカー　どうか、かんべんしてください！　今は混乱していまして――ショックだったので――
エラリー　長さは三〇インチ（約七十六センチ）、太さは半インチで、三枚の矢羽根のうち一枚がなくなっていて、残った二枚も押しつぶされている。これは〈B&B〉のオフィスから盗まれた矢ですか？
ストライカー　（緊張して）ええ、そうです！　でも、私がショーケースの中にあるのを見たときには、矢羽根は三枚とも何ともなかったのですが。

ニッキイ　矢の方にも指紋はなかったわ。ベンソン夫人を殺した誰かさんは、探偵小説から学んだみたいね。

警視　さしあたっては、これで終わりです、ストライカーさん。向こうに座っていてもらえますかな。（ストライカーは従う）スティーブ・バレット！

スティーブ　（しわがれ声で）ぼくですか、警視さん？

警視　よろしく頼む。で、どうしてフラフラしておるのかね、きみは？　二日酔いか？

スティーブ　頭の中に霧がかかっていまして。昨晩、飲みすぎたようです。頭の中にあるのは……ジョイスが死んだということだけなんです。彼女は死んでしまったんだ。

警視　ならば、その霧をはらってもらわなければな。（スティーブを部屋の隅に連れて行く）さあ、ここでじっくり思い出して……

ニッキイ　みんなのアリバイの方はどうなの、エラリー？

エラリー　誰もアリバイなしさ。このスティーブ・バレット坊やは飲んだくれて記憶がない。ストライカーは昨晩遅くまで、一人で自室で仕事をしていたと主張している。管理人はいまだに見つからない――（ヴェリーがバレット・シニアを連れて入って来る）

ヴェリー　こちらがバレット・シニア氏です、警視――。ついさっき、ワシントンから飛行機で戻って来ました！

バレット　（動揺のあまり、言葉がぞんざいになっている）わしの邪魔をするな！　おい、スティーブ！

スティーブ　やあ、父さん。

バレット　スティーブ、わしの目を見ろ！　おまえがあの女を殺したのか？

スティーブ　ぼくが……彼女を殺したのかって？

バレット　いいか、せがれ。もしおまえがあの女を撃ったのなら、わしに話せ。そうしたら助けてやる。だが、その前に真実を知らねばならんのだ、スティーブ！

警視　（怒る）何を言っておるのですか？　バレットさん、息子さんが罪を犯したなら、助けることなど――

バレット　わしはきみと話しているのではない。スティーブ！　答えろ！

スティーブ　（弱々しく）や……やってないとは思うんだ、父さん。昨晩のことで覚えているのは……酔っぱらっていたことだけで。それ以外は霧の中で……

警視　いい加減にしたまえ！（離れた位置でドアが開く音）何だ、ヴェリー？（ドアがバタンと閉まる）誰だ、そいつは？

ヴェリー　（タトルを連れて現れる）あたしたちが捜していた御仁ですぜ、警視。バレット社長のロッジの管理人、タトルです。自分からこのオフィスに出向いて来たんですよ。

警視　ほう？　ここに座りたまえ、タトル。

タトル　（おびえている中年の男）はい、警視。今晩は、バレット社長。このたびは大変なことになりまして――

バレット　タトル、ちょっと話したいことがある！
警視　（きびしく）やめて欲しいですな、バレットさん。何だ、ヴェリー？　何が言いたい？
ヴェリー　（声をひそめて）この書類です、警視。こいつはこの管理人タトルについて調べたものです。先に目を通してください！
警視　（ねぎらうように）早いな。見せてくれ、ヴェリー。（目を通す）ふーむ……
ニッキイ　（エラリーのそばで）タトルは犯罪者には見えないわね、エラリー。片足が不自由だし、気が弱そうだし、力もなさそうだし……
エラリー　でもニッキイ、父さんの顔つきから察するに、あのタトルについての調査報告には、何やら爆弾が仕込まれているようだよ。
警視　（おだやかに）タトル。この書類によると、きみは数年前まで、軍需品担当のセールスマンとして、バレット・シニア氏の下で働いていたことになっているな。どうしてバレット氏のウィンゴ湖のロッジの管理人をすることになったのかね。明らかに降格ではないかな？
タトル　はい、警視。車で大きな事故に遭いまして。それで片足が不自由になってしまいました。この杖の助けがなければ、ちゃんと歩けないのです。
バレット　（つっけんどんに）どこがおかしいというのかね？　タトルはセールスマンを続けることができない――しかし彼には仕事が必要だ――だから管理人をやらせることにしたのだ。
警視　（バレットを無視して）タトル、きみは結婚しているのか？
タトル　い、いいえ、警視。離婚したのです。事故の後。

警視　この書類にもそう書いてある。それで、別れた奥さんは、今どこにいるのだ？
タトル　知りません、警視。だいぶ前のことですから――
警視　奥さんの結婚前の名は？
タトル　ケント、ジョイス・ケントです、警視――（ざわめきが広がる）
警視　（鋭く）わしはこう考えなければならんのかね、タトル。きみは、自分のかつての妻が、結婚前の名で、まさにこのオフィスで働いていたことを知らなかった、と！（タトル「はい、警視。そうです、警視！」）きみは彼女がジャック・ベンソンと結婚して、バレットのロッジでハネムーンを過ごすというのも知らなかったというのかね、ええ？
タトル　（吐きすてるように）あいつが誰とどうなったかなんて――全然知りませんでしたよ！誓いますよ、あいつがどうなったかなんて、知らなかったのです！
警視　タトル、昨晩はどこにいた？
タトル　ニ、ニ、ニューヨークに――ニューヨ、ヨ、ヨークにいました……
警視　どうしてバレットのウィンゴ湖のロッジで管理人としてのつとめを果たさなかったのだ？おまえが管理しなくてはならないはずだが。
タトル　ですが……バレット・シニアさんから手紙が来まして、昨夜のうちにニューヨークで会って話しておきたいことがある、と書いてあったのです。これがその手紙ですが……
バレット　わしからの手紙だと？　そいつを見せてみろ！
タトル　それで私は、車でニューヨークまで出て来たのですよ、バレットさん。あなたが姿を見

せなかったので、途方に暮れてしまいまして。（バレットは手紙を調べる）

バレット　無理もない！　クイーン警視、これは確かにわしの署名のように見える。だが、わしはこんな手紙は書いておらんのだよ。

警視　策略ですな……タトルをウィンゴ湖のロッジ近くから追い払うための。

エラリー　（鋭く）バレットさん、結婚祝いとして、ハネムーンにロッジを使ってもいい、というメモをベンソン青年に残しましたか？

バレット　ジャックの若造に手紙を？　何の話だ？

警視　あなたは一昨日（おととい）の晩、このオフィスからワシントンに向かう前に、ベンソンの机の上にメモを残しておいたのではないのですか？

バレット　もちろん、残しておらん！

エラリー　（きびしい声で）お父さん、バレットさんが書いてないと主張している、その二通の手紙を見せてください……（手紙をじっくりと調べる）

ニッキイ　ますますわけがわからなくなってきたわ。

ヴェリー　あたしはもう、〝何とか人（じん）のごとくテントをたたんで〟引きあげる準備はできていますよ――って、どこの国の人でしたっけ？

エラリー　（ぼんやりと）アラブ人だよ、部長（ロングフェローの詩「一日の終わり」より）。ほら、お父さん、タトルとベンソンに宛てたこの二つの手紙を比べてみてください。署名がまったく同じだとわかりますよ。

警視　どれどれ……。そうだ、その通りだ。ぴったり重なるぞ。

エラリー　まったく同じ二つの署名を書ける人はいません。明らかに、この二通の手紙は偽物です。両方とも、〈社長室〉にあるバレット氏の専用箋に書かれていますね。ということは、犯人は専用箋を盗み出し、このオフィスのファイルにある本物の署名のどれかをトレースしたと考えられます。

ニッキイ　犯人はどうしてもベンソン夫人をロッジにおびき出したかったのね――殺害するために。でも、なぜロッジだったのかしら？

警視　わしにとって、わからん点が多すぎる。異常すぎるほど異常な事件だな。

エラリー　残念ですが、ぼくにとっても、わからない点が多すぎます。（ため息をつく）

ニッキイ　（びっくりして）それって――あなたには解決できないってこと、エラリー？

ヴェリー　大先生（マエストロ）もお手あげですか？　信じられませんな！

警視　おい、二人とも、それくらいにしておけ。現時点で確かなことが一つだけある。殺人者の計画には四つのものが必要だった――盗まれた拳銃、盗まれた矢、バレットの専用箋、バレットの署名だ。

ニッキイ　四つとも、オフィス内にあるものを取ったのね。

ヴェリー　そんなこと言ったって、オフィスにいた者なら、誰だってかっぱらうことはできたじゃないですか！

エラリー　（不意に）とは限らない……。ぼくは一つ、推測を思いつきましたよ。

警視　役に立ちそうもない推測でもかまわんから、言ってくれんか？

エラリー　聞いてください、お父さん。確信はありませんが——

ヴェリー　まさか——まさか——こんな光景がおがめるとは！　エラリー・クイーンが「確信がない」とは！

ニッキイ　（面白がって）こんな言葉を聞ける日が来るなんて、夢にも思わなかったわ。

エラリー　（いかめしく）しかし、この推測は、これまで得たあらゆる事実に合致するのです。別室に行きましょう、お父さん。そこで説明しますよ。もしぼくの推測が正しければ、誰がベンソン夫人を撃ったかを突きとめるだけでなく、殺人犯を刑務所に送り込む証拠も手に入れることができるはずです。

聴取者への挑戦

ここで、クイーン氏による恒例の、読者および聴取者への〝挑戦〟を行いますが、いつもとは異なる点があります。今回の彼は、いつものような隙のない解決ができません。推測しかできないのです。それでも彼の推測が、もっとも論理的な理論であることは、間違いありません。エラリーの推測がどんなものかを説明できますか？　誰がジャック・ベンソン夫人こと旧姓ジョイス・ケントを殺したと思いますか？　エラリー・クイーンが、この「ハネムーンの宿の冒険」の解決を披露する前に、自力で解いてみてください。そうすれば、このミステリ・ラジオドラマを、より一層、楽しめることでしょう。

第七場　別の部屋、すぐ後

警視　さてと、これでよし。わしらだけになったぞ、エラリー。おまえの〝推測〟とやらを聞かせてもらおうか。

エラリー　まず、次なる前提条件を確認しておきましょう。「オフィスからのリボルバーと矢の盗難は、あらかじめ計画されたものだった」。

ニッキイ　前もって計画されていたかってこと？　もちろんよ。そうに決まっているわ。

ヴェリー　それで？

エラリー　だったら、犯人はこの二つの武器を盗み出す現場を見られる危険を冒すことはできなかった、という点も、理解してもらえますか？

警視　もし見つかったら、後で殺人が発見された瞬間に、盗難と結びつけられてしまうからな。しかし、それのどこが重要なんだ、せがれよ？

エラリー　こうですよ、お父さん。リボルバーをオフィスから持ち出すのは、それほど難しくはありません――うまい具合にポケットに収まるサイズですからね。しかし、犯人は矢をどこに隠したのでしょうか？　犯人はどうやって、他人の注意を引くことなく、〈Ｂ＆Ｂ〉のオフィスから、矢を持ち出すことができたのでしょうか？　矢の長さは三十インチもありました——二フィート半ですよ。それなのにストライカー氏は、包みや巻いたものを持ってオフィスを出た者は一人もいなかったと言いましたね。おまけに、暖かい日だったので、トップコートを着ている人もいなかったと。では質問です。犯人はその日、オフィスを出るときに、矢をどこに隠して持ち出したのでしょう？　ポケットの中ですか？

ニッキイ　二フィート半の長さの矢をポケットに？　ばかばかしい！

エラリー　ズボンの中も、上着の内側も、スカートの中も無理です。では、どうやったのでしょうか？　ぼくたちの相手は、頭の切れる犯罪者です——例の二通の偽手紙でわかるように、犯行計画を一歩一歩慎重に進めていくタイプなのです。そこで、ぼくは次にこういう推測をしました。殺人者は、矢を盗むときに誰かに見られるというわずかな危険さえも回避するために、何らかの手段を用意していたはずである。

警視　もっともらしく聞こえるな、せがれ。しかし、それがどう真相に結びつくのだ？

エラリー　さて、われらが細心にして賢明なる泥棒は、どんな手段を用いたのでしょうか？　明らかに、そいつは盗んだ矢を隠して運び出せるような、何らかの入れ物を持っていたのです——しかもその容器は、怪しい点などなく、他人には持っていて当たり前のものに見え、誰の注意も引かないものなのです。

ヴェリー　まったくもって同感ですがね、クイーンさん。

エラリー　矢を隠すのにふさわしい容器の大きさと形を、ある程度まで推理することは可能でしょうか？　そう、可能です。まず、当り前の話ですが、長さは二フィート半以上ないといけません。次に、三枚の矢羽根のうち二枚がつぶれていることから考えて、その容器の太さは、矢の直径半インチより少し大きい程度だとわかります――おそらく一インチ程度でしょう。

ニッキイ　長さ二フィート半以上、直径一インチの管(くだ)みたいな容器で、他人の注意を引かないもの……

エラリー　この事件において、ぼくたちは、こういった条件を満たすものを見たことがあったでしょうか？　あったのです！　バレット氏の管理人タトルが――交通事故で不具になったために被害者に離婚された男が――いまだに捨てられた事を恨んでいると思われる男が持っていました！　――管理人タトルが条件を満たすものを持っていました……杖を！　彼自身、杖なしでは満足に歩けないと言っていたではありませんか！

警視　ヴェリー、今すぐタトルのところに行って、杖を取りあげてこい！

ヴェリー　がってんだ！（飛び出す）

ニッキイ　だから〝推測〟だなんて言ったのね、エラリー。

エラリー　そうだ、ニッキイ。実際にタトルの杖を調べてみるまでは、正しいとは言いきれないからね。しかし、あらゆる事実がぼくの推測をしっかり裏付けてくれているから、正しいことが証明されると信じているよ。

警視　（いかめしく）もしおまえの推測が正しければ、杖の先端が取りはずし可能で、中が空洞になっていることがわかるはずだ。

エラリー　証拠も見つかると思いますよ、お父さん。
ニッキイ　どんな証拠なの、エラリー？
エラリー　矢羽根の一枚がなくなっていたのを覚えているだろう？　どうして取れたと思う？　タトルがベンソン夫人の体に突き立てるため、杖の空洞から矢を取り出したときに、内側の木のトゲに矢羽根の一枚が引っかかって取れてしまったというのは、充分あり得ることだろう。
（ヴェリーが戻って来る）
ニッキイ　だとしたら、なくなった矢羽根は、まだ杖の中にあるに違いないわ！
警視　ヴェリー！　早くその棒きれをよこせ！
ヴェリー　こいつです、警視！
警視　すぐにわかる……（杖をひねる）見ろ、外れるぞ！
ニッキイ　中が空洞になっているわ！
エラリー　しかも、内側に矢羽根が引っかかっている！
警視　ヴェリー、隣の部屋に行き、タトルを逮捕するんだ――ジョイス・ケント・タトル・ベンソン殺しの罪でな。
（音楽、高まる）

放火魔の冒険

The Adventure of the Fire-Bug

登場人物

探偵の　エラリー・クイーン
その秘書の　ニッキイ・ポーター
エラリーの父親で市警本部の　クイーン警視
クイーン警視の部下の　ヴェリー部長刑事
火災保険会社の代理店に勤める　スウィーニイ
煙草と文具の店を営む　ファーガスン
質屋を営む　ジェイコブ・ティンカー
ティンカーの弟で知的障害の　サイモン・ティンカー
インテリアの店を営む　フェリル
婦人用帽子の店を営む　マダム・デラージュ
消防署の　ヒリヤード消防署長
さらに　消防夫、警察官、野次馬、他

放送　一九四〇年五月十二日
場面　ニューヨーク市。クイーン家のアパートメント――中流の地区にあるさまざまな小売店
――市警本部のクイーン警視のオフィス

第一場　クイーン家のアパートメント

（警視とエラリーとニッキイ・ポーターが朝食をとっている最中。ヴェリー部長はじりじりしながら警視が食べ終わるのを待っている）

ヴェリー　帽子とコートをどうぞ、クイーン警視。まったく、あなたはコーヒーが死ぬほど好きなんですな！　あたしが挨拶しに来たんじゃないことは、わかっているのでしょう？
警視　（くっくつ笑って）そう急かすな、ヴェリー。わしは老いぼれなのだぞ。
エラリー　老いぼれとはね！　お父さん、あなたについていける若者なんて、警察にはいないでしょう。そうだろう、ヴェリー？
ヴェリー　このお方がその気になれば、ですがね。今はその気じゃないらしい。
ニッキイ　エラリー、コーヒーのおかわりは？
エラリー　けっこうだ、ニッキイ。ああ、忘れていた！　午前中の執筆は中止だ。お客さんを待っているのでね。
ニッキイ　（間髪容れずに）男の人なの？　それとも女の人？

エラリー　男性だよ、やきもち焼きさん。スウィーニイという名の男さ。クリーヴランドに本社がある〈バルカン火災保険会社〉のニューヨーク担当営業だ。
ヴェリー　誰って言いました？　ねえ警視、今の話を聞きましたかい？
ニッキイ　偉大なるエラリー・クイーン氏が、たった今、何か言ったのかしら？
警視　うむ、エラリーは知らなかったな。警察は今、バルカン社の連中と共同で捜査をしておるのだよ。夜中にこのあたりで不審火が続発している件についてだ。
ニッキイ　そして、問題の会社の営業担当が、今日、エラリーに会いに来る――何という偶然かしら！　食器をさっさと片付けなくちゃ。（遠ざかりながら）秘書として雇われたはずなのに――家政婦だなんて、だまされたわ！（男性陣は笑い声を上げる）
ヴェリー　その火事のせいで、このあたりはてんやわんやでしてね。そりゃあもう、ひどいものですよ、クイーンさん。
エラリー　これまでに何件起こっているのですか、お父さん？
警視　この二週間で三回だ。最初のやつは、アムステルダム街の角のあたりにある煙草と文具の店だった。
ニッキイ　（戻って来て）知っているでしょう、エラリー――ファーガスンっていう、気むずかしいスコットランド人のおじいさんがやっている店よ。
ヴェリー　二度めの火事は、ここを下って一ブロックもいかないところにある、インテリア店です――〈フェリルの店〉という。

警視　そして、三度めの火事は――つい二晩前だ――北に二ブロックほど行ったところにある婦人帽の店だ。開店したばかりだというのに、中が丸焼けになってしまった。

ニッキイ　知ってるわ！　マダム・デラージュの店よ。本当にすてきな帽子を扱っているのよ、エラリー。とっても残念だわ。

エラリー　三件の火事が失火だという可能性はないのですか？

ヴェリー　本部の火災捜査班（アーソン・ボーイズ）によれば、違いますな。

警視　三件すべてが化学薬品による発火なのだ、せがれ。――それに、三件すべてが真夜中に起きておる。そのせいで、火事が見つかって消防署に通報があったときには、もう手遅れだった。室内の資産が、ほとんど焼けてしまっていたわけだ。

ヴェリー　警視、いいかげんにここを出ないと。遅刻してしまいますぜ！　チ・コ・ク！

警視　よし、ヴェリー、行くぞ。エラリー、そのバルカン保険の営業マン――名前は何といったかな？　スウィーニイか――と話をしたら、後でわしらと情報の突き合わせをやるぞ。（ヴェリーは警視に向かってうなる）わかった、わかったよ、ヴェリー！（警視とヴェリーはアパートメントを出て行く）

ニッキイ　謎の連続放火なんて、エラリー、あなたにとっては珍しい事件じゃないの？

エラリー　そうだな、ニッキイ。そのスウィーニイとかいう男、まだ来ないのかな？　取り組んでみたくて、うずうずしているよ！

ニッキイ　三件の放火が同一人物の仕業だとしたら、その人は、ええと――ただ面白半分に火をつけてまわる連中を、何と呼ぶのだったかしら？

エラリー　放火犯――放火狂――一般的には「放火魔」だよ、ニッキイ。精神病質の犯罪者の中でも、特に危険でたちが悪いタイプだ。（離れた場所でドアベルが鳴る）スウィーニイが来たようだ。

ニッキイ　（遠ざかりながら）いらっしゃい……！（離れた位置でニッキイがドアが開ける音）

スウィーニイ　（神経質そうな中年の男性）クイーンさんと約束をした者です。名前はスウィーニイ。

ニッキイ　（離れた位置で）お入りください、スウィーニイさん。（ニッキイがドアを閉める音）こちらへどうぞ。

エラリー　ようこそ、スウィーニイさん！　彼女はぼくの秘書、ニッキイ・ポーターです。（スウィーニイは何やらもごもごと言う）お座りください。

スウィーニイ　ありがとう。クイーンさん、私は……あなたの評判を聞いて……ええ、困っている人を助けてくれるという評判です――

ニッキイ　（びっくりして）わたし、てっきり火事の話かと――

エラリー　（すばやくさえぎって）メモをとってくれ、ニッキイ。（ニッキイは口をつぐむ）（おだやかに）それで、スウィーニイさん？

スウィーニイ　（絶望に満ちた声で）クイーンさん、更正しようとしている前科者でも、助けてくれますか？

ニッキイ　もちろん助けるわ！　この人は、いつだってみんなを助けるのよ。
エラリー　（相手を思いやる口調で）服役していたことがあるのですね、スウィーニイさん？
スウィーニイ　（居心地が悪そうに）ちょっとばかり長く。何年も前に私は……どうしようもない過ちをしでかしてしまって。〈バルカン火災保険会社〉で働き始めたばかりの頃です。会社は私を警察に突きだしました。
エラリー　何の罪で？
スウィーニイ　保険契約者の一人と組んで、会社から金をだまし取ろうとした罪です。ええ、罪を犯したのは事実です――担当したこの顧客が口の達者なやつだったもので、そそのかされて……。それはともかく、私たちは偽装火災で保険金を手に入れようとしたのです。会社は証拠を突きつけ、私は刑務所行きになりました。（急いで）にもかかわらず、会社は私に寛大でした。仮釈放されると、会社は私を元の地位に戻し、もう一度チャンスを与えてくれたのです。
ニッキイ　当然だわ。
スウィーニイ　それ以来ずっと、私は真面目に働いてきました。それなのに、私が何もかも忘れかけた頃になって――あれが起こったのです。
エラリー　またしても疑いをかけられてしまったのですね、スウィーニイさん？
スウィーニイ　ですが、今回は潔白なのです――誓ってもいいです、クイーンさん！　私が火災保険の加入手続きをした顧客のうちの三人が、ここ二週間の間に――かなり不自然な火事に見舞われて――

ニッキイ　この近所の火事のことでしょう？　文具店、インテリア店、それに帽子店ですね？

スウィーニイ　（びっくりして）そうです。この件をご存じだったのですか？

エラリー　ええ、知っています。それで、会社側の対応は？——支払ったのですか？

スウィーニイ　会社は疑いを抱いています。でもクイーンさん、それを批判することができますか？　私の前科がなかったとしても、同じでしょうね。でも、言わせてください。このいまわしい火事については、私は何一つ知らないのです。私には今、妻と、育ち盛りの子供が二人います。この子供たちに、父親が前科持ちだと知らせたくないのです。

ニッキイ　ねえ、エラリー！　スウィーニイさんのために何もしない、ってことはないわよね？

エラリー　ぼくたちでやってみるとしようか、ニッキイ。

スウィーニイ　クイーンさん、今度会社に解雇されたら、私はおしまいです。残りの人生すべてを、詐欺師の烙印を押されたまま過ごすことになってしまうでしょう。私を雇おうとする会社なんて、もうどこにもありません。助けてください、クイーンさん。私は真人間として暮らしていきたいのです！

エラリー　すぐに捜査を始めます。今夜の九時に、またこのアパートに来てください、スウィーニイさん。たぶん、そのときには、あなたに何かお知らせできると思いますよ！

第二場　〈ファーガスンの煙草と文具の店〉

（エラリーとニッキイは、ファーガスンの店先の歩道で立ち止まる）

ニッキイ　これが〈ファーガスンの煙草と文具の店〉よ、エラリー。でも、ショーウィンドウは、どれも板が打ちつけてあるわね。

エラリー　のぞいてみよう。……ああ、われらがスコットランド人は中にいたよ。頭を抱え込んでいる。（二人は中に入る）

ニッキイ　エラリー、かなり落ち込んでいるように見えない？

ファーガスン　（スコットランド人で、スコットランドなまりが強い）あんたらが煙草や雑誌なんかを捜しているなら、他の店をあたってくれ。ファーガスンは店じまいさ！……おっと、これはポーター嬢ちゃん。それにクイーンさーん。（二人はファーガスンと挨拶を交わす）こっちに来て、この破産した男を憐れんでくれんかな、娘さん？　ファーガスンは火事で破産しちまったのさ！

ニッキイ　災難だったわね。中はこんなにひどかったのね。どこもかしこも灰になっているじゃないの！

エラリー　でもファーガスンさん、保険に入っていなかったのですか？

ファーガスン　それがクイーンさん、この国に来てからというもの、悪運に取り憑かれてしまったらしいんですよ！　十年間、欠かさず保険料を払っていたんですが――

ニッキイ　だったら、くよくよするのはおやめなさいよ、ファーガスンさん。あなたの損は、保険会社が埋めてくれるはずよ。

ファーガスン　保険会社に払ってもらえるだって、娘さん？　ファーガスンはもらえないのさ！ちょっとばかり節約しようとしたんだよ。それで、保険の一部を解約したら、その直後に火事が起こって、在庫がみんな燃えちまったんだ！

エラリー　今の契約だと、どれくらい保険金がおりるのですか？

ファーガスン　仕入れに使った金には、全然足りませんよ！（ため息をつく）で、ファーガスンは店じまいというわけさ。

エラリー　出火の原因について、何か心当たりはありませんか、ファーガスンさん？

ファーガスン　出火したのは夜中で、あの奥の部屋からだったな。あたしはあそこに小さな暗室を持っているのさ――アマチュアの写真家なもんでね――だから、当然、化学薬品も置いてある。だが、その薬品が自然発火したのか、うす汚い犯罪者がマッチを放り込んだのかは、わからないんだよ、旦那……

エラリー　家主は誰ですか、ファーガスンさん？　この店は誰から借りているのですか？

ファーガスン　ああ、したたかなやつだよ、クイーンさん――とってもしたたかなやつだ。ジェイコブ・ティンカーさ。

ニッキイ　ジェイコブ・ティンカー？　エラリー、通りを下ったところにある質屋のおじいさんよ。小柄で金切り声の。

ファーガスン　（むすっとして）そう、その男さ。欲張りでケチな野郎さ！　言いたくないが、あいつを――（店のドアが開き、怪しげな風体の男がのっそり入って来る）

ニッキイ　お客さんだわ……でも、売る物は何もなし！　まったくもって残念だわ。

エラリー　（小声で）客にしては様子が変だな。あの巨体を見てみろ、ニッキイ！　まるで雄牛じゃないか。

ニッキイ　（小声で）でも、子供みたいな笑顔を浮かべているわ、エラリー――それと、知性のかけらもないギョロリとした目！

ファーガスン　（おだやかでいられなくなって）おいおい！　じろじろ見るんじゃない、サイモン！　あっちに行きな。シッシッ！　失せな！

サイモン　（野太いが子供じみた声で。彼は知的障害者である）さっき、一セント銅貨を見つけたんだよ、ファーガスンさん。キラキラ光ってきれいだろう。これで煙草を売ってくれないかな？　お願いだよ、ファーガスンさん。

ファーガスン　（ため息をついて）サイモン、もうおまえさんに煙草を売ってやれないんだよ。（子供に向かって話すように）見えるだろう？　あたしの店が。駄目になっちまったんだ！

サイモン　（不思議そうに）妖精たちが持って行っちゃったのかな？（子供のように手を叩いて）わかったぞ！　火事だね！（嬉しそうに笑う）すてきな火だったね――真っ赤に燃えて――子供らが空き地でやるたき火みたいだけど、（声がだんだん遠ざかる）それより大きくて――熱くて

――赤くて……（嬉しそうな笑い声と共に、不意に出て行く）

ニッキイ　一体全体、あの人は何者なの、ファーガスンさん？

ファーガスン　あいつはサイモン・ティンカーだよ、娘さん――質屋の弟さ。

エラリー　体は一人前だが、頭は子供並みだね。

ファーガスン　そうさ。あいつは知的障害なんで、〈間抜けのサイモン（マザーグースより）〉と言われているんだ。ジェイコブじいさんと一緒に、質屋の奥にある住居で暮らしている。（ぶつぶつと）熱い火、あいつはそう言っていたな。ああ、まったくもって、その通りだ！

エラリー　（小声で）引きあげるとしよう、ニッキイ――ファーガスンはもう充分に打ちのめされているようだ。聞けることはみんな聞かせてもらったしね。

ファーガスン　（二人が立ち去る間もぶつぶつとつぶやいている）あたしに恨みを持っているやつがいるらしいな――誰なのか見当もつかんが――そのうちご本人が地獄で業火に焼かれるだろうさ……（ドアが閉まり、声は途切れる）

第三場　〈フェリルのインテリア店〉

（エラリーとニッキイは、フェリルの店に入る）

エラリー　フェリルさんですか？

フェリル　（近づきながら）はい？

エラリー　クイーンという者です。こちらはミス・ポーターです、フェリルさん。

フェリル　（絶望感をにじませて）もしあなたがアパートの室内を飾るのに興味があるんだったら、クイーンしゃん、しゅまんが、何の手助けもできないよ。掛け布もキャーテンも壁紙も、みんな焼け焦げたもんでね！

ニッキイ　（ぞっとして）ここの火事は、非の打ち所のない仕事をしたようね、フェリルさん。何てひどい！

フェリル　ひどいとしか言いようがないでしゅよ！

エラリー　ぼくたちは、この近所で起きている連続火災を調べているのですよ、フェリルさん。

フェリル　おお！　あなたは探偵しゃんですか！

エラリー　まあね――

マダム・デラージュ　（女盛りのフランス人で――はつらつとした性格）あんた、探偵だって名乗ったように聞こえたけど？　ようやく、誰かが何とかしてくれるんだね！　シュシュもあたしも――二人ともお手上げなんだよ！

フェリル　（あわてて）マダム・デラージュでしゅ。こちらはミス・ポーターにミスター・クイーン。（挨拶を交わす）

ニッキイ　あなたの婦人帽の店も火事にあったのでしょう、マダム・デラージュ？

エラリー　どん底同盟、といったところですか、マダム？

マダム・デラージュ　ええ。シュシュとあたしは――二人は旧友なのさ。（クスクス笑う）

ごめんなさい（バルドネ・モア）！　シュシュ……っていうのは、フェリルさんにあたしがつけた愛称なんだ。あたしらはパリにいた頃からの知り合いでね。その頃は、シュシュは左岸（芸術家やその卵が多く住んでいる）の画家で、あたしは……（ため息をつく）あたしは〈椿姫〉だったのさ。

フェリル　（気まずそうに）マダム・デラージュは、婦人帽の店を開くために、最近（しゃいきん）パリから来たんだ。しょれで、おれが使ってた店（みしぇ）を彼女に又貸しして、おれの方の掛け布（きゃ）と壁紙（きゃべがみ）の仕事は、もっと広いこっちの店（みしぇ）に移したんだよ。

マダム・デラージュ　それであたしはね、ムッシュー・クイーン――シュシュの狭い店を又貸ししてもらって、かなりの金をかけて婦人向けの帽子屋に仕立て直したのさ――新しい調度品やら内装やらで、豪華（マニフィック）にね！　それなのに、開店して一週間もしないうちに火事になって、何もかも燃えてしまったのさ！　頭がおかしくなりそうだよ！

ニッキイ　とてもお洒落なお店だったのにね、マダム。そのうち帽子を買いに行こうと思っていたのよ。ところが、店の前を通ると、火事で全部――

マダム・デラージュ　（絶望したように）あんたもわかってくれるだろう？　こんなひどい運命に見舞われるなんて！

エラリー　でも、あなた方は火災保険に加入しているのでしょう、マダム？

マダム・デラージュ　あいにくと、ほんのちょっぴりなんだよ！　あたしが馬鹿だったたんだ。〈バルカン火災保険会社〉から受け取れる額は――一番ちゃちな店を開くのにも足りやしない！

エラリー　フェリルさん、あなたの方は、保険金で復旧できそうですか？
マダム・デラージュ　シュシュが？　こいつはもっと悲惨なのさ！　こいつは——何て言ってたっけ？——破産しちまったのさ！
フェリル　店（みしぇ）が広くなったもので、クイーンしゃん、在庫を増やしたんだよ——壁紙（きゃべがみ）に織物——豪華な品ぞろえでね！　だけど、忙しかったのと、張り切りすぎだったしぇいで、新たに投資した分までカバーできる契約に切り替えるのを忘れてしまったんだよ。この間抜けな頭を乗せた首は、借金で回らないのしゃ——古い契約でおりる保険金では、損失の半分にも満たないのでね！
エラリー　あなたの家主は誰なのですか、フェリルさん？　ぼくが言っているのは、あなたがマダム・デラージュに又貸しした小さい店の家主と、そこから引っ越してきたばかりのこちらの店の家主のことですが？
フェリル　同じやつさ——ジェイコブ・ティンカー爺しゃんだ。〈スクルージ（ディケンズ『クリスマス・キャロル』に登場する吝嗇漢）〉だよ。
エラリー　何とね。さて、ぼくたちはそろそろ、おいとましましょう。（通りに出るドアを開けながら）お二人とも、もし、ぼくたちの捜査の役に立ちそうなことを思い出したら——
フェリル　すぐ、あんたのところに連絡しゅるよ、クイーンしゃん。（怒り出す）シャイモン！　シャイモン・ティンカー！　ここから出て行け！
ニッキイ　（小声で）またあの知的障害の人が来たわ、エラリー。

フェリル　あいつを見ると、どうも落ち着かないんだ。

サイモン　（近づきながら熱に浮かされたような声で）フェリルさん、見てくれ。おれが見つけたんだ！　まだ吸われてない煙草さ！　こいつに火を点けたいんで、マッチをくれないかい、フェリルさん？　お願いだよ！

マダム・デラージュ　だめだめ——立ち去りなさい、サイモン！　誰もマッチは持っていないよ！

サイモン　（物欲しげに）誰もマッチを持ってないんだ。（熱心に）あんた、いい人みたいだね。ねえあんた、マッチをくれないかい？

ニッキイ　（ささやき声で）エラリー、この人、あなたに話しかけているのよ！

フェリル　（ささやく）あなたも持ってないって言いなしゃいよ、クイーンしゃん！　シャイモンは赤ん坊みたいに——何をしでかすか、わかったもんじゃない！

エラリー　（やさしく）すまないね、サイモン。今日はマッチは持っていないのだよ。

サイモン　（落ち込んで）サイモンにやるマッチはないってさ！　やさしい妖精を見つけなくちゃ——妖精なら、マッチをくれるさ！　誰でもいいから、おれにマッチをくれないか？　お願いだよ。サイモンはマッチが欲しいんだ……。きれいな火を見るんで、サイモンはマッチが欲しいんだ。（笑いに笑う）

第四場　クイーン家のアパートメント

警視　だがエラリー、どうしておまえはそんなに関心を持つのだ――質屋のジェイク・ティンカーと、知的障害の弟サイモンに?

エラリー　(きびしい声で)どうしてかというと、今回の三件の火事で、ジェイコブ・ティンカーが何かを手に入れたのではないかと疑っているからですよ、お父さん。

ニッキイ　それに、あの知的障害の弟は、三度の火事があった晩には、どこにいたのかしら?

ヴェリー　おやおや、あたしたちがそんなことを見落とすわけがないじゃないですか、ポーター嬢ちゃん!

警視　ジェイク・ティンカーじいさんが、弟のサイモンのアリバイ証人だよ。事件のあった三夜とも、サイモンは質屋の奥にある住居から一歩も外に出ていない、と言っておった。(ドアベルが鳴る)

ニッキイ　わたしが出るわ。きっと、スウィーニイさんよ。

警視　ジェイクが入れ歯の奥から嘘をひねり出した可能性もあるが、今のところは、アリバイを疑う理由はない。まったく、奇妙な事件だよ。

ヴェリー　そうですが――あたしとしては、ファーガスンとフェリルとフランス女が、腹を抱えて笑っている方に賭けたいですな!

ニッキイ　（スウィーニイを伴って戻って来る）クイーンさんがお待ちかねよ、スウィーニイさん。

スウィーニイ　今晩は、クイーンさん！　待たせてしまいましたか？　九時にまたここに来るように言われたので——

エラリー　時間通りですよ、スウィーニイさん。父のクイーン警視と、ヴェリー部長刑事です。（アドリブで挨拶を交わす）もちろんあなたは、この近くで質屋を営んでいるジェイコブ・ティンカーをご存じですね？　三件の火災が起きた建物は、どれも彼が家主だったそうですが。

スウィーニイ　そうです、クイーンさん。あの人は私の顧客の一人でした。

ニッキイ　（意気込んで）ティンカーは三度の火事で儲けたのではなくて、スウィーニイさん？

スウィーニイ　儲けたですって！　あの人は他の連中より、さらに損をしていますよ。

エラリー　（鋭い声で）どうしてですか？

スウィーニイ　ひと月前の契約更新のとき、ティンカーは保険料を引き下げろと騒いだのです。わが社は断りました。むくれたティンカーが、他の会社と交渉を始めた矢先に、ファーガスンの火事が起こったのです。だから、あの因業じいさんは、保険が適用されなかったわけです。

ニッキイ　まさに自業自得ね！

警視　こっちは知っていたぞ、エラリー。その別の保険会社は、今回の火災の件にけりがつくまで、交渉を止めているそうだ。

ヴェリー　それで、ティンティン・ティンカーは立て続けに三つの火事で損をしたというのに、保険金は一セントも手に入らないときたもんだ！

エラリー　だったらスウィーニイさん、あなたが心配することは、何もないのでは？

スウィーニイ　（飛びつくように）何もないですか？

エラリー　もちろん、ありませんよ！　バルカン社は、どうやったら、あなたが顧客と組んで保険金をだまし取ったと訴えることができるというのですか？　三件の火事すべてにおいて、店子は保険金より多額の損失をこうむったではありませんか！　そして、ティンカー所有の建物そのものの損失を負うべき保険会社は、存在しません。（近くの通りで、消防車のサイレンの音がかすかに響く）

スウィーニイ　（安堵して）本社もそう考えてくれるといいのですが。しかし、それならこのいまいましい連続放火事件の背後にいるのは、誰なのでしょうか？

ニッキイ　そして、一体全体――何のために？（消防車の音が大きくなる）

エラリー　誰も何も得ていない――建物を借りている者も、貸している者も、保険会社も、そしてスウィーニイさん、あなたも――。放火魔の仕業としか考えられないな――放火のスリルを味わいたい変質者の仕業としか。（消防車の音はさらに大きくなる）

ヴェリー　おっ！　あれは消防車のサイレンじゃないですかね？

ニッキイ　しかも一台じゃないわ！　見てみましょう！

警視　窓を開けろ、ヴェリー！（ヴェリーが言われた通りにすると、サイレンがすぐ近くで鳴っていることがわかる）

エラリー　消防車が何台も、アムステルダム通りを疾走している！

スウィーニイ　空が真っ赤じゃないですか！　見えるでしょう？
ヴェリー　わお、何という炎だ！
ニッキイ　エラリー！　あそこは、ジェイコブ・ティンカーの質屋があるあたりじゃないの？
エラリー　ティンカーの質屋だって？　行こう！

第五場　ティンカーの質屋前の路上

（消防車の音、野次馬が騒ぐ声、ホースの放水の音、警官と消防士が指示する大声、そしてそれらの音の背後で、炎が荒れ狂うパチパチという音）

エラリー　（ガヤガヤと騒ぐ声を切り裂くように）頼むから、ぼくたちを通してくれ！
ニッキイ　痛い、足を踏まれたわ！　デパートの特売場さながらね！
ヴェリー　みんな、道をあけてくれ！　こっちだ、スウィーニイ！
エラリー　お父さん！　立入禁止区域に入りましょう。
警視　わしについてこい。そこの警官、どきたまえ！
警察官　（近づきながら）おい、そこのおまえ！　ここは立入禁止だ！　おっと、失礼しました、クイーン警視。あなただとわからなかったもので。野次馬どもはさがっていろ！　さあ、こちらに……！
警視　署長！　ヒリヤード消防署長！

消防署長（近づきながら）やあ、警視。野次馬気分で来たのですかね、ええ？（むすっとして）面白半分なら……。おい、ビル！　もっと水圧を上げろ！　おまえたち！　そっちに回れ。
警視　ジェイク・ティンカーの質屋で間違いないな。署長、建物自体は助かりそうかな？
消防署長　両隣の建物を救えたら御の字でしょうな。ティンカーの店はひどいもんです。
エラリー　これまでの火事のように、化学薬品のせいで燃焼が激しいのですか？
消防署長　そうだ。消防士を中に送り込んだのだが、特殊装備をしていても、すぐに引き返さねばならないくらい、激しい熱さだった。奥に住居があるのだがね。そこのコンロの上の棚に置いてあったアルミ製の調理鍋が溶けていたそうだ。（叫ぶ）第三隊、前に出ろ！
ニッキイ　見て、あの炎！　ここにいるわたしの頬まで熱いわ。
ヴェリー　ジェイク・ティンカーと弟は無事なのか？
消防署長　ティンカーは見当たらない。知的障害者の方は、自力で脱出したよ。
ニッキイ　彼ならそこにいるわ――子供みたいにはしゃいで！
エラリー　部長、あのかわいそうな男を呼んできてくれないかな。（ヴェリーは足早に離れる）兄のジェイコブが今、どこにいるのか気になるな。
スウィーニイ　ティンカーだったら、うちの保険会社の本社に――クリーヴランドに――行っています。失効した契約を復活させようと直談判しに行ったそうです。無茶な話でしょう？
ヴェリー（戻って来る）〈間抜けのサイモン〉を連れて来ましたぜ、クイーンさん。
サイモン（興奮して）うわあ！　大きな大きな炎だ！　ね、ね？

エラリー　（やさしく）今日はどこにいたのかな、サイモン？

サイモン　ちっちゃい子たちと通りで遊んで……。ジャージャー！　あの放水を見てよ！　あの火を見てよ！　あの煙を見てよ！

警視　今日は、お兄さんの質屋や奥の住居に、ずっといたわけではなかったのだな、サイモン？

サイモン　え？　ああ、そうだよ。出たり入ったりしてた。おれ、火が大好きなんだよ！　妖精たちが火をおこすんだ！　おれのためにね！　妖精たちはおれが大好きなんだ。（上機嫌でのそと離れていく）もっと火を！　もっと水を！　もっと煙を！　ジャージャー……！

ニッキイ　あそこの野次馬の中にいるのは、ファーガスンさんじゃないかしら、エラリー？　それに、フェリルさんとマダム・デラージュもいるわ！

エラリー　災い（わざわ）が不幸による繋がりを生み出し、手を組ませたのだね、ニッキイ……。お父さん！（「何だ、せがれ！」）鎮火して、消防車が帰ったら、あなたの部下をこの建物の周りに配置してください。誰にも焼け跡を調べさせてはいけません。朝までには火はおさまっているでしょうから、ぼくたちも安全に残骸を調べることができるはずです。ぼくが、いの一番に調べたいのですよ。

警視　わかった。だが、何が見つかると思っておるのだ？

エラリー　（むっつりと）もし、何が見つかるかわかっていたら、お父さん、何もかもわかっていることになるじゃないですか。

第六場　同じ場所、その翌朝

（クイーン一行は火災現場に車で乗りつける）

エラリー　行こう、お父さん、ニッキイ。焼け残った跡を見てみましょう。

ニッキイ　黒焦げの壁だけ残っているわ。何てひどいのかしら！（一同、車から降りる）

警視　あそこにヴェリーがいる――夜間の見張りと交代したのだな。おはよう、ヴェリー！（あくびをするヴェリーのそばにファーガスンがいる）

エラリー　おはよう、部長。おや、ファーガスンさん。火事の跡を見に早朝から来ていたのですか？

ヴェリー　ファーガスンさんはたった今、来たばかりです。ティンカーじいさんをからかうためにやって来たんですよ。

ファーガスン　だが、あの冷血漢は、まだここには来ていないようだな。まあ、ファーガスンは待ちますがね、あいつを馬鹿にするためだったら、いつまでも！　あたしは悪意に満ちてるわけじゃないんだが、あのティンカーにだけは――当然のむくいだと言ってやりたいですな。あのごうつくばりに店を借りている者としてはね！

警視　（くつくつ笑って）スコットランド製の堪忍袋の緒が切れたようだな。さてと、とりかかるとするか。（一同、中が丸焼けになった建物に入る）

エラリー　夜の間に誰も入らないようにしてくれたね、部長?

ヴェリー　ただの一人も。足下に気をつけてくださいよ、ポーター嬢ちゃん。この床は〈ジブラルタルの岩〉ほど盤石ではありませんからね。

ニッキイ　これが火事の後なのね。焼失を免れたものなんて、ほんの少ししかないじゃないの。

エラリー　みんな、棒を持ってくれ。何か興味深いものが見つからないか、探してみよう。

警視　棒ならここに何本かある。手分けして探すぞ、棍棒隊の諸君!

ファーガスン　(離れた場所で)それで、あたしたちは何を探せばいいのですかね、クイーンさん?

エラリー　ファーガスンさん、もしぼくがそれを知っていたら、神に感謝しますよ!(一同、棒で掘り返していく)

ヴェリー　(離れた場所で)この焼け残りの残骸の中から、何かが見つかるなんてことはあるのですかね?

ニッキイ　向こうにある大きな金庫でさえ、少し形が変わっているわね。(離れた場所でティンカーの悲鳴。彼がよろめきながら近づいて来る)一体、あれは誰の声かしら?

警視　ジェイク・ティンカーだ。あのわめきちらす声を聞いてみろ!

ティンカー　(鼻にかかったキンキン声の老人)わしの店が!　わしの財産が!　すっかり焼け落ちてしまった!　誰がやったんだ?　わしを破滅させようとしたのか!　見ろ、この有様を――しっかり見ろ!(うめく)

ファーガスン　（大声で――ただし、離れた場所から）自業自得さ、この因業じじい！

エラリー　それくらいにしましょう、ファーガスンさん。ティンカーさん、火事があったことを、たった今、知ったのですか？

ティンカー　今しがた、クリーヴランドから戻って来たところだ――保険会社は契約を更新してくれなかったよ……。わしの店が、わしのビルが、燃えてしまった……。待てよ！　どうかしてるぞ！　忘れておった！　あんたらが見つけてしまったのかね？　あれはどこにいったんだ？　そこに、コンロの上に置いておいたのに……

警視　わしらが何を見つけたと言っているのかね、ジェイク？（手にした残骸を放り捨てる音）

ティンカー　クラッカーのブリキ缶だ！　この奥の住居にコンロがあっただろう。その上の棚に置いてあったブリキ缶だ！　わしの全財産を入れておいたのだ！　クラッカーの下に隠してな！（ティンカーは自分で残骸をかきまわす）

エラリー　（小声で）彼が〈守銭奴〉という評判通りの行動をしていたことは間違いないな。そう思わないかい、ニッキイ？　クラッカーの箱に金を隠すなんて！

ニッキイ　（小声で）黒焦げのがれきの山をかきまわす、あの姿ったら！　弟のサイモンよりみっともないわ。

ティンカー　（わめきちらす）わしは銀行を信用しておらん――だから金をここに置いていたのだ。おまえたちにそれを批判できるのか？　今日び、他人を信用できるやつなんているのか？　わしのブリキ缶――どこにいった？　このあたりにあるはずなのに！

エラリー　ぼくたちも手伝いましょう、ティンカーさん。そのブリキ箱には、いくら入れていたのですか？
ティンカー　千ドル札が二十枚だ！
ヴェリー　（口笛を吹く）二万ドル！
ニッキイ　それが古くなったクラッカーの下に隠されていたのね。この人、ポーを読んでいることは間違いないわ！
ヴェリー　（離れた場所で）クラッカーの缶なんて、どこにも見あたりませんな。
ティンカー　（勝利の雄叫び）見つけたぞ！
警視　うむ、間違いなくクラッカーの箱ですな。変形して真っ黒になっているが。開けられますかな？（ブリキのふたがカチャカチャ音を立てて――ティンカーの悲鳴）
エラリー　どうしました、ティンカーさん？
ティンカー　（すすり泣く）わしの二万ドルが――わしの大事な二万ドルが――灰になってしまった。完全に。全部燃えてしまったんだ！
エラリー　灰でいっぱいのそのブリキ缶を渡してくれませんか、ティンカーさん。（小声で）お父さん――市警本部に持って行ってください。警察の鑑識で、この灰を分析して欲しいのです！

第七場　市警本部のクイーン警視の執務室

ニッキイ　（あくびをしながら）ヴェリー部長は、なかなか鑑識の報告を持ってこないわね。待ちくたびれちゃったわ。

エラリー　おかしな事件だな。四件の火事があり、すべてが放火で、すべての関係者が破産しているなんて！

警視　どこがおかしいと言うのだ、エラリー？　こんな事件は毎日のように起こっておるぞ。頭のいかれたやつの仕業さ。放火魔のな。

ニッキイ　問題は、その放火魔を見つけ出すことだけじゃないの！

エラリー　もし放火魔の仕業だとすれば、そいつはファーガスンでも、フェリルでも、マダム・デラージュでも、ジェイコブ・ティンカーでもないことになる。放火魔というのは、放火という罪を犯す強烈な快感のために、他人の——自分以外の人の——財産を灰にしているのだからね。それに、スウィーニイも、四人の顧客を失い、ひょっとしたら自身の職も失う危険を冒したりはしないだろう！

警視　わしの考えでは、あの知的障害のサイモンの仕業だな。

ニッキイ　エラリー、あなたも彼の様子を見たでしょう。火に魅せられているのよ。それに、知的障害でもあるし。彼が放火魔かもしれないわ！

エラリー　おいおい。これまでの放火は、どれも巧みに実行されているじゃないか――化学薬品を燃焼させているのだからね。サイモンのようなボンヤリしたうすのろに、そんな計画を立てたり、巧みに実行する能力があるのかな？　いや、犯人はサイモンではない。（いらいらして）容疑者と呼べる者が、ただの一人もいない事件とはね！

ニッキイ　ヴェリー部長が来たわ！　どうでした、部長さん？

警視　ジェイクが言っていた大金の話は、本当なのか？

ヴェリー　（姿を現して）本当でしたな。鑑識の報告では、焼け焦げたブリキ缶の中にあった灰のほとんどは、紙が燃えたものでした！

エラリー　紙幣の印刷に使われている紙と同じ種類かな？

ヴェリー　ええ。それに、鑑識の連中は、こうも言ってましたな。灰の量は、缶の中で千ドル札を二十枚燃やしたときに出る量と、ほぼ同じだと。

ニッキイ　（ため息をつく）ジェイコブ・ティンカーは、あれだけ悪評を買っているのだから――もし嘘をついているのをあばけたら、痛快だったのに。

警視　（いらいらして）そうだな。もし嘘だったら、わしらの捜査にとっかかりができたのだがな――糸口というか、何かそのたぐいのものが。

ヴェリー　どうやら、あらためて一から始めなければならんようですな――

エラリー　待ってくれ！　それだよ！　それだ……（一同、アドリブで反応）そうだ。今、ようやくすべてがわかった――悪辣な企みの全体像が！（くすくす笑う）実に狡猾だ。まったくもって、狡猾だ！（きっぱりと）お父さん、ぼくは誰が放火魔かわかりましたよ！

聴取者への挑戦

今ここで、エラリー・クイーンは放火魔の正体を見抜きました。あなたはどうですか？ラジオで「エラリー・クイーンの冒険」を聴いている百万人もの聴取者は、自ら進んで、〈安楽椅子探偵協会〉とも呼ぶべき集まりに参加しています。その会のたった一つの会則は、「安楽椅子探偵は、エラリー・クイーンが自らの推理を明かす前に、以下の二点を説明できること。一つめは犯人の正体。二つめは、その人物が有罪だと論理的に推理できる手がかり」です。

ここで読むのをやめ、このゲームに挑んでみてください。そうすればあなたは、このラジオ劇場から、さらなる楽しみを得ることができるはずです。

そして今、あなたが正しい答えを見つけ出したと考えたならば……先に進んで、「放火魔の冒険」に対するエラリー・クイーン自身の解決を読んでください。

第八場　同じ場所、すぐ後

（一同はエラリーを質問責めにして困らせる）

エラリー　（笑いながら）わかりましたよ、説明しますから。四件めの火事は、かなり激しいものでした。消防署長が、ぼくたちにこう言いましたね。「奥に住居があるのだがね。そこのコンロの上の棚に置いてあったアルミ製の調理鍋が溶けていたそうだ」と。でも、コンロの上の棚に置いてあるのは、それだけでしたか？　ジェイコブ老が二万ドルを隠していた、クラッカーのブリキ缶もあったのです！

ヴェリー　間違いないですな。ジェイクじいさんが、自分の口でそう言ったのですから！

エラリー　誰でも知っていることですが、ブリキはアルミニウムよりも熱に弱いのです。アルミニウムを溶かすには、ブリキに使われているスズの三倍近い高熱が必要になるのは、まぎれもない事実ですからね！　ならば、棚の上にあったクラッカー缶のブリキは、なぜ溶けなかったのでしょうか？　あのときお父さんが指摘したように、ブリキ缶は、変形して真っ黒になっただけでした。ブリキが溶けなかったのに、それよりも熱に強いアルミニウムが溶けたということは――

ニッキイ　つまり、ブリキ缶は棚の上にあったはずがない、ということね！
警視　灼熱地獄だった奥の住居にあったということも、あり得んぞ！
エラリー　まさにその通りです。従って、ジェイコブ老の金が詰まったクラッカーの缶は、何者かの手によって、火災が起こる前に持ち出されたことになります。――そして、鎮火後の翌朝、別の場所で変形させて真っ黒に焦がしておいた缶を、部屋のあったあたりの、がれきの中に埋めたのです！
ヴェリー　犯人はそこでヘマをしたわけですな――本当にブリキ缶が火災現場にあったならば溶けていなければならない、ということに気づかなかったために！
エラリー　そうだ、部長。では、誰が缶を事前に持ち去ったのでしょうか？　あのビルに放火した人物以外にあり得ません。では、そもそもなぜ、缶を持ち去ったのでしょうか？　もちろん、缶の中身のためです――二万ドル分の千ドル札の。ならば、ぼくたちが探すべきは、放火魔などではありません――本当に探すべきは、泥棒なのです！　つまり、ぼくたちが見つけた灰は、ティンカーのお宝の灰ではなかったのです！
ニッキイ　でも、どうして泥棒は、金だけ盗って、空になった缶をそのまま残しておかなかったのかしら？
エラリー　犯人は、盗難があったという事実を隠したかったのさ、ニッキイ。――紙幣は火事で焼失したように見せかけたかったわけだ。となると、犯人がすべきことは何でしょうか？　一ドル札を二十枚用意して――同じ枚数の千ドル札が手に入ることに比べたら、ささやかな投資でしょう？——缶の中で燃やしてしまうことです。

警視　そうすれば、ジェイクじいさんが缶の紛失を明かしたとき、わしらが捜して見つけるのは、炎で変形して、本物の紙幣二十枚分の灰がつまったブリキ缶というわけだな。そして、わしらは盗難が起こったなんて、夢にも思わないというわけだ！

エラリー　正解です、お父さん。ですが、缶の中で紙幣を焼き、缶自体もその後の火事で焼かれたように見せかけるには、時間がかかります。それに泥棒は、ジェイコブの知的障害の弟が戻って来て現場を見られる危険性があることもわかっていました。——サイモンは「一日中、出たり入ったりしてた」と言っていましたからね。かくして、われらが狡猾きわまりない泥棒は、缶の細工は自宅ですませて、火事がおさまった後で、がれきの中に埋めておくことにしたのです。ぼくたちは、犯人がそうしたに違いないことを知っています。なぜならば、火事の間は、ブリキ缶は建物の中にはなかったことを知っているからです。——もし火災現場にあったとすれば、ブリキの缶は溶けていたはずですからね。

ヴェリー　ようやくわかりましたよ！　これまでの一連の火事は、最後のやつをカモフラージュするためのものだったのですな。——すべてが放火魔の仕業だと、あたしらに思い込ませるための……。たぶん、〈間抜けのサイモン〉に罪を着せようとしたのですな！

ニッキイ　そうだわ。そして、最後の火事は、ジェイコブ・ティンカーの二万ドルの盗難をカモフラージュするために計画されたのよ。

エラリー　正解だ。では、誰が泥棒なのでしょうか？　誰が缶を持ち出して、火事の後で、ティンカーの奥の住居に散らばる残骸の中に埋めたのでしょうか？　それが可能だったのは、二人しかいません。

警視　どうすれば二人に絞れるというのだ、せがれ？

エラリー　あなたの部下たちが、一晩中、焼けた質屋を見張っていたのではありませんか、お父さん？（警視はアドリブで応じる）部長、きみはぼくたちに言わなかったかな？「ただの一人も立ち入らせなかった」と。（ヴェリーもアドリブで応じる）ならば、ブリキ缶は、朝になってぼくたちが着くまで、残骸の中に埋めることはできなかったはずです！

ニッキイ　わたしたちが着いた後ですって！　でも――

エラリー　従って、缶が残骸の中に埋められたのは、ぼくたちが到着した時点から、ジェイコブ・ティンカーががれきの中から掘り出すまでの間しかありません！

ヴェリー　でも、あたしらとジェイクじいさん本人しか、あそこにはいなかったじゃないですか！

ニッキイ　こう言いたいのかしら？　質屋さんがブリキ缶を捜すふりをしながら、こっそりがれきの中に隠す。そして、その後で掘り出すお芝居をして、わたしたちに缶を見せた、と。

警視　ティンカーがやったということはあり得んよ、ニッキイ。ジェイクじいさんには、そもそも缶も金も盗む理由がないからな。自分の金じゃないか！

ニッキイ　そうだったわ！

警視　そうだな、せがれ。おまえの言いたいことはわかったぞ――。ヴェリー、わしらと無関係の人物が、一人だけあの場にいただろう――。だから、そいつは缶をわしらの鼻先で埋めることができた唯一の人間ということになる――おそらく、みんなで残骸をかき回しているときに埋めたのだ！　頭の切れるそいつは、最初に火事に見舞われたときに――多分、単なる過失だったのだろう――それを利用した犯罪を思いついたのだな。放火魔の炎の連鎖がジェイクじいさんの宝箱の盗難につながる一連の計画を立てたわけだ。こいつで、自分がこうむった火事による損失を埋め合わせようとしたのだな。

エラリー　（くすくす笑って）その通りですよ、お父さん！

ニッキイ　もちろん――

ヴェリー　そいつの名は――

ニッキイとヴェリー　（一緒に）ファーガスン！

（音楽、高まる）

善きサマリア人の冒険

The Adventure of the Good Samaritan

登場人物

探偵の ― エラリー・クイーン
その秘書の ― ニッキイ・ポーター
エラリーの父親で市警本部の ― クイーン警視
クイーン警視の部下の ― ヴェリー部長刑事
安アパートの持ち主の ― ディル夫人
貧窮している賃借人の ― チャーリー・モース
貧窮している賃借人の ― ピサーノ夫人
セツルメント（貧しい人々の生活改善を行う組織）から派遣された ― 医師
貧窮している賃借人の ― パトリック・オブライエン
貧窮している賃借人の ― ヨハン・シュミット
賃借人の ― オラフ・ナンセン
オラフ・ナンセンの妻の ― ヘルガ・ナンセン
火急の際に訪れる ― 郵便配達人

放送　一九四〇年六月九日

場面　ニューヨーク市ギャレット通り十三番地にある安アパートの各部屋——クイーン家のアパートメント

第一場　ニューヨークのスラム街にある安アパート。モースの部屋

（太ったディル夫人がゼイゼイ息を切らしている。彼女は段板をきしませながら階段を登っている途中で——独り言をつぶやいている）

ディル夫人　……それに、あの連中は、どうやったら、部屋を貸してる側が不動産の税金やら利息やらを払えると思っているのかねえ。借りてる側が家賃を踏み倒して、あたしに一銭も払っていないというのに。……あらっ！（ピサーノ夫人が彼女にぶつかる）ピサーノの奥さん、自分の目の前くらい、ちゃんと見てくれないものかねえ？　階段の下まで落っこちるところだったよ！

ピサーノ夫人　（興奮して冷静さを失っている）ごめんなさい、ディルの奥さま。うちのサルバトーレ坊やを捜していたもので。あの子ったら、いつも問題を起こしてばかりで。

ディル夫人　（かん高い声で）ピサーノの奥さん、おたくの腕白小僧に、ゴミバケツの蓋をガンガン叩くのをやめさせなさいよ。他の借り手から苦情が出ているのだからね！

ピサーノ夫人　（息を切らしながら）もちろんです、ディルさん——必ずやめさせます！（彼女は

ガタガタ音を立てながら階段を降りていく）サルバトーレ！　サールーバートーレー？

ディル夫人　（独り言で）たぶん、あの子が大きくなったら、いっぱしのギャングになるのだろうねえ。（再び階段を登り始める）ふーう！　やっと、ぐうたら亭主のオブライエンと奥さんの部屋だわ！（息を切らしながら）ふうふう……マーサ・ディル、どうしてあんたは、こんなことを続けるんだろうねえ？　ウェスト・エンド街に貴婦人みたいに住んでいた頃より、ましなことなんてあるのかしら？　いいえ、何もないわ！（上の階の廊下に着く）マーサ、あんたは愚かだったわ。ディル氏のお金を――あの人の魂に安らぎあれ！――イースト・サイド（低所得者が多く住む）の不動産につぎ込むなんて！（ディル夫人はモースの部屋のドアを鋭く叩く）モースさん！開けてちょうだい！（間。声をさらにかん高く）あたしをごまかそうったって無駄よ、チャーリー・モース。開けなさい！（モースはさっと錠を外してドアを開ける）

モース　（平凡なアメリカ人労働者だが、今はひどく神経質になっている）ああ……入ってください、ディル夫人。あなたのノックが聞こえなかったもので。

ディル夫人　（鼻を鳴らして）今も聞こえないみたいだね。モースさん、家賃を払って欲しいのだけど。

モース　家賃ですか。うーん――もう少し猶予をもらえませんか、ディルの奥さん――

ディル夫人　猶予だとさ！　あたしは四ヶ月も猶予を与えたじゃないか――それでも足りないのかい？　四ヶ月分の家賃は、ひと月二十五ドルだから――あんたはあたしに百ドル払う義務があるんだよ、チャーリー・モース！

モース　でも、ディルの奥さん——ご存じだと思いますが、私は失業中で——

ディル夫人　ご存じさ！（おだやかな声で）存じてはいるけど……（きびしい声で）でも、あんたを助けることはできないのさ！　家賃を払うのかい、払わないのかい？

モース　（絶望的になって）百ドルなんて、この私が、どこから手に入れることができるというのですか？

ディル夫人　（むっとして）それならあたしは、夜が明けたら、あんたを追い出すことになるね。明日になったら——出て行ってもらうよ！

モース　ディルの奥さん、私には妻と四人の子供がいるのですよ。しかも、蓄えは一セントもないとくる。こんな風に、私たち一家を路上に放り出すなんて、あなたにだって、できないはずだ！（怒りと敗北感のため、急に泣き出す）

ディル夫人　（かっとして）あんたら店子（たなこ）は、あたしに何を期待しているの？　あたしを老いぼれ魔女よばわりしているくせにねえ。——でも、あたしにだって生活があるのさ、そうだろう？　あたしは夫を亡くして——世界中を探したって、財産はこのアパートしかないんだよ。——あたし自身も、こんなノミの住処（すみか）に棲まなくちゃいけないほど貧乏だというのに！……泣くんじゃないよ、モースさん！

モース　（涙をこらえると、今度は腹立たしそうに）誰が泣いているって？（必死に）ディルの奥さん、私が自動車工だって知っているでしょう。自分で言うのは何だが、腕はいい方です。それなのに、今は仕事がないときてる！　あと、もうちょっとだけ待ってくれたら——見込みはあるので――

ディル夫人　駄目だね！（それから――しぶしぶと）どんな見込みかね？

モース　（熱心に）あるタクシー会社が、タクシー運転手用の免許証を提示できれば仕事を任せてもいい、と約束してくれました。それで、私は来週、運転免許の試験を受けに行く予定なのです。どうです――来週まで待ってもらえないでしょうか？

ディル夫人　駄目だね。出て行ってもらうしかないね。二ヶ月分の家賃を前払いしてくれる新しい店子が待っているものでね。

モース　（こわばった声で）わかりましたよ、ディル夫人。明日になったら出て行きましょう。

ディル夫人　（やさしく）あたしは……ごめんなさいね、モースさん。でも、あたしには助けてやれないのさ。こっちも不景気でね。本当に申しわけないけど――

モース　（吐き捨てるように）ありがたいことで！　その同情だけで、私は家族を食わせていけるだろうさ！　さあ――とっとと出て行ってくれ、この太った老いぼれ守銭奴が！「申しわけない……」ときたもんだ！（ドアをノックする音。モースはどなりつける）どこのどいつか知らないが、失せろ！　消えろ！

郵便配達人　（廊下から）チャールズ・モース宛ての速達です！

モース　何だって？（ドアを開ける）私宛てに？（ディル夫人が話しかける中、彼は受け取りのサインをする）

ディル夫人　（興味津々で）モースさん、ねえ、お金が期待できないのかしら？　もしその手紙にお金が入っていたら、住み続けてもかまわないわよ――あたしだって、あなた方を貧民窟に放り出すよりは――。どうかしら、モースさん――ねえ、まずは一ヶ月分だけでも……（郵便配達人は立ち去る）

モース　（ぶつくさと）誰が私なんかに現金を送るというのかね？（封筒を裂いて開ける）おそらく、請求書かそのたぐいのものだろう。（呼びかける）アニー！（声を落として）あいつは授乳中だったな。ちょっと、ディルの奥さん、私の代わりにこの手紙を読んでくれませんか？　ついさっき、眼鏡を壊してしまったので――何も見えないのですよ。

ディル夫人　（興味津々で）お安いご用よ、モースさん！（つっかえながら読む）「親愛なるチャールズ――モース……。どうか……ど――同封のものを……受け取って欲しい。……かつて……貴殿が……小生に与えてくれた……援助に対する……かん――感謝、の、気持ちとして」。署名は「貴殿に感謝している友人より」ですって！

モース　（興奮して）同封のもの？　封筒の中に何があるか見てください、ディルの奥さん！

ディル夫人　ええ、モースさん――あら、落とさないように気をつけなくちゃ……（あえぐ）モ、モ、モ、モースさん！

モース　（かなり興奮して）お札！　お札だ！　何枚です？　渡してください！（がっかりして）一枚っきり？（ため息をつく）でも……これは――百ドル札じゃないか！（呆然として）百ドル、百ドルも……！

ディル夫人　（うっとりして）ああ、モースさん、こんな風に、恩を忘れないお金持ちの友だちがいるなんて、すてきだわ！　送り主はどなたなの？

モース　（呆然として）わからない。この手紙に書いてあるようなことをやった覚えはないのですが。（幸せそうに）アニーのやつに見せてやらないとな。死んでしまうかも。アニー――！　いや、ちょっと待てよ。（重々しくきっぱりと）ディル夫人、滞納した家賃を回収できない、って愚痴をこぼしていましたが――ここにきっかり百ドルあります！　チャーリー・モースは借金を支払いいいいましたよ！

ディル夫人　（ぼそぼそと）ええ、モースさん。あたしが言いたいのは――ありがとう、モースさん。百ドルだよ！　天からお金が降ってくるとはね！（出て行く）

モース　（間髪容れず）アニー――！　家賃を払ったぞ――これからも屋根の下で暮らせるんだ――

（叫び、笑いながら声が遠ざかる）

第二場　ピサーノ夫人の部屋

（ピサーノ夫人が台所で泣きじゃくっている。その前にはセツルメントから派遣された医師がいる）

医師　ピサーノ夫人、私は今朝、息子さんが事故にあった直後に、言ったではないですか。旦那さんに連絡するように、と！

ピサーノ夫人　ルイジは公共事業促進局で働いているのですが、先生（ドクトーレ）――どうやって連絡をとればいいのか、わからないのです……わたしの坊や(ミーオ・バンビーノ)！　いつもいつも車道を走り回って！　わたしは言ったのに、「サルバトーレ、車道を駆け回るんじゃないよ」って……（すすり泣く）

医師　（激怒して）ひき逃げした運転手が悪いのだ！（やさしく）ピサーノ夫人、お子さんをあと四十八時間以内に手術しないと、残りの人生を……障害を抱えて過ごす危険性があるのです。

ピサーノ夫人　何ということでしょう(マードレ・ミーア)！

医師　お気の毒とは思うが、ピサーノ夫人、私はあなたに事実を告げなければならないのです。お金はまったくないのですか？

ピサーノ夫人　お金？　どこでお金が手に入るというの？　うちは貧乏なんです。手術に必要な額なんて、ルイジには用意できないわ、先生(ドクトーレ)！

医師　（いらいらして）最悪だな。この手術はかなりの技量が必要なのだ。もし腕のいい外科医を確保できなければ……

ピサーノ夫人　それに、あの、手術の後は専属の看護師をつけなければならないのでしょう、先生(ドクトーレ)？　昼につきっきりの看護師を？　夜もつきっきりの看護師を？　ものすごいお金が必要になるわ！

医師　そうです、ピサーノ夫人。本当に、どこでもいいですから、二百ドルを借りることができないのですか？

ピサーノ夫人　二百ドル！（ヒステリックに笑う）あなたは石から血を抜き取ることができるの？（それから再び涙を流す）

医師　泣かないでください、ピサーノ夫人。私もできる限りのことをしますので。何かよい方法が……（ドアをノックする音）いや、そのままでいいです、ピサーノ夫人。私が出ましょう。

ピサーノ夫人　ありがとう《グラッツィア》、先生《ドクトーレ》。（医師はドアを開ける）

医師　はい？　どうぞ、何でしょうか？

郵便配達人　ルイジ・ピサーノさんに速達です。

医師　ピサーノさんの代わりに、私がサインしよう。――彼は家にいないのでね。（医師はサインをして受け取った手紙を手に戻って来る）ピサーノ夫人、ご主人宛ての速達です。

ピサーノ夫人　（びっくりして）ソクタツって？　それ、何のことです、先生《ドクトーレ》？

医師　ああ――ええと――早く届く手紙のことですよ、ピサーノ夫人。あなたの代わりに、私が開封しましょうか？

ピサーノ夫人　おねがいします。（医師は封筒を開け、すばやく目を通す）

医師　（興奮して）ピサーノ夫人！　これを読んでごらんなさい！

ピサーノ夫人　どうしたの？　また何かトラブルでも？（ゆっくり読む）「親愛なる……ルイジ……ピサーノ……。どうか、ど――ど――」この言葉は何ですの、先生《ドクトーレ》？（医師「同封のもの！」）ありがとう《グラッツィア》。「……同封のものを受け取って欲しい……かつて……貴殿が小生に与えてくれた……援助に対する……かん――感――謝の気持ちとして。貴殿に感――謝している友人より……」（当惑して）うちのルイジが他人《ひと》様を援助したの？　わたしは覚えがないけど……

医師　ピサーノ夫人、あなたは理解できないのですか。この封筒には現金が入っているのですよ！（ピサーノ夫人が息をのむ）ご覧なさい！　百ドル札が三枚です！

ピサーノ夫人　（当惑して）三……百……ドル……（ヒステリックに笑う）これで、サルバトーレ坊やが手術を受けられる！　看護師も雇えて――元気になる！（笑いながら泣き出す）わたしの坊や（バンビーノ）の命が助かる……三百ドルで……ありがとう（グラッツィア）、ありがとう（グラッツィア）、ありがとう（グラッツィア）！

第三場　クイーン家のアパートメント

（クイーン家のアパートメントに、エラリー、ニッキイ、オブライエン、シュミット、それに警視がいる。オブライエンにはわずかにアイルランドなまりが、シュミットにはドイツなまりがある。そこにヴェリー部長がやって来る）

ニッキイ　ヴェリー部長さんが来たわ。

エラリー　やあ、部長！

ヴェリー　やあやあやあ。ふーう、もうクタクタですよ！　おっと、失礼。話を邪魔してしまいましたかな？

警視　かまわんよ、ヴェリー。パトリック・オブライエンさんとヨハン・シュミットさんと握手したまえ。わしの部下のヴェリー部長だ。（三人は挨拶を交わす）

エラリー　きみはこの驚くべき話を聞くのに間に合ったよ、部長。

ニッキイ　オブライエンさんとシュミットさんは、わたしたちを訪ねて来たのよ。お二人が住んでいるイーストサイドの賃貸アパートで起こった、神様の戯(たわむ)れみたいな事件のことで。
オブライエン　ギャレット通りにあるのです、ヴェリー部長。
シュミット　十三番地に。
ヴェリー　ギャレット通りの十三番地？　ねえ警視、そのアパートは、ひょっとして――
警視　（すばやく）まずは座って話を聞いたらどうだ、ヴェリー。シュミットさん、その後は、どうなりましたか？
シュミット　おお、それはもう大騒ぎです！　アパート中で、朝から晩までワイワイガヤガヤ！「次は誰だろう？」って、みんな言っていますよ。〈映画館くじ（映画館内にいる観客だけが当たる宝くじ）〉みたいなものですな！
オブライエン　それで、ここにいるわが友シュミットは肩身が狭いのですよ。彼は当選したものですから！（くすくす笑う）続けたまえ、シュミッティ――この人たちに、何が起こったのか、話したまえ！
シュミット　あ、あたしは肉屋です。チェーン店で働いています。貧乏なのに、家族が増える一方で――
オブライエン　シュミッティには六人も子供がいるのさ。（笑う）さらに、私が見たところ、コウノトリはまたしてもその貪欲な目を、シュミット夫人に向けているようだ。何とねえ！
シュミット　（むかっとして）黙っていてくれ、オブライエン！　こっちの事情を話すのは誰の役割なんだ？　それで、あたしは健康保険の契約を結んでいて――古いやつですが――毎年、保険料を払っていて——今年もまた支払い期限が迫っているというのに——お金がないのです！　今年はいろいろと物入りで——蓄えをしておく余裕がなく——

エラリー　保険契約を担保にお金を借りることはできないのですか、シュミットさん？

シュミット　ああ、もう限度額まで借りているのですよ。それで、もし保険料を払えなかったら、契約が失効してしまい——別の保険に入ることもできず——（激しい咳をする）——あたしの心臓は——あまり良くないのですよ！——今のこの状態では、保険会社は審査の段階で拒否するでしょう。そうなったら、あたしはどうすればいいのですか？　いまいましい（フェアフリュヒト）！　何の保護もなくなってしまう！

ニッキイ　何てお気の毒なんでしょう、シュミットさん。

シュミット　（大げさに）だが、そうはならなかった！　すべての救いが断たれたわけではなかった！　〈善（よ）きサマリア人（びと）（「ルカによる福音書」より。困っている隣人を援助する親切な人）〉がいたのです！（エラリーと警視はくすくす笑う）速達が来たのです——チャーリー・モースとルイジ・ピサーノが受け取ったのと同じ手紙が——そして、百ドル札が同封されていたのです！　驚くべきこと（ヴァンダーバール）ではありませんか！　あたしは保険料を——払えたのです！　あたしらは、またぐっすり眠れるのです！　ねえ（ハイン）？（嬉しそうに笑う）ああ、アメリカは何という不思議な国だ！

ヴェリー　（緊張して）ねえ、警視、あなたとちょっとばかり話をしたいのですがね！

警視　（受け流して）おまえは、わしと話をしているではないか、そうだろう？　ええと……オブライエンさん、なぜあなたの方もニヤニヤしておるのかな？

オブライエン　私の心からあふれ出る、あるもののためですよ、警視！
ニッキイ　〈善き サマリア人〉が、オブライエンさん、あなたの家にも来たのね？
オブライエン　まさにその通り！　私は長いこと失業中だったもので、家の蓄えを使い果たしてしまってね。その後、何とか市電の車掌の仕事にありつくことができた。ようやくやっていける算段がついたというのに、何と、そのとき――バーン！　金融会社が取り立てに来たわけだ。
エラリー　お金を借りていたのですか、オブライエンさん？
オブライエン　クイーン君、借りていたのだよ。それで、やつらが家財道具を一切合切持ち出そうとしたときに――救いの速達が届いたのだ。手の切れるような新品の百ドル札が同封されて！（くつくつ笑う）これが笑わずにいられるか？　聖者に称賛を。――私は金融会社に借金を返し、家財道具を救ったわけだ！
シュミット　アメリカは何という不思議な国だ。
ヴェリー　（情けない声で）警視――ちょっとばかり話をさせてくれませんか……一分でいいですから。ねえ、警視？
警視　（周りに聞こえないように）駄目だ、この鈍感！　今は駄目だ！
エラリー　（くすくす笑って）あまりにもすてきな話なので、かえって信じられないくらいですよ、オブライエンさん。でも、どうしてお二人がぼくを訪ねて来たのか、わからないのですが。どこにも犯罪はないではありませんか！
オブライエン　犯罪だって！　おわかりにならないのかな、クイーン君。私たちはきみに見つけて欲しいのだよ。みんなが一番お金を必要としていたまさにそのときに、みんなにお金を送って助けてくれた、慎み深い男だか女の人を！

シュミット　あたしたちがどんなに感謝しているか、伝えたいのですよ。お礼を言いたいのです。

ヴェリー　（小声で）警視――

警視　（食いしばった歯の隙間から）おまえは……気が利かない……おまわりだな！

ニッキイ　ねえ、エラリー。これって、すてきじゃない！　あなたがいつも突きとめるように依頼されるのは、殺人者とか泥棒とか脅迫者とか、悪い人ばかりでしょう。――善い人を突きとめるなんて、これまでにない楽しいことじゃなくって？

エラリー　（そっけなく）正直に言うと、いささか困惑しているのだけどね、ニッキイ。

ヴェリー　もしあんたらが、あたしが割り込んで自分の考えを言う機会を与えてくれるならば――

警視　アパートの住人は、全員がお金を受け取ったのかな、オブライエン？

オブライエン　いいや、警視。アパートには六所帯が入居しているのだが――ピサーノ家、モース家、シュミット家、それにわが家の四所帯――これは援助を受けた。だが、家主のディル夫人――彼女もあそこに住んでいるのだよ――は、手紙もお金も受け取っていない――

シュミット　当然じゃないか！　ディル夫人はお金なんていらないさ。あの女はアパートの持ち主なんだから、そうだろう？

エラリー　それで五所帯ですね。六番目は？

オブライエン　スウェーデン人の大工で、ナンセンという名だ。奥さんと子供が一人いる。
ヴェリー　（くつくつ笑って）忌避者か！　さて、もしみなさんが、あたしに……わかった、わかりましたよ、警視。そんなに身ぶり手ぶりで示す必要はありませんよ！
エラリー　（考え込むように）すると、ナンセンは手紙を受け取っていない、ということですね？あなた方お二人、それにモース氏とピサーノ夫人が受け取った手紙と封筒は、どうしました？
シュミット　（自慢げに）あたしがおまえさんに言った通りだろう、オブライエン？
オブライエン　（恥ずかしそうに）誰一人として、手紙も封筒もとっておかなかったのだ、クイーン君。ここにいるシュミッティには、愚かなことをしたと言われたのだがね！
ニッキイ　残念！　手紙か封筒に、差出人を示す手がかりが隠されていたのかもしれないのに。——そうでしょう、エラリー？
エラリー　そうだね、わが弟子よ。となると、さしあたりお二人の紳士には、ぼくに相談に来てくれたお礼を言うことくらいしかできませんね。こんな変わった依頼は初めてですよ！　ニッキイ、オブライエンさんとシュミットさんを、見送ってくれないか？
ニッキイ　かまわないわ、エラリー。（アドリブで別れの挨拶を交わす）
エラリー　（オブライエンたちがドアを開けると、そこに声をかける）話はわかりました。ぼくは調査をして、あなた方にお伝えしますよ！
ヴェリー　ようやく話せますかね？　あたしはもう、窒息死寸前ですぜ！
警視　（小声で）待つんだ……この……十八金の原始人が！（声をかける）さようなら、お二方！

（離れた位置でドアが閉まる音）

エラリー　さてさて、一体これは何なのですか？

ニッキイ　（駆け戻って来る）わたしを除け者にしないで！　部長さん、この事件について、何かを知っているのね！

ヴェリー　何かを知っていますよ！　あたしが何かを知らなかったら、豚にキスでもしましょうかね。あと、クイーンさん、あなたの父上も知ってますぜ。

警視　ヴェリー、わしがやらねばならんことは――おまえを黙らすために、バットでその頭をかち割ることかな？　わしらがあれを知っていることは、あの二人には知られたくなかったのだ！

ニッキイ　お願いだから教えてちょうだい。何を知っているの？　知りたくて死にそうだわ！

エラリー　どうやらお父さんの頭の中では――そしてヴェリーの頭の中でも――結びついているらしいですね。ギャレット通り十三番地と、百ドル札の定期配達が。そうでしょう、お父さん？

警視　さよう！　一年前、銀行のメッセンジャーが拳銃を突きつけられ、百ドル札ばかりで十万ドルを盗まれるという事件があった。うまいこと犯人は捕らえることができたが――

ヴェリー　ギャレット通り十三番地に隠れ住んでいるところを！

エラリー　（考え込んでから）ぼくにもわかりましたよ！

ニッキイ　でも、盗まれたお金は見つけることができなかったのね。そうでしょう？

警視　そうだ、ニッキイ。強盗の部屋は、解体寸前まで調べた。だが、お金はそこになかったのだ。メッセンジャーが顔を覚えていたので犯人は有罪になり、今このときも、シンシン刑務所でおつとめの最中だというわけさ。

ヴェリー　刑務所にぶち込むまで、あたしらはかなりきびしく取り調べたのですがね。百ドル札千枚の隠し場所を話せ、って。だが、あいつはずる賢くて——ひと言も漏らさなかった！

エラリー　アパートの賃貸ししている六部屋のうち、お父さん、あなたが逮捕したときに強盗が住んでいた部屋はどこでしたか？

警視　今は女家主のディル夫人が住んでいる部屋だ。

エラリー　その強盗は、仕事のときに共犯者を使いますか？

ヴェリー　あのとんがり顔の一匹狼が？　いやあ、あいつは自分の母親とだって手を組んだりしませんや。たとえ、カリフォルニアのゴールドラッシュの最中だったとしてもね！

エラリー　ならば、何が起こったのかわかったと思います。強盗は、十万ドルを自分の部屋に隠す代わりに、他人の部屋に隠したのです。

ニッキイ　自分が逮捕される危険があることをわかっていたのね！

エラリー　そうだ。そして彼は、刑期を終えた後、アパートに戻り、隠しておいたお宝を回収しようともくろんでいたわけだ。（くすくす笑う）だが、何者かに出し抜かれたことは明らかだね。

ニッキイ　エラリー！　今、アパートに住んでいる誰かが、その十万ドルを見つけたと言いたいの？

エラリー　その点については、疑問の余地はないよ、ニッキイ。おそらく、たまたま見つけて、アパートの不運な隣人のために、バグダットのカリフを演じたのだろうね。百ドル札を配り、彼らを困窮から救ったのさ！

ヴェリー　謎は——現ナマが隠されていたのは、誰の部屋だったのか？

警視　ディル夫人以外の住人の部屋だな。一年前にわしらが強盗を逮捕したときに、彼女の部屋は調べたからな。

エラリー　ニッキイ、一張羅に着替えてくれ。二人で進軍といこう！

ニッキイ　エラリー！　手がかりをつかんだの？

エラリー　いいや。だが、あのアパートで金の入った手紙を受け取らなかった唯一の賃借人と話をしたいんだ——

ニッキイ　スウェーデン人の大工、ナンセンね？

エラリー　そうさ、ぼくのキジバト（仲むつまじい鳥とされる）ちゃん。（くすくす笑って）それでは——ディオゲネスを演じるとしようか。……さあ、正直者探しの始まりだ！（ディオゲネスが昼間にランプをかざして正直者を探した逸話にかけている）

第四場　ナンセンの部屋

ヘルガ　（スウェーデン人の主婦で、今はおびえている）警察の方ですか——あたしたちは何もしていないのに——

ナンセン　（わずかにスウェーデンなまりがある）（けわしい声で）ヘルガ、ここはいい。子供たちのところに行っていろ。おれが相手をするから。
ヘルガ　でも、オラフ――
ナンセン　ヘルガ！（ヘルガは素直に立ち去る）
エラリー　（おだやかに）でもナンセンさん、何も怖がることはありませんよ。ぼくは警、察、官ではい、い、ありませんから。
ニッキイ　わたしたち、見つけ出そうとしているだけなのです。このアパートに住むあなたの隣人たちみんなに気前良くふるまった人を。
ナンセン　よその家は――お金をもらえて――良かったな。おれも嬉しいよ。あいつらは金に困っていたからな。だが、おれは――自分の面倒は自分で見ることができるさ。
エラリー　そのお金を送った人物について、何か心当たりはありませんか、ナンセンさん？
ナンセン　ないね。
ニッキイ　自分だけ除け者にされて、ちょっとだけ妬んだりはしませんか、ナンセンさん？　百ドル札が一、二枚なんて、あなただって使い甲斐があることは否定しないでしょう！
ナンセン　おれは仕事をしている。家族の面倒くらいは見ることができるさ。どこの誰からだろうと、百ドルなんかいらないね！
エラリー　だったらナンセンさん、隣人にふさわしい行いをするというのはどうです。ぼくの捜査を手伝ってくれませんか？

ナンセン　おれはまっとうな隣人だからな。だが、どうやって手伝うのだ？　おれは何も知らないのだぜ。
エラリー　（意気込んで）ぼくに計画があるのです、ナンセンさん。明らかに、われらが善きサマリア人は、このアパートの住人に困ったことが起きると、すぐにそれに気づいています。しかもそいつは、これまでの四回とも、住人が破局を避けるのに間に合うように、ごく短時間でお金の入った速達便を送る作業を終えています。
ナンセン　ああ、その話は聞いたよ。そうらしいな。いいやつじゃないか！
エラリー　ここで仮定の話をしましょう、ナンセンさん。あなたとあなたの奥さんが、ご自身のことについて、嘆き始めたとします。つまり、ナンセン一家も問題に巻き込まれたと信じ込ませるのです！
ニッキイ　エラリー！　それって、すごく良いアイデアだわ。
エラリー　アパートのみんなに、こう言うのです。肺の病気でアリゾナに転地するように医者に指示されたと……生死の問題で……一刻を争うと……
ナンセン　だが……おれは馬みたいに頑健だぞ！
エラリー　わかっていますよ、ナンセンさん。それでもあえて、言ってください。わかりませんか？　〈善きサマリア人〉にあなたの援助もするように仕向けるというのが、ぼくの思惑なのですよ。
ニッキイ　（意気込んで）そうすれば、わたしたちは送って来た手紙を手に入れることができるわ。

――それが、送り主の正体を教えてくれるかもしれないのよ、ナンセンさん！　お願いします！

ナンセン　（ゆっくりと）おれは嘘をつくのは嫌いなんだ。だが……やるよ。ただし、もしそいつが金を送ってきても、おれは受け取らないからな！　断る！　送り主のことなんて、知りたくもない。おれは――

ニッキイ　わたしたちには、わかっているわ――あなたが自分の面倒は自分で見ることができるってことを。（笑う）

エラリー　感謝します、ナンセンさん。忘れないでください――速達を受け取ったら、すぐに――ぼくに電話をすることを。それと、手紙はとっておいてください！

第五場　同じ場所、しばらく後

（ラジオでは以下の場面を組み合わせて流す。郵便配達人が「オラフ・ナンセンさんに速達です。サインをお願いします」。ナンセンが加わって「手紙が来た！　クイーンさんに電話だ！」。続いて電話ボックスに硬貨が落ちる音。続いて道路を車が猛スピードで走る音。続いてアパートの階段をきしませながら登る音）

ニッキイ　もう！　この階段って……

ヴェリー　それに、匂いがしますな。（くすくす笑う）コーンビーフとキャベツの香ばしい匂いだ。

警視　（くっくつ笑いながら）演繹法推理によると、オブライエンの部屋からだな（コーンビーフとキャベツはアイルランド料理）。（息を切らして）ナンセンはどこに住んでおるのだ——屋上か？

エラリー　（陽気に）あと一階ですよ、お父さん。ついさっき、ぼくに電話をかけてきて、例の速達便を受け取ったと言ったときには、あのスウェーデン人にキスをしたくなりましたよ！

警視　その手紙がわしらに教えてくれるとよいのだがな。銀行から盗まれた金を見つけたのが誰なのかを！

ニッキイ　ありがたいことに、ここが最上階よ。突き当たりの部屋だったかしら？

ヴェリー　ですな。（一同は廊下を進む）百ドル札を送ったのが、このネズミの巣の住人の誰であろうが、そいつは、刑務所にいる盗人が昨年隠した十万ドルを見つけたことは間違いないですな。だが、あたしにわからないのは——

警視　わからんのなら、黙っていたらどうだ、ヴェリー？　ようやく着いたぞ。（ナンセンの部屋のドアをノックする）

ニッキイ　ああ、ナンセンさん宛ての手紙に、一つでもいいから手がかりが残されていたら！

（ナンセンがドアを開ける）

エラリー　やあ、ナンセンさん。

ナンセン　入りな、クイーンさん。（一同、部屋に入る）おいヘルガ！　子供たちのところに行くんだ！

ヘルガ　（遠ざかる）はい、オラフ……

エラリー　さあ、ナンセンさん。速達便を見せてください！
ナンセン　これだよ。おれは開けてもいない。（エラリーが開封する間、他の者は興奮してざわつく。「早く、エラリー！」「そいつを見せろ！」等々）
エラリー　オラフ・ナンセン宛てで……他の連中と同じ文面で……署名は「貴殿に感謝している友人より」……
ニッキイ　何に感謝しているのかしら？　みんな、他の人のために大事なことは何もしたことがない、って言っていたのに！
ヴェリー　そいつが誰であれ、ユーモアのセンスはありますな……おや！
警視　百ドル札が四枚同封してある！
ニッキイ　やったわ！
ヴェリー　消印は、この近くの郵便局ですな――
エラリー　安っぽい紙、ブロック体の大文字の文章を鉛筆書きで――封筒の宛名も同じです。……ずるがしこいやつめ！
ニッキイ　そんな言い方はないでしょう！　まるで送り主を犯罪者だと思っているみたいよ。自分が誰だか突きとめられないように、注意深くしているだけじゃないの！
警視　手紙か封筒に指紋が残されていなければ、せがれよ、こいつは大失敗になりそうな気がしてきたぞ。
エラリー　（おだやかに）そうとは限りませんよ、お父さん。その紙片の裏を見てください！

ニッキイ　（困惑して）でも……ばらばらの大文字が並んでいるだけじゃないの。

ヴェリー　（げんなりして）からかわれたのさ。利口なやつだ！

警視　二人とも、そう早まるのじゃない。エラリー、その長い文字列を声に出して読み上げてみろ。

エラリー　これも鉛筆で書かれています。（読み上げる）Ｅ……ＦとＰ……ＴとＯとＺ……ＬとＰとＥとＤ……ＰとＥとＣとＦ……ＤとＥとＤとＦとＣ……ＺとＰと、あといろいろ……。ふーむ。手紙を書いた人物は、それより前に、これらの大文字をこの紙片に書き留めておいたのですね。その後、自分がこいつを書いたことを忘れ、同じ紙片の反対側に、ナンセンへの手紙を書いたわけです。ぼくたちはついていますよ！

ヴェリー　どんなツキが？　この落書きは、あたしにはいい何の意味もないですがねえ。

ニッキイ　わたし、これが何かわかったわ――暗号よ！　文字を置き換えるのよ！

警視　違うな、ニッキイ。大文字が全部同じサイズではないことに注目したまえ。一番め――Ｅ――はこの文字列の中でもっとも大きい。他の文字は、先に進むにつれて、どんどん小さくなっている。

エラリー　そうです。そして、文字が小さくなっていくのには、一定の法則があります。パターンに気づきましたか？　これらの文字は、グループごとに分かれているのです。最初の大文字――大きなＥ――は一つだけです。次に続くＦとＰは――共にサイズが同じで、しかもＥより少し小さくなっています。続く三つ――ＴとＯとＺ――は、それよりさらに小さくなっています。次の四つの大文字はさらに小さくなり、その次の五つはさらに小さい。そして、最後の六つは、他のどれよりも小さくなっています。

ニッキイ　同じ大きさの文字が属するいくつかのグループがあって、グループ単位でどんどん小さくなっていく。一体、何を意味しているの？

ヴェリー　ガキが宿題をやったことを意味していますな。

警視　いいや、この文字は大人の手で書かれたものだぞ、ヴェリー。だが、認めねばならんな――わしには何の意味もない落書きにしか見えん、ということを。

エラリー　意味がない？（くすくす笑って）むしろ、その逆ですよ、お父さん。この文字列は、ぼくたちに〈善きサマリア人〉の正体を教えてくれるのですから！

聴取者への挑戦

さて、あなたはギャレット通り十三番地の〈善きサマリア人〉の正体がわかりましたか？ラジオで「エラリー・クイーンの冒険」を聴いている数多（あまた）の安楽椅子探偵たちは、毎回提示される謎をめぐるゲームを楽しんでいます。そしてあなたも、この一風変わったラジオ小劇場で、さらなる楽しみを味わうことができるのです。まずは、この時点で読むのをやめて、犯人――今回の事件では〈善きサマリア人〉ですが――の正体を当ててみましょう。エラリーが正しい答えと、その答えを導き出した論理的な理由を、あなたに明かす前に。

そして今、あなたが正しい答えを見つけ出すことができたと考えたならば……先に進んで、「善きサマリア人の冒険」に対するエラリー・クイーン自身の解決を読んでみてください。

解決篇

第六場　同じ場所、すぐ後

エラリー　われらが〈善きサマリア人〉の名前を明かす前に、お父さん、一つ約束をして欲しいのですが。
警視　かまわんさ、せがれ。どんな約束だ？
エラリー　そのう、いつもなら、ぼくたちが事件を解決すると、あなたには犯罪者を逮捕して裁判にかける義務が生じるでしょう。でも、この事件では、犯人を悪人として扱わず、むしろ、救いの手をさしのべて欲しいのです。
ヴェリー　十万ドルを持っているやつに、救いの手がいるのですかねえ！
ニッキイ　黙っていて、部長さん。何か企みがあるみたいよ。
警視　（くつくつ笑って）こっちの方が、おまえより一歩先んじていたようだな、せがれ。わしは銀行の連中とは、とっくに話をつけておいた。連中は、昨年盗まれた金を取り戻すのに協力してくれた人物あるいは人物たちに対して、五千ドルの報償金を払うそうだ。

エラリー　（笑いながら）取引成立ですね、老練なる読心術師どの！　それでは、誰が十万ドルを手に入れたのかを教えましょう。ナンセン宛ての紙片に残されていた、この大文字の長い列こそが、手がかりなのです。文字群はいくつかのグループに分類され、グループ単位でサイズが小さくなっていきます。では、こういった文字の特殊な配列を見て、何か思い出さないでしょうか？（間を置いて）考えてください！　こういった大文字が並んだものを、どこかで見たことはありませんか？

ヴェリー　考えてはいるのですがね。役に立ちそうなことは、何も思いつきませんな。

警視　（熟考しながら）大きい文字が一つ、それより小さい文字が二つ、さらに小さい文字が三つ、その後も同じように……

ニッキイ　数当てクイズは苦手だわ。エラリー、意地悪しないでちょうだい！

エラリー　この文字列が横にずっと並んでいることは、忘れましょう。サイズが小さくなっていくグループごとに、次のグループは前のグループの下にあると考えてみてください！（ニッキイが息をのむ）わかったかい？　大きいEが一つ――それより小さいFとPが、Eの真下にある――さらに小さいTとOとZは、FとPの真下にある……どうかな、ニッキイ？

ニッキイ　わかったわ！（しょげて）でも、あなたがどうしてここからお金の送り主を突きとめることができたのか、想像もつかないのだけど。

警視　しょげることはないぞ、ニッキイ。それで、これは何を意味しておるのだ？

ニッキイ　ええと、みんなが視力検査を受けるときは、お医者さんはいつも、大文字が書かれた大きなポスターみたいなものを見せるでしょう。どれも一番上は一文字で、それが検査表の文字の中で一番大きくて——普通は大文字のEよ！——その真下には、それより小さい大文字が二つ並んでいて、その下も同様だわ。これが正解かしら、エラリー？

エラリー　もちろん正解だよ。こういったグループに属する文字列が意味するものは、一つしかありません——視力検査表しか！

警視　だが、このアパートには、検眼士や眼科医どころか、その関係者もおらんぞ、エラリー！

エラリー　ええ！　ならば、大文字を紙片に書き留めた理由は、専門家だからでもなく、仕事に関係しているからでもないことになります。だとすると、なぜお金の送り主は、文字列を書いたのでしょうか？　明らかに、視力表に使われている文字のサイズと配列に慣れておくためです！　なぜそんなことをしなければならなかったのでしょうか？　文字列を記憶するためです！——視力表に書かれた文字の正確な並びを丸暗記しようとしたのです！　しかし、なぜその人物は、文字列を暗記しなければならなかったのでしょうか？

ニッキイ　なぜならば、その人は見えなかったから。

ヴェリー　ええ？　あたしらは、これから目の不自由なやつを探すのですかい？

エラリー　ぼくたちの知る限りでは、このアパートには盲人はいません。それ以外の理由で、視力表の文字を記憶したいと思うのは、どんな人物でしょうか？

警視　視力検査を受ける必要があり、自分の視力をあてにはできないが、検査には合格したいと思っている人物だ！

エラリー　そうです、お父さん。そして、その推理は、ぼくたちに善意の犯罪者を教えてくれるのです。（くすくす笑う。他の三人は「それは誰だ？」とせっつく）チャールズ・モース氏です！（他の三人はその名前をくり返す）モース、すなわち現金入りの手紙を最初に受け取った人物は――他人がやったように見せかけて、自分で自分に送ったのです！

ニッキイ　家賃を滞納していた人？　でもエラリー――モースが〈善きサマリア人〉だって、どうしてわかったの？

エラリー　モースが最初の匿名の手紙を受け取ったときのことを思い出してください。彼はディル夫人に、自分のために読み上げて欲しいと頼んだでしょう？　「ついさっき、眼鏡を壊してしまった」と言って！　ゆえに、モースが眼鏡なしでは見えないことは明白です。でも彼は、ディル夫人に、タクシー運転手として働く機会を得て、来週、運転免許の試験を受けると言っていました。さて、誰でも知っていることですが、運転免許の試験には、簡単な視力検査が含まれています。それなのに、モースは眼鏡を壊してしまい、よく見えなくなり、職を得られないのではないかと不安になりました。盗まれた百ドル札の一枚を眼鏡の修理に使うのは怖かったのでしょう――札から彼にたどりつくかもしれませんからね。――つまり、モースこそが、検査表の文字列を書き写して暗記することによって免許を取得したい、という完璧な理由を持っていたわけです。このような理由を持っている人物は、アパートの住人では、彼しかいません。

警視　何が起こったか、ようやくわしにもわかったぞ。まず強盗が、盗んだ十万ドルを、今はモースが住んでいる部屋に隠した。モースは偶然、隠し場所を見つけて――盗まれた金だと気づいた。彼は正直な男だったが、見つけたものを警察に届け出る勇気はなかった――。わしらに、一年前の強盗事件との関係を疑われると考えたのだろう。無理もない話だが。それで、モースは金を手元に置いたままにしていた――あれこれ悩みながら！

ニッキイ　家賃が払えなくなって、家族が路頭に迷いそうになるまでは。

エラリー　そうだ。そこでモースは、百ドル札を一枚使うことにして、自分自身に匿名で送りつけたのです――ただただ、家族に屋根のある暮らしを続けさせたい一心で。

ヴェリー　やあ、そのモースというやつは、立派な男に違いありませんな。自分のためには、家賃の支払いに必要な百ドルしか使わなかった。しかも、金に困っているアパートの隣人を助けてやるなんて！

エラリー　そうです。チャーリー・モースは、ピサーノ少年を障害を抱えて生きる人生から救い――オブライエンを家財道具を失うことから救い――シュミットを生命保険という支えなしで生きていくことから救い――そして、ナンセンには「肺の病気」のためにアリゾナに転地する手助けをしようとしたのです！

警視　（くつくつ笑いながら）犯罪世界のサンタクロースというわけか、まったくな。

ニッキイ　わたし、みんなと今すぐ階下のチャーリー・モースさんの部屋に行って、心配しなくていい、って教えてあげるわ。――銀行のお金を取り戻した報酬として、五千ドルが手に入るのだから、って！

エラリー　これまでぼくたちが突きとめた中で、「最高の」犯罪者だな。（笑いながら）行こう、お三方——楽しいことになりそうだ！

（音楽、高まる）

殺されることを望んだ男の冒険

The Adventure of the Man Who Wanted To Be Murderd!

放送　一九三九年十二月三日

エラリー・クイーンにとって、目の前の状況は、悪夢のような性質を帯びていた。ある男が、熟考の末、三人の身内に向かって——かかりつけの医師にも同じように——自分を殺すことをそそのかすという状況は、あり得ないように思えたからだ。だが、まさにそれこそが今、アーノルド・アーノルドがやっていることだった。

気がふれたのか？……エラリーはいぶかしく思った。だが、どういうわけか、彼にはわかっていたのだ。高級な〈マークハイム・アパート〉の贅沢品であふれかえる寝室の中で、車椅子の玉座に腰を下ろしている白髪で赤ら顔のこの老人が、笑いを浮かべながら今回の状況を大いに楽しんでいることを。そして、死をまるで競馬か何かのように語っていることを。そう、エラリーにはわかっていたのだ。この男が完璧なまでに正気であることを。たった今、この男が語った途方もない内容の背後には、悪魔のような冷静さと抜け目のない頭脳が存在しているのだ。

「そういったわけで」と老人は話を進めていく。「わが名医ハウエルが、わしが避けようのない死に直面するまであと七日間しかない、と請け合ってくれたので、わしは楽しみを味わうことにした。考えられる限りで最大の賭けをすることにしたのだ——自分の未来すべてをかたにした賭けを！」

エラリーは部屋にいる他の者たちに目を走らせた。彼の個人秘書であるニッキイ・ポーターは、椅子の端に腰かけ、速記用のノートが膝の上で忘れ去られている。今や失われた時代の生き残りというべき男の、強靭にして奇矯な性格のほとばしり――彼女はそれに魅せられてしまったのだ。

アーノルドは――〝千金〟アーノルドは――まさにそういう男なのである。彼はプロの賭博師たちの偉大な系譜に連なる人生を過ごしてきた。その名声と共に思い浮かぶのは、ガス灯と二輪馬車の時代であり、シャンパンの出る晩餐とカンカンを踊る女の子たちの時代であり、リリアン・ラッセル（1860〜1922。アメリカの女優・歌手）とマキシーン・エリオット（1868〜1940。アメリカの有名な女優・プロデューサー）の時代であり――そして何よりも、コインの表裏や、それよりもっと些細な機会さえも賭けの対象にしてしまう時代であった。人々は、「アーノルドが賭けの対象にしないものはない」と語り――この日、自らの死に賭けることによって、彼はこの言葉の正しさを証明したのだ。

部屋にいる残りの者たちは、それぞれの性格に応じたやり方で、アーノルドの驚くべき提案を受け入れた。顧問弁護士のマックス・フィッシャーは――エラリーとニッキイをこの集まりに呼び寄せた張本人なのだが――いら立ちだけでなく、敬意をも見せていた。ハウエル医師のやせた学者らしい顔に浮かんでいるのは、ひどく気をもんでいる表情だけで、他には何もなかった。

賭博師の弟であるウォルドー・アーノルドは、苦虫を嚙みつぶしたような表情をまったく変えずにいた。おそらくウォルドーは――とエラリーは思った――二年前に麻痺に襲われた〝千金〟アーノルドに食事を与え、服を着せ、風呂に入れるといった十字架を背負っているためだろう。――もっとも、未来永劫、苦虫を嚙みつぶすのが彼の本来の性格ではないと思う理由もないのだが。

アーノルドの姪であるコーラ・ムーアは、若く肉感的な金髪の女性。アーノルドが心臓を病んでおり、あと一週間もしないうちに死ぬであろうことをハウエル医師から聞いた瞬間から、とめどもなく涙を流し続けていた。

アーノルド本人だけが、この状況を心から楽しんでいた。その手の中には、グレープフルーツほどの大きさのガラス玉がある。彼は話をしながら、それをもてあそんでいた――一方の手からもう一方の手に無造作に投げたり、すべすべした表面をなでたりと。

「おまえたち全員に対して、ちょっとした勝負事を提案したいと思う」彼はくつくつと笑った。「おまえたち全員を相手に、わしが賭けをするのだ。――わしは、ハウエル先生が言った日まで、わしが死なない方に賭ける。銀行のわしの金庫室には、百六十二万五千ドルの優良債券がある――わしの全財産だ。もし、わしがこれから一週間以内に――一週間後では駄目だ――死んだならば、ここにいるフィッシャーが、金庫を開けて金を分配するように委託されている。百万ドルはおまえにだ、ウォルドー。――おまえはわしの弟で、もっとも近く、もっとも大事な者だからな。それに、姪のコーラと甥のアンソニー・ロスには、それぞれ二十五万ドルが与えられる。――そういえば」と、彼は言葉を切って、「わが愛しの甥はどうした？」

「ここには来られないという電話があったよ」ウォルドーが言った。「新型の毒ガスを完成させるのに忙しいそうだ」

「まあ、かまわんさ。あいつがいようがいまいが賭けは成立だ。コーラ、おまえがこの金を勝ち取るためにすることは、これから一週間、わしと一緒に暮らすことだけだ。受けるかね？」

「この馬鹿げた賭けについては、あたしには理解できません、伯父さん」コーラはきっぱりと言って、「でも、あたしはここであなたと暮らすべきだわ！　あなたには看護師と栄養士が必要ですし、あたしはその両方ですから！」

「よし！　アンソニーの方は、ここで暮らそうが暮らすまいが、わしは気にせんことにする」彼は全員にやさしげなまなざしを向けてから、ハウエル医師に向き直った。

「あんたを抜かすわけにはいかんだろうな。だろう、先生？　もしあんたが正しくて、あんたの告げた日までにわしが死ねば、フィッシャーから十万ドルが渡ることになる。もしあんたが間違っていて、今日から一週間後までわしが生き延びたならば、あんたはびた一文もらうことができない。これについて、何か言うことはあるかね？」

　ハウエル医師の声には、とがめるような響きがあった。「あなたの金ですからね、アーノルドさん。もちろん、私は自分が間違っていることを、心から願っていますが」

「フィッシャー、きみがこの賭けの内容を書類にまとめて、みんなに渡してくれたわけだが、法的には問題ないだろうな？」アーノルドは不意にきびしい声になった。「抜け穴はないな？」

「ああ、法的には何も問題ない」マックス・フィッシャーはため息をついた。「一分（いちぶ）の隙もない。もしきみが週末を迎える前に死んだならば、きみの遺産はみんなに分け与えられる。もしきみが死ななければ、みんなは賭けに負けたことになり、金は慈善事業に寄付される手はずになっている」

「よろしい！　……では、出て行ってもらおうか――おまえたち全員だ。いやいや、きみは違うよ、クイーン。きみと、きみの可愛い秘書は残ってくれ」

他の者がぞろぞろと部屋を出て行くとき、エラリーは、(だが、こいつは本物の賭けとは言えないな)と思った。アーノルドのような老賭博師ならば、賭けというものは、双方が賭け金を積み上げなければいけないことは、わかっているはずなのに。もしアーノルドが死んだならば、賭けの相手となる連中は、膨大な額の金を勝ち取る。しかし、もしアーノルドが生き延びたとしても、彼自身は何も勝ち取ることはないではないか――もちろん、とエラリーは皮肉な笑みを浮かべた――自らの命を除けば、だが。

アーノルドは顔を上げ、鋭く老練な目をエラリーに向けた。「どうやら、きみは不思議に思っているようだな、クイーン。なぜわしがマックス・フィッシャーに命じて、きみをここに連れて来させたのか、と」

「ええ――かなり。でも、まずあなたに説明して欲しいことは、他にあります。さっきからずっと、あなたがもてあそんでいた、そのガラス玉は何なのですか?」

「うん?」とアーノルドは、まるでそこにあるのを知らされて驚いたかのように、ガラス玉に目を落とした。「ああ、他人の目には、これが奇妙に見えるであろうことは、よくわかっておる。わしにとっては、あって当然のものになっておるのだが……。これはまさしく、わしの幸運のお守りなのだよ。こいつを手に入れてからずっと、幸運の女神はわしに微笑んでくれておる。もし、こいつに何かが起こったら――割れてしまうとか、紛失してしまうとかしたら――わしのツキも変わってしまうに違いないな」一瞬、その顔に、ガラス玉の頑丈さに対する不安がよぎり――それからほころんだ。「ふむ、ばかばかしいと思うかね？……結局のところ、こいつは一ドルかそこいらの価値しかない、中までガラスが詰まった玉に過ぎないのだからな」

アーノルドは向きを変えると、テーブルの上にある木彫りの台にガラス玉をそっと置いた。

「さてと、賭けの話に戻ろうか」彼はてきぱきとした口調で、「鋭敏なる探偵であるきみならば、わしの百六十二万五千ドルの財産のうち、二万五千ドル分だけが、まだ説明されていないことに気づいたはずだ。これはきみに与えられる分なのだよ、クイーン。わかるだろう、今や、わしが一週間以内に死ぬことを望む充分な理由を持つ四人の人物が存在するのだ。もしわしが死ねば、あやつらはそろって、かなりの利益を得ることになっておるからな」

「言わせてもらいますけど、ひねくれた考えですわ、アーノルドさん！」ショックを受けたような声で、ニッキイは言った。

「ここはひねくれた世界なのだよ、お嬢さん。……そして、わしは相当ひねくれた老人なのだ。人々がじたばたするのを見るのが好きでな。例えば、わしはこれから一週間、蓄音機でエンリコ・カルーソー（１８７３～１９２１。イタリアのオペラ歌手）のレコードをくり返しくり返し聴くつもりでいる。わしがカルーソーの声が大好きだという理由もあるが、それ以上に、この声がウォルドーの頭をおかしくするという理由が大きいのだよ。この一点だけでも、わしはより一層、カルーソーの声が大好きになるというわけだ」彼の口からあふれ出した哄笑は、その体を震わせるほどだった。

「そして、それこそが、あなたがあの連中に自分を殺すようにそそのかした理由でもあるのですね？」エラリーはずばりと訊いた。「彼らがじたばたする姿を見たいのですね？」

「親愛なるクイーン――きみはわしに対して、『あの連中をそそのかした』などと言うことはできんさ。わしはただ単に、あやつらとちょっとした賭けをしただけに過ぎんのだからな。……それに、わしはきみとも賭けをしているのだ。わしはきみに対して、一週間が過ぎるまでにわしが殺されるのを、きみが防ぐことはできない方に、二万五千ドルを賭けよう！」

「マックス、あなたは彼が狂っていると思いませんか？」それから三十分後、ニッキイやマックス・フィッシャーと一緒にダウンタウンに向かうタクシーの中で、エラリーは質問を投げかけた。三人は、アーノルド・アーノルドの甥であるアンソニー・ロスが働く化学研究所に向かう途中だった。

「いいや。――狂っているというのは正しくないな。アーノルドはどんなときでも風変わりだし、どんなときでも賭博師なんだ。彼は興奮を愛しているのだよ。――おまけに、他人（ひと）を困らせることが好きでたまらないくらい、悪魔的な性格をたっぷり持ち合わせている」

「四人の人に向かって、自分を殺すようにそそのかすなんて、どこから見ても恐ろしいアイデアだと思うわ！」ニッキイが叫んだ。

「恐ろしいが、合法的でもある」フィッシャーが冷たく答えると同時に、タクシーはカーブを曲がり、倉庫のように見える建物の前で停まった。むせかえるような多種多様な臭いに悩まされながら、三人はうす暗い玄関を通り、きしむ階段を上り、「A・ロス」というカードが画鋲で留めてあるだけのドアにたどり着いた。フィッシャーが断りもなくそのドアを開ける。彼らが小さな部屋をのぞき込むと、そこではシューシュー音を立てているブンゼンバーナーが、泡立つ蒸留器が、そして噴霧器が、空気を息苦しいものに変えていた。

黒髪で広い額を持ち、染みだらけのゴムのエプロンをつけた男が顔を上げ、闖入者をにらみつけてから、化学器具に戻った。

エラリーたちはしばらくの間、何も言わずに立っていた――男が自分たちの存在を認識してくれるときを空（むな）しく待ち続けながら。やがて、フィッシャーが咳払いをしてから、「ロスさん――」と口を開いた。

アンソニー・ロスはいら立たしそうに言った。「少しの間も待てないのか？　おれは今、こいつをやりかけて――」その言葉のすぐ後、彼は呪いの言葉をつぶやきながら、ビーカーをわしづかみにすると、壁に向かって乱暴に投げつけた。「ああ、今日一日の仕事を台無しにしたことを、あんたが自覚してくれたらいいのだがね！　この場所を大通りさながらにしてしまって！」

フィッシャーはそそくさと、アーノルド・アーノルドの〝賭け〟の条項について説明し、折りたたんだ約定書をロスに手渡した。

ロスは不快そうに短く笑った。「おれがこれまで聞いた中で、もっとも愚劣な行為だな。もちろん、ご老体がチップを現金に換える（「死ぬ」の意味）羽目におちいったのは気の毒に思うが、金をもらえるのはありがたい」

「あなたの研究に役立つからですか？」エラリーはすかさず尋ねた。

「もちろん、財団の馬鹿どものために役立つからさ！」彼の声が苦々しいものに変わる。「あの連中は、おれが完成できないと思っているのだ。――あいにくと、できるのだがね。あと少しの時間と――金と――かなりの労力をつぎ込めば――」

「何の研究をしているのですか、ロスさん？」

「毒ガスだ。人類がこれまでに生み出した中で、最高の効果を持ち――近代戦に革命をもたらすものだ」

「何て価値のある研究かしら！」ニッキイが鼻を鳴らす。

ロスは彼女を無視した。「これをひと嗅ぎするだけで、即座に死に至る。無臭で、あっという間に四散して、死体にはわずかな痕跡さえも残らない――」ここで口をつぐむと、エラリーたちに疑わしげな目を向けてから言った。「どうしておまえたちに何もかも話してしまったのかわからないな。そこの二人は何者なんだ、フィッシャー？」

「きみの伯父さんの単なる友人です、ロスさん」マックス・フィッシャーはそしらぬ顔で答えると、「今すぐ立ち去りますから」

汚れた暗い廊下に出ると、ニッキイは体を震わせた。「もう！　何て不快な人かしら――人を殺すガスを造っているなんて！」

「不快な人物ではなく」エラリーは重々しい口調でニッキイの言葉を訂正した。「危険な人物だ」

あと三日で一週間が過ぎるという日まで、エラリーはアーノルド・アーノルドのアパートメントを訪ねようとはしなかった。もしアーノルドに対する何らかの企てがあるならば、それは、七日間の半分以上が過ぎ去ってから行われるはずだ、と推測したからである。そして、その考えは正しかった。

エラリーはアパートメントに足を踏み入れた瞬間、足を踏み入れなければよかったと思った。〝千金〟アーノルドが自ら宣言したことをきちんと実行し、エンリコ・カルーソーのレコードを絶え間なくかけ続けていたからである。あっという間に、エラリーは自分の頭が二つに割れるような感じに見舞われた。だが、それでも相変わらず、アーノルドの居間兼寝室の閉ざされたドアの奥からは、黄金の声が流れ続け、壁を震わせていた。

そして、何も起きたりはしなかった。神経をむしばむような緊張感が絶え間なく続くことを除けばの話だが。エラリーのいる部屋の隣には、自分が一週間以内に死ぬかどうかについて百万ドルを超える賭けをした男がこもっている。その男は四人それぞれに向かって、自分を殺せば富を与えると申し出るに等しい行為を行っている。そして、この老人の部屋の前の廊下を行ったり来たりして――こんなことをしても、企てられた何らかの犯罪を防ぐことはできないというのは、わかりきっているのに――ただ待つことしかしていない人物こそが、エラリー・クイーンなのだ。

ウォルドーは陰気な顔で、アーノルドの着替えや食事の世話をしている。コーラ・ムーアはいらいらした雰囲気をただよわせながら、明らかに偽りだとわかる陽気さを見せている。エラリーは、コーラに比べれば、まだウォルドーやアンソニー・ロスの方がましだ、という判断を下した。少なくとも、彼らは自分たちの不機嫌さを隠そうとはしていない。

一分が延々と続いて一時間になり、一時間が長々と伸びて一日となり、一日がのろのろと進んで数日になった。エラリーがアーノルドに初めて会った日の午後に比べ、彼のよく響く笑い声に変化が生じることもなく、彼の足がこの世からわずかなりとも離れることもなかった。

ついに、定められた第七の日が訪れた。アーノルドが自らの死を迎える最後の日が——正確には、彼がかかりつけの医師に、甥に、姪に、弟に、総額百万ドルを超える金を与えることができる最後の日が。

午前中は、いつもと同じ単調なくり返しで過ぎ去った。午後は、ロス青年がアーノルドに会いに来た。二人はコーラを自室に追い払うと、長々と話し合っていた。その間、エラリーはドアごしに注意深く聞き耳を立てていた。だが、大音量のカルーソーの声が邪魔になって、何も聞くことはできなかった。

ロスが帰ってからしばらく後、ニッキイが立ち寄った。ハウエル医師が日課の往診をしている間、エラリーは隣の部屋で、自分がいかにみじめで果てしない退屈を味わっているかを彼女に並べ立てていたが、そこにウォルドーが入って来る。

「あの男がまた来ているぞ」と彼は告げた。「午前中に来たのと同じ、スミスという名の男だ」

「保険代理店の?」とエラリーが尋ねた。「でも、アーノルドさんは、彼には会いたくないと言っていましたが」

「私もそれは聞いている——だが、あの男は立ち去ろうとしないのだよ」

「ふむ――ぼくが会ってみますよ」エラリーはきっぱりと、「ぼくは、あのスミスという男にかなり興味をそそられているのです。――午前中にちらりと見ただけですが、彼は、ぼくが今までに会ったことのある誰よりも、保険代理店の社員らしく見えないのでね」

ウォルドーが来訪者を部屋に招き入れたとき、ニッキイはエラリーの言葉にうなずかざるを得なかった。スミス氏は小柄でずんぐりした男で、赤ら顔とつぶれた鼻と派手な服を身につけていたからである。スミスは、アーノルドが本当に病気にかかっているとは信じていない、と言ったが、その言葉は、黒い葉巻の占有を免れた口の端から出てきたのだった。

「あなたは言っていましたね、スミスさん。保険を――売りつけたと？」不満げなウォルドーが部屋を出るのを待ってから、エラリーは尋ねた。

「おれが何を売りつけたかなんて、気にするんじゃねえ。アーノルドに会えるのか、会えねえのか？」そのとき、寝室から流れ出す音楽をかき消すような、アーノルドのけたたましい笑い声が響いた。「おい――あれはアーノルドだろう！　これで、あいつが病気なんかじゃないことがわかったぞ！　中に入るからな！」

寝室のドアがバタンと開いた。ハウエル医師が戸口に立ち、もの問いたげな顔で小さな集団を見つめている。それから彼は、背後のドアを閉めた。

「その男は何者だね？」とハウエルは尋ねた。

スミス氏は怒りを込めてまくし立てた。「おれが誰かなんて、どうでもいい！　あいつはたちの悪い作り話をしているんだろう？　よく聞けよ、あの太っちょの詐欺師は病気なんかじゃないんだ。——だから、おまえさんはおれのために、あいつにこう言わなくちゃならねえ。明日、おれに会え、と——さもないと、どうなると思う！」

「アーノルドさんは重い病気なのです——これは、医師の言葉として受け取ってください」ハウエル医師がスミスに説明した。「ですから、私は断固として、あなたが彼をわずらわせることを禁止します。症状がここまで進むと、どんなショックでも、命取りになるのですよ。では、失礼させてもらいます」

医師は一同の間を通り抜け、アパートメントの裏口に向かって廊下を進んで行った。

スミス氏の落ちくぼんだ小さな目は、疑わしげにエラリーからニッキイへ、そしてアーノルドの部屋のドアへと移っていく。彼が半信半疑なのは明らかだった。そして、部屋の中から流れる「清きアイーダ」のアリアは、クライマックスに向けて盛り上がっていくところだった。しばらくの間、エラリーでさえ、弱まることを知らない美しい高音に聞き惚れていた。

しばらく後にわれに返ったエラリーは、直感的に、何か異常事態が起きていることを察した。考えをめぐらす間もあらばこそ、彼はドアに飛びつき、猛烈に叩き続けた。返事はない。ノブをまわそうとした。ドアには鍵がかかっている。

高音の後の躍動する刻に、一同は重い物体が床に落ちるような鈍い音を聞いた。

「手を貸してくれ、スミス！」エラリーは鋭い声で言った。「このドアをぶち破るぞ」

二人が一緒に肩を木のドアに叩きつけると、鍵がボキリと音を立てる。そのまま二人は部屋になだれ込んだ。

床の上で大の字になっていた死体は、〝千金〟アーノルドのものだった。

「ふむ」クイーン警視はむっつりと、「誰かさんはこの男を殺すことができたわけか。おまえは大した番犬だな、せがれよ」

「わかっていますよ、お父さん」エラリーは認めるしかなかった。「残念ながら、ぼくは殺人を防ぐより、殺人を解く方が得意みたいです」

　警視と殺人課の面々によって、アパートメントはごった返していた。やって来た検死官は、アーノルド・アーノルドの死体についてはきっちり調べ終えていた。現場で鑑識がやるおなじみの検査を一通り済ませたのだ。かくして今や、エラリーとその父とニッキイは、ヴェリー部長の手助けを得て、検死官や鑑識が発見したいくつかの事実について検討することになった。

「部屋に出入りできるのは二つのドアだけか」エラリーがつぶやくように言った。「一つは広間に出るもので――内側から鍵が掛かっていた。もう一方は鍵が掛かっておらず、ウォルドーの寝室と繋がっている。だが、ウォルドーの部屋の鍵のかかっていないフランス窓（人が出入りできる床までの窓）の外にはテラスがある。ここはアパートメントのどの部屋からでも立ち入ることができるし、中庭から非常階段を使って入り込むこともできる……。つまり、ぼくがニッキイと、それから――えぇと――スミス氏と一緒に広間にいる間、誰でも外からここに入ることができたわけだ」

「スミス氏だと！」クイーン警視は不快そうに言った。「教えてやるぞ、エラリー、あやつの名前はスミスじゃない。ルイ・モットというプロの賭博師にしてならず者で、わしの顔なじみでもある。あやつを見た瞬間に、わしにはわかったぞ」

「そうだったのですか、お父さん」エラリーはぼんやりとつぶやいた。「それでわかりましたよ
――それにしても、〝スミス氏〟とは、彼にはすてきに似合わない名前ですね」

あてもなく部屋の中を歩き回っていたエラリーだったが、ふと、「一つ、なくなっている物がありますね」と気づいた。そして、「哀れな老アーノルドのガラス玉です」と言うと、そのガラス玉が置いてあった空っぽの木の台を指し示した。

「玉は壊れたのですよ」ヴェリー部長がそっけなく言った。「テーブルの上のガラスの破片が見えないのですかねえ？」

「ここにあるのは、アーノルドのガラス玉の破片ではない」とエラリーは言った。「大きさが足りないし――中空のガラスの破片じゃないか。ウエハースのように薄いだろう。アーノルドのガラス玉は、中までガラスなんだ。ぼくも手にとってみたし……。おかしいな」

「やあ！」とヴェリーが声を上げる。「あたしらは、どうしてアーノルドが殺されたと思い込んでしまったのでしょうな？　たぶん、あいつは心不全でぽっくり逝って、倒れるときに、暖炉の薪台で頭を打ったのですよ。あたしらが死体を見つけたとき、薪台のすぐ近くに倒れていたじゃありませんか」

「あり得るな」とクイーン警視は言う。「だが――」

マックス・フィッシャーが駆け込んできた。彼は電話で呼び出され、銀行の金庫室からアーノルドの保管箱を持ってきたのだ。だが、百六十二万五千ドルの価値がある証券を期待してのぞき

こんだ一同は、新たな驚きに見舞われることになった。証券のたぐいはなく、その代わりに、ステファン・ハウエル医師を受取人とした十万ドルの生命保険の証書があったからである。――そして、添えられたメモにはこう書かれていた。

愛するウォルドー、コーラ、アンソニー。わしからの忠告だ――。確実だという側に賭けてはならない。そして、プロの賭博師と賭け事をしてもならない。もし賭けるのであれば、相手側の方に賭けるのだ。すまんが、おまえたち全員にジョークを仕掛けさせてもらったのだよ。エラリー・クイーン君には興味深い事件を遺贈しよう。狩りの成功を祈っているよ、クイーン！


「あの悪趣味なじいさんに、背負い投げをくらわされたわけか！」エラリーはうなり声を上げた。

「ヴェリー！」クイーン警視がどなる。「急いでプラウティ博士のところに行って、アーノルドの死体の検死報告をもらって来い！　今すぐ、この悪ふざけをあばいてやる！」

翌朝、エラリーは市警本部の父親の執務室に、その父親と一緒にいた。彼らの前のデスクには、検死関係の報告書が広げられている。この報告が明らかにしたことは、アーノルドが殺されたこと、重くて固い物体による頭蓋骨への強い一撃によって死がもたらされたこと、しかも――

ここで、ハウエル医師が執務室に入って来た。眠れなかったらしく、目の縁が真っ赤になっている。

「ハウエル先生」クイーン警視がずばりと、「せがれが教えてくれたのだが、あなたは、『アーノルドは心臓疾患で間もなく死ぬ』と断言したそうだな。だが、ここにある検死報告には、彼の心臓はピンピンしていたとある！　どんな種類の心臓病も、痕跡すらなかったのだ！」

長い沈黙。ハウエルはしょげているように見えた。やがて、小声で話し始める。「ええ。それが真実です。体の一部が麻痺していることを除けば、あの人はまったくの健康体でした」

「それだけではない。アーノルドの遺族は、弟と姪と甥が一人ずついるが――残された全財産とも言える保険金は、彼ら遺族に与えられることにはなっていなかった。赤の他人の――あなたに残されていたのだ！」

「すべての真実を、包み隠さずお話しします」ハウエルは疲れた声で言った。「アーノルド・アーノルドは私の――父です。このことは他の人には秘密にしていて、ウォルドー叔父さえも知りませんでしたが、私は証明することができます。父がかつて結婚していたことを知る者はいません。このことを父が秘密にし続けたのは、父の職業が――賭博師という職業が――私の経歴を傷つけるのではないかと危惧したからです。父はいつも、私が医者になることを望んでいましたから」

「ふむ。それでアーノルドがあなたを受取人にした理由は説明がつくが――あなたが、彼が心臓を患っていると言った理由の方は、説明できんな」

「父が私にそう言わせたのです。父はトラブルを抱えていました。――ルイ・モットという名の賭博師に、十万ドルの借金をしていたのです」

「なるほど、ルイがあの場にいたのは、それが理由だったのか」クイーン警視はうなずいた。

「ええ。モットは父に対して、借金を返さずに逃げ出したならば殺す、と脅していました。それで父は、モットの脅迫を避ける必要に迫られ、重い病気のふりをする手助けを私にやらせたのです」

「だが、なぜアーノルドは、あんないかれた賭けをしたのだ?」

「ぼくが答えられると思いますよ、お父さん」エラリーが割り込んだ。「アーノルドは、ルイに殺されるのではないかとおびえていました。しかし、どうしてルイは、彼を殺せば金を得られると思っていたのでしょうか? おそらく、ルイは保険契約のことを知っていたのです――思い出してください、あの男が保険代理店から来たふりをしていたことを。――そしてルイは、アーノルドに受取人を変更するように強要していたのです――保険金の受取人を自分にするように、と! アーノルドの立場を考えてみてください――長い人生の最期を、みじめな文無しとして迎えなければならないのです。彼が持っているものといえば、保険がすべてで、それは彼が死ぬまでは何の価値もありません。アーノルドが考えたことはただ一つ、保険金をモットの手から守り、自分の息子が受け取れるようにすることだけでした」

「おまえが言いたいのは、あの男が――死ぬことを望んでいたということか?」

「そうです、お父さん。でも彼は、自然死するにはあと何年もかかるほど健康でした。自殺は論外です。アーノルドが自らの手で命を断った場合、最低でも二年間は契約を継続していないと、保険会社は保険金を支払いませんからね。――かくして彼は、自分自身が殺されるための計画を立てたのです」

「何てことだ！」ハウエルはつぶやいた。「父が私に何も言わなかったのも不思議ではありませんね！　私はてっきり、いかれた気まぐれに過ぎないと思っていたのに！」

「それから彼は」とエラリーは続けた。「ぼくを招きました。なぜならば、アーノルドは、もし自分の計画がうまくいかなかったならば――そのかした三人が誰一人として彼を殺さなかったならば――自分の死が他殺に見えるような何らかの方法で自殺する準備を整えていたからです。つまり、『アーノルドは殺害された』という結論を裏付ける役割を、ぼくに担わせようともくろんでいたのです」

「ふむ、アーノルドの計画は、まんまと成功したわけか」クイーン警視はうなった。「そして、殺人者もまんまとやりとげたように見えるな」


ハウエルが帰ると、エラリーは愚痴をこぼした。「ガラス玉をめぐる謎が、どうしても解けないのです！　アーノルドが持っていた玉は、中までガラスでした――。それなのに、彼の死後に玉は消え、ぼくたちが見つけることができたのは、中空のガラスが割れた残骸だけでした。つまり、誰かが中までガラスの玉とすり替えたのです。――だとすると、誰によって、そして、なぜすり替えられたのかを知ることができれば、ぼくたちは殺人者を突きとめることができるに違いありません」

「すり替えは誰にでもできたぞ」クイーン警視は息子に思い出させた。「ウォルドー、ロス、コーラ・ムーア、それにハウエル自身だってすり替えることができたはずだ。全員が殺人より前に、数時間ほどアーノルドの部屋にいたからな」

刑事が一人入って来て、手にした書類をクイーン警視のデスクに置いた。警視はその書類に目を通してから、エラリーに手渡す。「アーノルドが着ていた服のリストだ」

エラリーは紙をちらりと見た——最初は何気なく、そして、次は一転して興味を示して。「靴下が片方だけ！　本当ですか？　アーノルドは靴下を片足しかはいていなかったのですか？」

「報告書によれば、そうだな」

エラリーはうめいた。「それなのに、ぼくは気づかなかった！　ぼくの観察力はどこかに消えてしまったに違いないな……。何もかも、あきれるほど単純だったのですよ、お父さん！　ぼくは、誰がアーノルドを殺したのか、わかりました！　みんなを集めてください。そうすれば、あなたに教えてあげますよ！」

クイーン警視のプライドは、エラリーの声明によって、いささか傷ついた。そこで、その日の残りを、必死に考えをめぐらせて過ごすことにした。それから、警視はニッキイとヴェリー部長を呼び、事件について二人と話し合った。夕方には、彼らは自分たちが解決にたどりついたと確信した。

読者への挑戦

この小説の基となったラジオドラマと同じく、ここで読者のみなさんに挑戦します。エラリー・クイーンが突きとめた〝千金〟アーノルド殺しの犯人は誰でしょうか？ そしてその理由は？ もしあなたが真相を見抜くことができたならば、クイーン警視の推理も考えてみてください。そうすれば、解決篇を、より一層楽しむことができるはずです。

解決篇

その夜の八時、事件に関わりのある全員が、アーノルドのアパートメントにそろった。もしエラリーが自分の解決で頭がいっぱいになっていなければ、父親と秘書とヴェリー部長がいつもと違って、美味（おい）しいミルクを与えられた猫みたいに見えることに気づいたに違いない。

コーラ・ムーア、アンソニー・ロス、ウォルドー・アーノルドの三人とも、アーノルドが保険金以外何も残さなかったという事実を、しぶしぶながら受け入れていた。ハウエルは、まだ心からの悲しみにひたっているように見えた。ルイ・モット、またの名をスミスは、殺人の時刻にエラリーと広間にいたという鉄壁のアリバイを居丈高に振りかざして逃げていた。

エラリーは前に進み出て、推論を語り始めた。「ぼくが今夜、みなさんを集めるように父に頼んだのは、説明をするためでした――」

「待て、エラリー」とクイーン警視が言った。顔には笑みを浮かべている。「今夜は、わしが説明することにしよう」

一瞬、エラリーは面食らった顔を見せる。が、すぐに彼も笑みを浮かべた。

警視は声を張り上げて――「わしらは、アーノルドの持っていた中まで詰まったガラス玉を、何者かが中空のものにすり替えたことを知っておる。そして、それが殺人のあった日のいつかだということも知っておる。そこで、次の点に注目して欲しい――エラリーとニッキイが、アーノルドが寝室で倒れる音を聞いたとき、部屋の中ではカルーソーのレコードが流れていたという点だ。覚えておるな、エラリー、わしに教えてくれただろう。おまえが何かおかしいと感じる直前、カルーソーの弱まることを知らない高音が流れた、と」

エラリーはうなずいた。

「さて、科学的に立証された事実だが、力強い歌声から出る超高音は、強い振動を生み出す。そしてその振動は、ワイングラスを砕くほどなのだ！」クイーン警視は勝ち誇ったように息子を見た。「起こったことは、こうだったのだ。殺人者は、アーノルドの中まで詰まった幸運のお守りを取り上げ、代わりにその場所に薄いガラスの外殻を持つ玉を置いておいた。このガラスが、カルーソーの声で砕かれたのだ。驚いたアーノルドは車椅子を降りようとするが、思うようにいかなかった。すべって転び、頭を暖炉の薪台にぶつけたのだ」

「そういうことですか」考え込みながらエラリーは言った。「それで、あなたの結論は何ですか、お父さん？」

「この薄いガラスの殻の中に詰められていたのは……毒ガスだったのだ！　無臭で、確実に命を奪う――新種のガスだ。こいつがどんなものかは、ニッキイ・ポーターが目の前で説明を受けている。説明をしたのは、その発明者――アンソニー・ロスだ」

ヴェリー部長がロスの腕をつかむ。顔をどす黒くした青年は激怒してわめきちらした。

「失礼しました、ロスさん」エラリーは騒ぎのまっただ中で言った。「心苦しいのですが、父はあなたに謝罪をすべきだと思います。ぼくは、あなたに罪はないことを知っていますし――すぐに父もそれを知ることになるでしょうからね」

誰もがエラリーに顔を向けたので、あっという間に静かになった。

「おわかりだと思いますが」彼は静かに説明していく。「父の推理には、穴が一つあります。アーノルド・アーノルドは腰から下が麻痺していました。彼がその程度のことで椅子から離れ、倒れた拍子に致命傷になるほど強く薪台に頭を打ち付けるということは、絶対に不可能と言えないまでも、およそありそうもないことなのです。……たとえ、真の殺人者が、ぼくたちがそういった推理をすることを――ガラス玉がカルーソーのレコードによって砕かれ、そこから流れ出たガスのせいで被害者が倒れて頭を打ったのだと、しごく論理的に指摘することを――望んでいたとしても、です。それに、父が見逃したもう一つの手がかりも、無視してはいけません……」

クイーン警視は口をゆがめる。

「問題なのは」とエラリーは言った。「あなたが複雑で巧妙な解決を追い求め――明白な解決を無視してしまったことです。ガラスの破片は、まさに『アーノルドはガスを充塡した中空のガラス玉によって殺された』とぼくたちに信じ込ませるために、犯人によってばらまかれたものだったのです。言い換えると、罪をアンソニー・ロスに負わせるためのものだったのです。殺人者はあなたに、明白なことを無視して欲しかった――なぜならば、この事件では、罪を負うべき人物が、明白だったからです！」

誰も動かなかった。

「アーノルドの消えた靴下は、どこに行ったのでしょうか？　父が歯牙にもかけなかったもう一つの手がかりが、これだったのです。ぼくたちがアーノルドの死体を発見したとき、部屋から二つの物が消えていました――片方の靴下と、重いガラス玉です。加えて、ぼくたちは今では、アーノルドは重い物体で頭を殴られたことを知っています。その凶器とは何だったのでしょうか？　重さのある玉を男性用靴下の中に入れ、できるだけ爪先まで押し込み、反対の端をつかむと、殺害用の凶器を――人間を即座に、そして確実に葬ることができるハンマーのような凶器を――手にすることができるではありませんか！」

ニッキイが叫んだ。「ああ――わかったわ！」

「そうだ、ニッキイ。さて、アーノルドの死によって、もっとも多額の利益を受ける立場にいる人物は――利益を受けると思い込んでいた人物は――誰でしょうか？　アーノルドの部屋が自分の部屋の隣にあるために、簡単に出入りできる人物は誰でしょうか？　毎日アーノルドを着替えさせているため、生きている彼の足から片方の靴下を脱がせることができた唯一の人物は――べッドに入る支度をするという口実を用いることができた人物は――誰でしょうか？　明白な容疑者――アーノルドの弟、ウォルドーに他なりません！」

ラジオ版『エラリー・クイーンの冒険』エピソード・ガイド

飯城勇三

※ラジオ版『エラリー・クイーンの冒険』のうち、筆者が読むことのできたエピソードのガイド。
※内訳は、脚本自体を読むことができたのが十五作（邦題に☆印がついているもの）、活字化が十六作、漫画化が一作。
※『犯罪カレンダー』収録作のように、クイーン自身が小説化したものは外している。
※既刊のラジオドラマ集『ナポレオンの剃刀の冒険』、『死せる案山子の冒険』（共に論創社刊）、および本書の収録作も外している。
※原題の「The Adventure of」は省略。
※活字化作品の本国でのデータはF・M・ネヴィンズ『推理の芸術』（国書刊行会）参照。
※略号は以下の通り。HMM＝ハヤカワ・ミステリマガジン（早川書房）／EQ誌＝EQ（光文社）／HPM＝ハヤカワ・ポケット・ミステリ／HM文庫＝ハヤカワ・ミステリ文庫／創文＝創元推理文庫

ガムを噛む百万長者の冒険

The Gum-Chewing Millionaire（1939/06/18）

①「大富豪殺人事件」ＨＭＭ 1972/12／②「大富豪殺人事件」ＨＰＭ『大富豪殺人事件』／③「殺された百万長者の冒険」創文『エラリー・クイーンの事件簿２』／④「大富豪殺人事件」ＨＭ文庫『大富豪殺人事件』

【物語】

大富豪のジョーダンから助けを求める手紙を受け取ったエラリー。ジョーダンは、自分が財産目当ての妹の婚約者に命を狙われていると語るが、同時に、身を守るために毎週遺言状を書き換えて、誰に遺産を与えるかわからないようにしているとも言った。

だが、それでもジョーダンは殺されてしまう。犯人は、遺産が手に入る保証はないのに、なぜ殺人を犯したのだろうか？

さらに不思議なのは、犯行後に現場に舞い戻った犯人が、屑籠（くずかご）の中身を処分しようとしたこと。中には、チューインガム好きの被害者が捨てたガムの噛みかすしかないというのに……。

ところがエラリーは、ここで「犯人がわかった」と宣言し、聴取者に挑戦するのだった。

【鑑賞】

本作は初回に放送されたエピソード。クイーン研究家のＦ・Ｍ・ネヴィンズは高く評価していないし、私も同じ評価である。ただ、おそらくクイーンは、初めてラジオでの犯人当てに挑む聴取者のため、意図的にシンプルにしたのだと思われる。

そして、〝入門編〟として見ると（聞くと）、かなり出来は良い。例えば、重要な手がかりとなる、ガムを包んでいた紙――野球のスコアカード。当時のアメリカの人気スポーツである野球が手がかりになるのだから、聴取者は引き込まれたに違いない。これは、「犯行現場が東京で、手がかりは甲子園球場で行われた阪神―巨人戦のスコアカード」と置き換えると、よくわかると思う。

その上、いかにもクイーンらしく、「遺産相続人を頻繁に変える被害者を殺した理由は？」という魅力的な動機の謎も盛り込み、鮮やかな解決を見せている。犯人当てミステリの初心者に向けたシリーズの最初のエピソードとしては、充分以上の出来と言えるだろう。

十三番目の手がかりの冒険☆
The Thirteenth Clue（1939/08/20）

【物語】

ブロードウェイの見世物小屋で奇妙な盗難が次々と起こる。盗まれた十二の品は、ロウソク、白ネズミ、オウム、一組のトランプ、二個のサイコロなど、いずれも価値がないものだった。

捜査に乗り出したエラリーの前で、小人（こびと）のズズが密室で殺される。彼女は病的なまでに用心深く、自室のドアには特注の錠をつけ、窓には鉄格子をはめ込み、部屋には誰も入れようとしなかった。理由は自室に大金を隠していたためで、どうやら犯人は、その大金を狙ったらしい。

エラリーはその場で密室の謎を解き、連続盗難事件の目的をあばき、犯人を指摘する——が、新たな手がかりが発見され、犯人は別にいることがわかった。

仕切り直したエラリーは、ある罠をかけ、大金はベッドの脚に隠してあることを突きとめる——が、そこは空っぽだった。犯人はすでに大金を盗み出していたのだ。

しかし、ここでエラリーは、十三番目に盗まれた大金が重要な手がかりだと言い、聴取者に挑戦するのだった。

【鑑賞】

このエピソードで真っ先に目を惹くのは〝密室の謎〟。といっても、密室殺人のことではない。このトリックは大したことはないし、作者もそれはわかっていて、〈聴取者への挑戦〉より前に解き明かしている（ただし、被害者にある勘違いをさせるアイデアは上手い）。ところが、大金の盗難が発覚した瞬間に、再び密室状況が浮かび上がってくるのだ。被害者は部屋に誰も入れなかったし、殺人の前後も、一人きりで部屋にいた人物はいなかった——ならば、犯人はどうやって金を盗んだのだろうか？　この不可能状況を手がかりにして、盗難が可能だった唯一の人物を指摘するエラリーの推理は、実に鮮やか、かつ意外性満点である。

さらに、何の価値もない十二の品物を結びつける推理もまた、鮮やか、かつ意外性満点。本作は、一時間バージョンの質の高さを証明する佳作と言えるだろう。

謎の黒幕の冒険
The Secret Partner（1939/08/27）

【物語】

花屋の店長カンプは、オランダから届いたチューリップの球根を無断で売った店員のオスカーに怒り狂い、クビにする。その後、電報を受け取ってパニックになった店長を心配した下働きの少年が、エラリーに相談。エラリーは電報の暗号を解き、スミスという人物が「約束を守れ」と店長を脅していることを突きとめる。

球根を買った客の一人はニッキイだった。エラリーは彼女のアパートに向かうが、時すでに遅く、球根は奪われていた。だが、ニッキイはその前に、球根の中のダイヤを見つけていた。ダイヤを球根に隠して密輸していたのだ。

もう一人の客の家に忍び込んだカンプを捕らえたエラリーが問い詰めると、密輸は認めるが、スミスの指示通りにしただけだと語る。数年前に破産寸前に追い込まれたカンプは、スミスの密輸に協力するしかなかったのだ。そして、スミスの正体については何も知らないどころか、会ったことすらないと言う。だがエラリーは、「僕は〝スミス氏〟が誰かわかりました」と警視に告げるのだった。

【鑑賞】

このエピソードは漫画化されているので、そちらで読むことができた。本作のエラリーが、やたらと銃を撃ったり格闘したりするのは、この漫画化の際に加えられたものだと思われる。

本作は、「チューリップの球根に隠してダイヤを密輸する」というクイーンらしからぬ前半から、「自身は背後に潜んで他人を操る犯罪者を突きとめる」というクイーンらしい展開を見せる後半という転調が面白い。ただし、その前半の「間違えて売ったダイヤ入り球根を回収する」という陳腐な展開の裏に〝ある人物〟の〝ある企み〟が隠されている点などは、実にクイーンらしい。

しかし、何よりもすばらしいのは、暗号の使い方。暗号自体は前半で解読されてしまうので、読者は黒幕を特定する推理に用いるデータからは外してしまうに違いない。しかし、この暗号に関するあるデータを用いるならば、五人の容疑者から黒幕を特定することができるのだ。

ELLERY QUEEN
THE ADVENTURE OF THE SECRET PARTNER
ELLERY AND MARVIN QUESTION OSCAR ABOUT THE MYSTERIOUS TELEGRAM RECEIVED BY FLORIST KAMP. OSCAR KNOWS NOTHING BUT SHOWS A BOOK OF FLOWER MEANINGS LOANED HIM BY KAMP.
LOOK THE FLOWER NAMES IN THE TELEGRAM ARE UNDERLINED IN THE BOOK!
BY PLACING THE MEANINGS OVER THE NAMES OF THE FLOWERS IN THE TELEGRAM--- SEE WHAT WE GET!
WESTERN UNION
MR. KAMP
Warning Keep your
SHIP HANDFLOWERS PLUM BLOSS=
promise Believe me I am danger
OMS PRIMROSES RHODODENDR=
-ous
ONS.
SMITH
THIS IS SERIOUS- KAMP'S DESPERATE TO GET THOSE TULIP BULBS BACK. WHO DID YOU SELL THEM TO, OSCAR?
TO A MRS. HIRAM FIELD IN WESTCHESTER AND TO--- MISS. NICKI PORTER IN...
NICKI PORTER? MY SECRETARY! I'VE GOT TO GET TO HER AT ONCE. SHE'S IN DANGER!!

チェリーニの盃の冒険

The Cellini Cup（1939/11/12）

①「チェリーニの盃の冒険」ぶんか社文庫『エラリー・クイーン　パーフェクトガイド』

【物語】

エラリーの友人バート・パーカーとその父親が経営する画廊では、〈チェリーニの盃〉のオークションが行われていた。値段はどんどんつり上がり、最後は、美術館の依頼を受けたグロスという男が六万五千ドルで落札。

その晩、盃の手入れをしていたバートからエラリーに電話がかかる。急にヒューズが飛んだが、盃を狙う強盗の仕業かもしれないので下手に動けない、と言うのだ。急いで駆けつけたエラリーは、真っ暗な作業室でバートと合流。だが、その時、闇の中で何者かが銃を突きつけて脅し、盃を奪い去ったのだ。

誰もが疑わしく見える。盃の権利を主張するケンドールも、落札し損ねたオーヌ・オオクラも。グロスが美術館に渡すのが惜しくなった可能性もあるし、パーカー親子が保険金を狙った可能性もある。

だがエラリーは、作業室のドアノブに残された自分の指紋から、犯人を一人に絞り込むのだった。

【鑑賞】

残念ながら、活字化作品は、二割にも満たないダイジェストなので、ミステリ部分のプロットがかろうじてわかる程度。原型の脚本には、高価な盃をめぐって、さまざまな人々の欲望がからみあう様子が、きちんと描かれていたと思われる。また、もっと長く描かれていたはずの中盤のオークション・シーンなどは、音声だけのラジオドラマでは、かなり盛り上がったのではないだろうか？

そのミステリ部分の核となるアイデアは、「暗闇の中での犯行」。一九三五年の短篇「暗黒の家の冒険」をルーツとするこのアイデアは、「聴取者には声しか聞こえない」というラジオの特性とマッチするためか、クイーンはたびたび脚本で用いている。

ただし、他の作が「犯人は暗闇の中でいかにして狙った人物を殺すことができたのか」という謎が推理の起点になっているのに対して、本作はそうではない。犯人は暗闇を利用してあるトリックを仕掛けたのだ。これは、活字で読むよりもラジオで聞いた方が、はるかに面白い作品と言えるだろう。

三つの掻き傷の冒険☆

The Three Scratches（1939/12/17）

【物語】

ヘイルという俳優の相談は、アパートの部屋に定期的に届く謎のメッセージだった。「指定の場所、豚」、「指定の場所、鼠」、そして「指定の場所、蛇」。メッセージは前の住人でヴォードビル芸人のヴェントロに宛てたものではないかと考えたエラリーは、彼が家主に預けていたトランクを開けてみる——と、中にはそのヴェントロの死体が！　そして、死体の首には掻き傷があった。

ヴェントロは海外航路の船のショーに出演していたが、どうやら、それを利用して宝石の密輸をしていたらしい。そして、エラリーの「中国人を探せ(シェルシェ・ル・シノワ)」という指摘の通り、リー・スーという下働きの中国人が、いつもヴェントロと同じ船に乗っていたことがわかる。彼を逮捕し、保管していた大きな包みを取り上げるが、開ける前に、何者かに奪われてしまう。しかも、巻き添えを食って襲われたニッキイの首には、死体と同じ掻き傷が残されていた。

ここでエラリーが推理を語ろうとすると、今回は、警視とニッキイも「犯人がわかった」と宣言するのだった……。

【鑑賞】

本作は一九四一年の映画『エラリー・クイーンとペントハウスの謎』の原作となったエピソード（創元推理文庫『エラリー・クイーンの事件簿1』にノヴェライゼーションが収録）。事件関係者を若い女性に代え、動きのあるシーンを増やしてはいるが、ミステリ部分は変えていないな——と思っていたら、解決篇で驚いた。今回は警視、ニッキイ、エラリーによる〝三重解決〟という趣向なのだが、映画版で最終解決として提示されるのは、クイーン警視による第一の推理なのだ！　ラジオ版ではこの後でニッキイが警視の推理の穴を指摘してから自分の推理を披露。最後にエラリーが二人の上を行く推理を語って終わっている。小説版を読んで、「クイーン原作にしては解決がちゃちだな」と思ったファンは、安心して欲しい。

それ以外のメッセージの意味や、包みの中身などは、映画版はラジオ版を踏襲。とはいえ、この一点だけで、映画の脚本家は万死に値するだろう。

サソリの拇指紋の冒険

The Scorpion's Thumb（1939/12/31）

①「サソリの拇指紋の冒険」ぶんか社文庫『エラリー・クイーン　パーフェクトガイド』

【物語】

ウォール街のウェーバーが、金庫の二万五千ドルを盗まれたとエラリーに相談する。金庫を開けることができるのは他には二人。だが、共同経営者のマッケイは富豪で、事務長のロビンソンは正直者の鑑（かがみ）だった。この不可能状況に興味をそそられたエラリーは、調査に乗り出すことにする。

その調査のさなか、ロビンソン家の新年パーティに招かれたエラリー。その場で、ロビンソンの娘シーラとマッケイの婚約が発表された後、全員がそれぞれ十二星座（ソディアック）のマークが入ったグラスでの新年の乾杯をすると――マッケイが毒殺される。続いて、ロビンソンの自殺未遂が。犯人はロビンソンなのか？　保険金が手に入るウェーバーか？　意に沿わない婚約を強（し）いられたシーラか？　シーラに捨てられた男か？

だが、警視たちの捜査により、奇妙な事実がわかる。エラリーの指紋が、自分が使った天秤座のグラスだけでなく、マッケイが使った蠍座のグラスにもついていたのだ。それを知ったエラリーは、「犯人がわかった」と言い、聴取者に挑戦する。

【鑑賞】

活字化作品は、長さが四割ほどに縮められている上に、クイーン以外の手によって小説化されたもの。ただし、それでもプロットのすばらしさはわかる。

「被害者が使った毒入りグラスにエラリーの指紋がついていた」という不可解な手がかりを基に事件の構図をひっくり返す推理は、ラジオドラマの中でも上位に入る見事さと言える。また、「物理的に盗難が可能な二人は心理的には不可能」という謎も、なかなか面白い。既刊の単行本で訳されていなければ、本書に収録したかったくらいである。

あえてマイナス点を挙げるならば、メインのアイデアがクイーンの既発表の短篇小説にあることくらいだろうか。しかし、かなり巧妙なひねりを加えているので、私はその短篇のバリエーションだとは気づかなかった。むしろ、〝意外性〟という観点からは、本作の方が優れていると言えるだろう。

重なった三角形の冒険

The Double Triangle（1940/04/28）

①「かさなった三角形」別冊宝石89号／②「重なった三角形」原書房『名探偵の世紀』

【物語】

ベイリーという青年が、エラリーに「人を殺すかもしれない」と相談に来る。妻の浮気相手が誰だかわかったら殺してしまいそうなので、その前に、エラリーが突きとめて追い払ってほしい、と言うのだ。

ベイリーの言葉を信じたエラリーが見張る中、夫人は自宅で何者かに殺されてしまう。背中に三角形の焼け焦げをつけたラクダのコートを着た訪問者が犯人であることは間違いない。しかし、それは誰なのか？

殺人の後に訪ねて来たモンロー夫人は、焼け焦げがついたコートは夫のものであり、彼はベイリー夫人と浮気をしていたと語る。だが、彼女の家に向かったヴェリーが見つけたのは、モンローの死体だった。どうやら彼は、ベイリー夫人を殺した後で自殺したらしい。

ところが、プラウティ博士の検死によると、先に死んだのはモンローの方だった。途方に暮れる警視たち。だがエラリーは、モンロー家の衣装戸棚にあったラクダのコートや靴を調べると、犯人がわかったと宣言するのだった。

【鑑賞】

ネヴィンズが指摘するように、本作は『フランス白粉の謎』、『オランダ靴の謎』、『悪魔の報復』といった先行する小説の要素を利用している。しかし、本作の巧妙な点は、そこにはない。未読の人のためにぼかした表現を使うと、本作では、「三角関係のデータにこだわらないと犯人を当てることはできないが、こだわりすぎると犯人は外れる」のだ。

ラジオドラマでは、容疑者が三人とか五人とか、はっきりしているエピソードが多い。だが、本作では、読者は自分で容疑者枠を定める必要がある。作者は、この部分にミスリードを仕掛けているのだ。

また、エラリーはもともと趣味で探偵活動をやっているので、浮気調査まで引き受ける義務はない。そこで本作では、依頼人に「私が人殺しをしないように助けてください」と言わせて、エラリーに調査をさせている。この点も実に巧い。

ネズミの血の冒険
The Mouse's Blood（1940/05/26）
①「ネズミの血の冒険」ＥＱ誌 1982/09

【物語】

　エラリーは友人のスポーツ実況アナウンサーに頼まれて、ゆすり屋のマウシーの家を見張る。その間の訪問者は四人――プロ野球の投手メイヨー、ヘビー級ボクサーのキルゴア、競馬の騎手ロビン、女子水泳選手デール。デールが帰った直後にエラリーがマウシーを訪ねると、彼は殺されていた。犯人が四人の中の一人であることは間違いない。だが、四人がそろって黙秘を続けるため、犯人を特定することができない。どうやら、マウシーを殺して恐喝のネタを手に入れた犯人が、それを使って残りの三人の協力をとりつけたようだ。

　犯人を特定する手がかりが皆無に見える事件だったが、エラリーは、犯行当時、現場は停電で真っ暗だったこと、そして、廊下の壁に血痕が点々とついていたことを知ると、「犯人がわかった」と宣言し、聴取者に挑戦するのだった。


【鑑賞】

　巧みな状況設定により容疑者を四人に限定し、壁の血痕という手がかりを利用した消去法で一人に絞り込む、という三〇分バージョンの典型的な作品。こういった脚本がいくつもある中から、クイーンが本作を「エラリー・クイーンズ・ミステリマガジン（ＥＱＭＭ）」に掲載した理由は、何だろうか？

　おそらくそれは、四人のうちの三人を消去するデータの提示が巧みになされている点だと思われる。このデータは、映像なら簡単に提示できるし、小説でも容易にできる。だが、音声だけでは、途方もなく難しいのだ。その難しいことを巧みにやってのけたと自負していたからこそ、クイーンは、自身が編集するＥＱＭＭに収録したのだろう。この雑誌の読者ならば、作者が〝容疑者全員がスポーツ選手〟という設定にした理由を、そして、冒頭に彼らが活躍する実況中継を入れた理由を、きちんと理解してくれるはずだ、と考えたわけである。また、このデータ提示の巧妙さは、解決篇を読んだあとに、最初に戻ってチェックした方がよくわかる。ラジオでは不可能なこのチェックを活字でしてほしい、というのも、作者の希望だったのだろう。

四人の殺人者の冒険☆
The Four Murderers（1940/06/02）

【物語】

六ヶ月前に死んだトゥウィル夫人は自然死に見えたが、クイーン警視は殺人を疑って捜査を続けていた。そして今、夫人の全財産を相続した最重要容疑者の甥のダイモンを尋問する決意を固める。

警視から「明日、話を聞かせてほしい」と言われたダイモンは震えあがった。なぜならば彼は、実際に叔母を殺していたからだ。――だが、単独犯ではなかった。夫人の顧問弁護士のロスが計画を立て、薬剤師のブランコが毒を入手し、夫人の担当医のガークと看護婦のイエーガーの協力の下、ダイモンが毒を盛ったのだ。彼はこの四人の男女をレストランに集めて相談するが、四人はダイモンが尋問に耐えきれないと判断し、口を封じることにする。四人はトランプのカードを引き、殺害者を決めた――。

翌日、ホテルを訪れた警視たちが見たものは、毒を飲まされて瀕死の状態のダイモンの姿だった。彼は、苦しい息の下から四人の共犯者の名を告げるが、自身の殺害者の名を言う前に絶命する。

その後、レストランのウェイターの証言などにより事件の全貌を摑んだ警視は、「どうせ全員が殺人罪になるので手を下した人物を特定できなくてもかまわない」と語るが、エラリーは、「手を下した人物は特定できる」と宣言する。

【鑑賞】

クイーンがときおり使う半倒叙形式を用いたエピソード。誰がどのカードを引いたのかを読者には伏せて謎を生み出す手法は、法月綸太郎の『キングを探せ』（二〇一一）の先駆とも言える。

〈犯人当て〉として見ると、本作は「誰もが犯人の可能性がある四人の中から一人に絞り込む」というおなじみのプロットを持つ。いつものように、ある手がかりに気づけば他の三人は消去できるようになっている点も同じ。もっとも今回は、その〝手がかり〟がストーリーに巧みに組み込まれているので、気づかなかった聴取者が多いと思う。

また、この手がかりは（かなり変形して）『クイーン犯罪実験室』（一九六八）に収録された短篇に組み込まれている。ただし、そもそものルーツは、『Zの悲劇』（一九三三）なのだろう。

怪しい旅行者の冒険☆
Mysterious Travelers（1940/06/16）

【物語】

　ロジャースという男からエラリーに速達が届く。内容は、「地球の果てから三人の男がやって来るので助けてほしい」というもの。エラリーが指定された時刻に指定されたオフィスビルに着くと、秘書に待合室で待つように言われる。そこに三人の男——ペルシアから来たシドニー、セイロンから来たボ＝パール、フィジーから来たビゼッタ——も訪れるが、彼らも別室で待たされる。

　しびれを切らしたエラリーがロジャースの部屋に入ると、彼は頭を撃ち抜かれて死んでいた。最初は遺書があったので自殺だと考えるが、プラウティ博士は硝煙反応が無いことから他殺だと断言する。

　エラリーは、ロジャースと三人は真珠の取引をしていたと見抜く。彼らはこれまでの儲けを分配するために集まったのだが、ロジャースの部屋には金はなかった。どうやら、三人の中の誰かが別室からロジャースの部屋に忍び込み、殺害後に金を持ち去ったらしい。だが、その犯人は誰なのだろうか？


　ヴェリーのアイデアで、三人の会話を盗聴することに成功。その会話を聞いたエラリーは、「犯人がわかった」と宣言するのだった。


【鑑賞】

　毎度おなじみ「三人の中の一人が犯人だと思われるが特定できない」プロットだが、今回は、実にすばらしい推理と驚くべき解決を——ある意味ではクイーンらしい真相を——披露してくれる。その真相によって、「なぜロジャースはエラリーに助けを求めたのか？」という作品の中の謎と、「なぜ作者は容疑者を遠く離れた外国からの来訪者にしたのか？」という作品の外の謎の答えを知った聴取者や読者は、感嘆の声を上げるに違いない。

　これ以上書くと本作の趣向に気づかれてしまいそうなので、別の話を少々。

　このエピソードには盗聴器が登場するが、脚本には「口述録音器（Dictaphone）」と書いてあって、それを手書きで「盗聴器（Dictograph）」に直してあった。今回私が読むことができたのは一九四三年の再演版なのだが、ひょっとして、一九四〇年の初演版では、「口述録音器」だったのかもしれない。

怯えたスターの冒険

The Frightened Star（1940/07/14）

①「脅やかされたスタア」探偵倶楽部 1956/06 増刊／②「怯えたスターの冒険」ＥＱ誌 1984/01

【物語】

ハリウッドのプロデューサーのペッパーがエラリーに依頼したのは、〝人気女優ニーナが二年前に突然隠遁生活に入った理由を突きとめ、カムバックさせてほしい〟というものだった。だが、エラリーがハリウッドに到着する前に、ニーナは密室の中で殺されてしまう。ドアは外から鍵が掛けられ、一本しかないその鍵は、被害者の首にかけられていたのだ。凶器の拳銃は見つからないので、自殺ということはあり得ない。

事件直後は皆目見当もつかなかったエラリーだが、犯人がニーナの郵便貯金通帳を盗んで全額引き出したことを知り、ニーナの召使いと話をすると、犯人がわかったと告げる。

【鑑賞】

本作は問題篇で容疑者枠が設定されていないタイプの犯人当て。ＥＱＭＭ収録時にクイーンが添えた登場人物表から、捜査陣と被害者と依頼人を外すと、召使い夫婦しか残らないのだ。

では、アンフェアかというと、そうではない。きちんと推理を積み重ねていけば、犯人も特定できるし、密室の謎も解明できるようになっている。しいて欠点を挙げると――ネヴィンズが指摘しているように――当時の郵便の仕組みに関する知識が必要だという点と、メイントリックが国名シリーズの一作で既に使われているという点だろうか。もっとも、前者は放送当時の聴取者には自明のことだっただろうし、後者は巧みなミスリードによって、〝そのトリック〟が思い浮かばないようにしてはいる。少なくとも私は、トリックにはまったく気づかなかった。むしろ、私個人としては、犯人が自殺に見せかけるのに失敗した理由の方が不満である。

また、このエピソードでは、ニッキイとヴェリー部長が笑わせてくれる。ハリウッドのプロデューサーがやって来ると聞いた二人は色めき立ち、ニッキイは美容院に行き、ヴェリーはシェイクスピアの台詞を喋ったり、ギャング役に自分を売り込んだりするのだ。

世界一下劣な男の冒険

The Meanest Man in the World（1940/08/18）

①「世界一下劣な男」EQ誌 1982/05／②「世界一下劣な男」集英社文庫『エラリー・クイーン』

【物語】

陪審席のエラリーとニッキイの前で、殺人事件の裁判が始まった。被害者のゴールは雇った人の給与をピンハネする〝世界一下劣な男〟で、被告は彼に雇われていたキーラー。犯行時に被害者の部屋に出入りできたのは彼しかいなかった――彼が犯人でなければ密室殺人になる――ので、有罪は間違いないように思えた。

だがエラリーは、犯行現場の状況から犯人が左利きであることを特定し、右利きのキーラーは無罪になった。誤審を免れて感謝する判事に向かって、エラリーは「真犯人もわかりました」と告げる。

【鑑賞】

開廷で幕を開け、閉廷で幕を閉じる異色のエピソード。プラウティ博士は証言のために出てくるが、クイーン警視とヴェリー部長はまったく登場しない。ただし、ニッキイはなぜか陪審員に選ばれて、陪審席でエラリーと話している。まあ、彼女を出さないと、エラリーが陪審席で延々と独り言をつぶやくしかなくなってしまうのだが。

その点に目をつぶり、本格ミステリラジオドラマとして評価するならば、実に良く出来たラジオドラマだと言える。

まず、〈聴取者への挑戦〉より前に、被告の無罪を証明する部分は、『Xの悲劇』（一九三二）＋『オランダ靴の謎』（一九三一）といった趣き。左利きを示す殺害状況を音声だけで説明する手際がすばらしい。

しかし、もっと巧妙なのは、真犯人を示すデータを音声だけで提示する手際。本エピソードは容疑者枠がきちんと設定されていないタイプに属するのだが、法廷で語られたさまざまな証言の中から、「密室状況での犯行が可能」で、かつ「左利きの人物」をあぶりだす推理は、実に見事である。

なお、密室トリックについては、トリック分類に一項目を加えるようなものを期待してはいけない。本作の場合は、トリックではなく、ある人物のみがそのトリックが可能だというデータの提示こそが、すばらしいのだから。

姿を消した奇術師の冒険☆

The Disappearing Magician（1940/09/15）

【物語】

ヴォードビルが下火になり、生活苦にあえぐ四人の元芸人。彼らがかつて共同で購入したアパートも、借金のかたに取り上げられようとしていた。そこで、四人の中の一人、奇術師アヴァンティは、富豪のスティール氏への挑戦を決意する。奇術のトリック集めを趣味とするこの実業家は、「自分が二十四時間以内に解くことができなかったトリックに対して二万五千ドルの賞金を出す」と公言していたからだ。

アヴァンティは、自分のアパートから消失してみせると宣言し、クイーン警視に協力を依頼する。まず、事前に内部を調べて、隠し部屋や秘密の通路などがないことを証明してほしい。そして、自分が消失する際は、アパートのすべての出入り口を見張っていてほしい、と。

警視たちが内部を調べ終えたアパートにアヴァンティは入っていく。彼に言われた通り、二時間後にアパートに入ったエラリーたちは、どこを探してもアヴァンティを見つけることができなかった。しかも、アパートの出入り口を見張っている二ダースもの警官たちは、誰も出ていないと明言したのだ。エラリーは――アヴァンティに賞金を与えるため――二十四時間が経過してから、謎解きを始める。

【鑑賞】

本作は、ネヴィンズが「犯罪が起こらないにもかかわらず、シリーズの中で最も巧みに組み立てられたエピソードの一つ」と評価するのも当然と言える傑作――と言いたいところだが、現在の日本の読者ならば、よく似たトリックを用いた作品を読んでいる可能性が高い。まあ、クイーンに罪はないのだが……。

私が感心したのは、トリックではなく、手がかりの方。「なぜアヴァンティは姿を消すまで二時間も必要としたのか？」という謎と、それに対する解答は、いかにもクイーンらしい見事なものになっている。そして、トリックが明らかになった瞬間に、「アパートの住人は全員がヴォードビルの芸人」という設定を導入した作者の巧妙さも思い知ることになる。この部分こそが、現在でも通用するクイーンの魅力なのだ。

老いたる魔女の冒険☆

The Old Witch（1942/02/26）

【物語】

ヴェリー部長の住むアパートには、〝魔女ばあさん〟と呼ばれる女性も住んでいた。黒衣をまとい、黒い大きな帽子をかぶり、ヴェールで顔を隠したその女性ヘイゼルが、ある日、住人の子供三人に危害を加えようとした。その一人が自分の娘スーザンだったので、ヴェリーはプラウティ博士を呼び、ヘイゼルを病院に入れようとする。だが、博士が到着すると、ヘイゼルは密室の中で殺されていた。しかも、博士が死体を調べると、自殺ではあり得ないことが判明。その上、死亡時刻は二十四時間以上も前。だとすると、子供たちを襲った魔女は、何者だったのだろうか？

エラリーは被害者がため込んでいた現金が動機であると推理し、密室の謎を解き明かし、子供たちを襲ったのはヘイゼルに化けた犯人であると説明する。だが、アパートの住人ならば、誰でも犯行は可能だったように見える。

ところがエラリーは、犯人を特定できると断言し、聴取者やヴェリーたちに挑戦するのだった。

【鑑賞】

長期シリーズにときどきある〝わき役回〟で、今回はヴェリーのターン。自分が住むアパートで殺人が起き、娘が事件に巻き込まれ、自身も容疑者になって、と大活躍。お得意の「ドアぶち破り芸」も、しっかり披露してくれる。

ミステリとしては、魔女の秘密や密室の謎や死亡時刻の矛盾もあるが、それらは挑戦の前に解明され、謎は「アパートの住人の誰が犯人か？」だけに絞られる。こちらは、〝ある一点に着目すれば犯人をただ一人に絞り込める〟という『クイーン検察局』風の鮮やかなプロット。ただし、ラジオではなく、活字でじっくり読めば――挑戦されてから前に戻って読み返せば――かなりの人が真相を見抜くことができるように思える。

ちなみに、本エピソードではヴェリーの娘の名はスーザンだが、『九尾の猫』（一九四九）では〝バーバラ・アン〟となっている。おそらく、スーザンはバーバラの姉で、『九尾』当時は大学進学でニューヨークを離れていたのだろう。

難問を残した召使いの冒険☆

The Servant Problem（1942/03/26）

【物語】

医師のジョン・アレンと有名女優エドナ・フェアチャイルドの夫婦がクイーン父子を別荘に招いたのは、恐喝の件で相談をするためだった。エドナ、そして近所に住む有名女優のケイトと有名俳優のガイの三人は、何者かに強請られていたのだ。

エラリーたちの到着と共に別荘は吹雪に見舞われ、停電になり、電話も不通になる。その中で、アレン夫妻は隣に住む俳優のウィルが怪しいと語り、召使いのヘンリーとノーラの夫婦がウィルを呼びに行く——が、二人はいつまでたっても戻ってこない。ここでエラリーは「恐喝者はヘンリー夫妻ではないか」という推理を述べ、ウィル宅に向かう。

エラリーたちがそこで見たものは、瀕死の重傷を負ったウィルの姿。彼は、苦しげに「ヘンリーとノーラにやられた」と語り、犯人は明らかに見えた。だが、吹雪がやんだ後の雪に残されていた足跡が謎だった。アレン宅とウィル宅の周囲に残された足跡は、エラリーたちが死体を発見した時のものを除けば、ヘンリー夫妻がこの二軒を往復した足跡しかなかったからだ。ならば、ヘンリー夫妻はどちらかの家にいなければならない——が、どちらの家にもいなかった。二人はどこに消えたのだろうか？

【鑑賞】

C・ディクスンが『青銅ランプの呪』（一九四五）をクイーンに捧げた理由は、〝消失テーマが冒頭の謎としては最も魅力的だという点で意見が一致した〟からだそうだが、これは、一九四〇年代前半のクイーンが、ラジオドラマで〈消失もの〉をいくつも書いていたためかもしれない。おそらく、血なまぐさい殺人が毎週続くのを避けるためだと思われるが、活字化されたものを読む限りでは、いずれも質が高い。本作もその例外ではなく、スマートなトリックが、論理的な推理によって解明されている。

また、本作は〈吹雪の山荘もの〉でもある。吹雪、停電、連絡不能と、お約束通りに進んでいく。さらに、解決を読むと、吹雪と停電が事件やトリックに果たした役割に感心するに違いない。加えて、事件関係者の一人が医者で残りが俳優という設定にした理由にも、うならされるはずである。

ぺてん師エラリー・クイーンの冒険

Ellery Queen, Swindler（1942/04/09）

①「詐欺師　エラリー・クイーン」小説推理1973/06／②「詐欺師クイーン」ＨＭＭ1979/05／③「ぺてん師エラリー・クイーン」創文『完全犯罪大百科』

【物語】

宝石店で働くグラント青年は、店主フンパーディンクの共同経営権を餌にした詐欺に引っかかり、全財産の四千ドルをだまし取られてしまう。相談を受けたエラリーは、金を取り戻すことを約束する。

まずエラリーは、その宝石店に出向き、婚約者のニッキイにプレゼントする宝石が欲しいと言って、フンパーディンクの勧めるダイヤを九千ドルで買う。ほどなくエラリーは、再び宝石店を訪れ、さっき買ったダイヤをイヤリングにしたいので、同じものをもう一つ買いたい、と話す。一万五千ドルを払ってもいい、とも。大もうけできると考えたフンパーディンクは、同じダイヤを探すが……。

【鑑賞】

ネヴィンズが「失望した」と評しているエピソード。確かにミステリとしては見るべきところは少ないが、探偵ドラマのシリーズの一作としては、見るべきところは多い。

まず、エラリー自身が詐欺を行うという珍しい設定。放送開始から三年目に入り、マンネリを感じていた聴取者は、新鮮に感じたに違いない。クイーンは、この脚本をアンソロジー『完全犯罪大百科』に収める際に〈聴取者への挑戦〉を外しているが、おそらく、ラジオでは、エラリーの手口を当てさせたのだろう。この点も、新鮮だったに違いない。また、詐欺のためにエラリーとニッキイがラブラブの婚約者同士を演じて、キスまでするというのも、珍しく、また、楽しい場面だったはずである。

ミステリ的な観点から見ても、エラリーがやる詐欺の手口は、なかなか面白い。ただし、テレビのヒッチコック劇場の「真珠で一攫千金」というヘンリー・スレッサー原作のエピソードで、ほとんど同じ手口が出てくる点から考えると、現実にあった詐欺なのかもしれないが。また、エラリーがシカゴ旅行中の事件だと設定したのも巧い。エラリーは「ニューヨークに帰る前にダイヤを手に入れたい」とフンパーディンクをせっつき、冷静さを奪ったのだ。

生きている死者の冒険☆

The Living Corpse（1942/04/30）

【物語】

ニッキイのカンサスでの友人アンがニューヨークで暮らすことになった。二人でアパートを捜していると——空き部屋の衣装戸棚で男の死体を発見。あわててエラリーを連れて戻ると、死体は消え失せていた。しかも、アパートの外を歩いているのは、死んでいたはずの男ではないか！

その男が訪ねた先は、なんとクイーン警視のオフィス。ラザロスと名乗った男は、どうやら死体を見つけたアパートの住人らしい。そして、「自分が死んでいる夢に悩まされている」と語るのだ。エラリーが彼に「双子の兄弟はいるか？」と尋ねたが、そもそも兄弟がいないと言われてしまう。しかも、エラリーは、彼から死臭を感じ取る。

ラザロスが帰った後、警視たちが問題のアパートに向かい、再び衣装戸棚を開けると——またしてもラザロスの死体が！　途方に暮れる警視に向かって、エラリーは「合理的な説明がつけられます」と宣言するのだった。

【鑑賞】

本エピソードは、あらすじだけを読むと、オカルト・ミステリだが、「犯人が何らかの目的があってオカルト現象をでっちあげた」タイプではない。ニッキイたちが問題のアパートを訪ねるのも、その部屋の衣装戸棚を開けるのも、誰一人として予想できなかったからだ。

では、どんなタイプかと言うと、島田荘司のような「幻想的な謎を合理的に解体する」タイプになる。実際、解決篇で推理を語るエラリーを御手洗潔に入れ換えても違和感はない。クイーンは、こんな作品も書いていたのだ。小説では、「双頭の犬の冒険」と「血を吹く肖像画の冒険」くらいしかないのではないだろうか。

ミステリとしては、アンは看護師なので死亡確認を間違えるはずがないという設定や、誰もが考える双子説が中盤で否定されるというプロットや、エラリーが嗅いだ〝死の臭い〟という手がかりや、全篇に張り巡らされた伏線など、実に良くできている。真相に不満を抱く聴取者や読者も少なくないだろうが、エラリーが言うように、「論理的にはこれしかあり得ない」のだ。

ワールド・シリーズの冒険

The World Series Crime（1942/10/08）

①「ワールド・シリーズの犯罪」語学春秋社『ワールド・シリーズの犯罪』※カセットブック。ＣＤ版は『エラリー・クイーン探偵事務所』

【物語】

イーグルスとラークスのワールド・シリーズは、イーグルスの主砲スパーキーが第四戦から不振におちいり、最終戦までもつれこんだ。スパーキーの不振は、愛用のバット〈アンクル・サム〉を紛失したためだと気づいた監督のマックは、エラリーに調査を依頼する。だが、最終戦の試合終了まで三時間ほどしかない。

スパーキーはバットを自宅に置いていたため、盗む機会があったのは四人の客しかいない。イーグルスのオーナーのデイトン、チームメイトのフィッシャー、ワールド・シリーズの勝敗で賭けをしていたラークスの監督のコリンズ、ギャンブルでの借金をかたに八百長を強制しに来たパゴーリ。

果たしてエラリーは、試合終了までにバットを取り戻すことができるのだろうか？

【鑑賞】

「愛用のバットが一本しかなかったら、折れたらどうするの？」というツッコミをさておけば、シンプルで良く出来たパズルになっている。

容疑者は四人に限定されているが、誰もが犯行が可能なので、一人に絞り込むことができない。ところが、ある手がかりに気づけば、たった一人に特定できる。――という、ラジオドラマではおなじみのプロット。ただし、本作の場合、巧妙な設定により、聴取者はさりげなくミスリードされるようになっている。この点を評価しなければならないだろう。

なお、ネヴィンズによると、本作は戦時中のプロパガンダが組み込まれているとのこと。チームの名がアメリカの国章である〈イーグルス〉になっていたり、バットの愛称がアメリカ政府を意味する〈アンクル・サム〉になっているのは、そのためらしい。スパーキーの妻が、何にでも愛称を付ける夫は、〝実家のニワトリを荒らすスカンクをヒットラーと呼んでいる〟という台詞もある。

そして最後に、エラリーがこう言って、エピソードは終わる。「いつだって、アンクル・サムが危機を乗りこえさせてくれるのさ」と。

禿げ頭の幽霊の冒険☆

The Bald-Headed Ghost（1942/11/19）

【物語】

俳優ヴァン・ハリスのエラリーへの相談は、妻のゼルダが、死んだ前夫の幽霊に悩まされているというもの。毎晩、真夜中になると、禿げ頭で、ヴァン・ダイク髭を生やし、黒眼鏡をかけたベインブリッジ・ライトの幽霊が寝室にあらわれるのだ。

調査を引き受けたエラリーは、ニッキイを看護師だと偽ってハリス家に送り込む。だが、彼女がゼルダと同じ寝室で眠った夜に限って、幽霊はあらわれない。

そこでエラリーは、ゼルダが一人で眠る夜に、寝室に出入りすることができる二つしかないルート――ドアと窓――に見張りを立てることにした。ところが、翌朝、寝室のゼルダは扼殺されていた。しかも、二人の見張りは、誰も出入りしていないと断言したのだ。

ここで、警視が「幽霊に扮した人物がわかった」と言うと、ニッキイが続き、最後にはエラリーも同じ台詞を言って、聴取者に挑戦するのだった。

【鑑賞】

「死んだ前夫の幽霊が再婚した妻を殺す」というオカルト風設定と、鮮やか、かつ意外な解決を兼ね備えた佳作――ではあるのだが、クイーン・ファンには少々物足りない。犯行の不可能性を逆手にとって犯人を特定する推理は相変わらず鮮やかなのだが、「犯人はなぜ幽霊に扮したのか？」という動機を解明する部分に不満を感じてしまうからだ。確かに意外な動機ではあるが、エラリーは、これを推理で突きとめているのではなく、伏線の回収をしているだけにしか見えないのだ。

なお、本作は〈聴取者への挑戦〉の時点で、三人が推理を述べる多重解決ものであることがわかるのだが、実は、これは一種のミスリードになっている。この点は、実にすばらしい。

最後に、どうでもいい指摘を二つ。

①〝プレイボーイの俳優ヴァン・ハリス〟という作中人物は、『緋文字』（一九五三）を連想するが、この二作の間には、何の結びつきもないようだ。

②ニッキイが「ガムを噛む百万長者」に続いて、再び看護師に。ただし、今回はハリスのファンなので、あっさり受け入れるところが笑える。

タクシーの男の冒険☆

The Man In The Taxi（1942/12/03）

【物語】

エラリーたちが乗った車の前を走るタクシーで殺人が起こる。停車中に乗客の女——大きな帽子で顔を隠している——が運転手を刺し殺してから降りて逃げたのだ。しかも、驚くべき事に、運転手はニューヨークの名士ウォーターフィールドだった。彼は運転手に百ドルを払ってタクシーを借りて、ある下宿屋から出てきた女性を乗せ、その女に殺されたように見えた。そこで警視たちがその下宿を調べると、女性は三人住んでいて、しかも、三人とも被害者が家賃を払っていたのだ！

なおも調査を進めると、ウォーターフィールドは警視たちが捜査中の連続宝石盗難事件に関係があることが判明する。さらに、エラリーの罠により、下宿の三人の女性は、盗まれた宝石を保管していることもわかった。どうやらウォーターフィールドは、名士の地位と三人の女性を利用して、宝石を盗んでいたらしい。

ならば、犯人は三人の女性の誰なのだろうか？　そして、ウォーターフィールドがタクシー運転手のふりをしたのは、なぜだろうか？

【鑑賞】

「名士がタクシー運転手をやっている最中に殺される」というラジオドラマでも一、二を争う魅力的な冒頭は、ホームズものの某短篇を思い出した人も多いだろう。しかし、その後は連続宝石盗難事件の話に移り、最後はおなじみの「犯人は三人の中の誰か？」になって挑戦状が入る。

この挑戦文は、“Which of the three girls murdered Mr.Waterfield?”となっているので、聴取者はいつものように、「同格に見える三人の容疑者から、手がかりによって一人に絞り込む」エラリーの推理が披露されて終わり、と予想したに違いない。実際、エラリーは解決篇で、ある手がかりを用いて、三人の女性の一人が犯人だと指し示す——が、ここでどんでん返しが炸裂。そして、このどんでん返しによって、ウォーターフィールドがタクシー運転手のふりをした理由も明らかになるのだ。

本作は、〝クイーンのラジオドラマのいつものパターン〟を逆手に取った佳作と言えるだろう。

赤い箱と緑の箱の冒険☆

The Red and Green Boxes（1942/12/24）

【物語】

エラリーは色覚障害の取材のため、バート博士が行う実験を見学する。内容は、広告に応じて来た三人の色覚障害者にさまざまなテストを行うというもの。だが、その最中に、博士の持つ高価なルビーが盗まれる。奇妙なことに、犯人は、赤い箱に入っていたルビーを、緑の箱に入った偽造エメラルドとすり替えたのだ。それを知ったエラリーは、犯人は色覚障害なので、すり替える際に箱と宝石の色を間違えたと推理する。また、博士が深夜に、何者かが報知器と郵便ポストを間違えた姿を目撃していた。エラリーは、色覚障害の犯人が、盗んだルビーを入れた封筒を投函しようとして、赤いポストと緑の報知器を間違えたのだと推理する。ならば犯人は、三人の応募者の中の一人に違いない。

ところが、三人の男女をテストしてみると、全員が、色覚障害者を騙（かた）っていたことがわかる。途方に暮れるエラリー。そんな彼に向かって、警視は「犯人がわかった」と告げるのだった。

【鑑賞】

クイーンお得意の色覚障害ネタだが、これまでの使い方にひねりを加えているため、セルフ・パロディの趣（おもむき）がある。郵便ポストと報知器の手がかりなどは、ニヤリとしたファンも多いだろう。

だが、本作の最大の魅力は、他のエピソードとは異なる、〝変則的な多重解決〟にある。いつもなら、挑戦の後で複数の解決が連続して披露されるのだが、今回はそうではないのだ。

まず、警視だけが「犯人がわかった」と言い、ここで最初の挑戦。続いてエラリーが、ゲストに「父が推理した犯人がわかりましたか？」と尋ねる。その後で本篇に戻り、警視が推理を述べた後にエラリーがそれを否定。ここで「お父さんのおかげで犯人がわかった」とエラリーが言って、再び挑戦。エラリーは再びゲストに向かって、「前回の推理を撤回して別の犯人にしますか、前回と同じままにしますか？」と質問。その後、真の解決篇に入る。

そして、最終的な解決を聞いた聴取者は、なぜ今回に限って、こんな形式にしたのかを思い知らされることになる。クイーンは、ミスリードのために、番組の形式さえも利用したのだ。

沈んだ軍艦の冒険

Tom,Dick and Harry（1943/01/28）

①「沈んだ軍艦の冒険」ＥＱ誌 1986/09

【物語】

戦時中。エラリーはワシントンの高官から呼び出される。超機密扱いの作戦に従事する予定の軍艦が作戦開始前に撃沈された理由を調べてほしいという依頼だった。さらに、拿捕した敵の潜水艦の指揮官が「Ellery Q」と書かれたメモを持っていたという謎についても調査も依頼される。

調査に取りかかったエラリーたちは、撃沈された軍艦の乗員の家族に聞き込みをすべく、アメリカ全土をまわって千人以上に会う。そして、エラリーが〝手がかり〟だと指摘したのは、三人の遺族の証言だった。

息子が乗っている船の名前をしゃべった母親。

息子の手紙を教区の人々に読んで聞かせた牧師。

恋人が戦地に赴（おもむ）く直前に結婚式を挙げた女性。

エラリーは、この三つの証言を手に入れた敵国スパイならば極秘任務を知り得たと断言し、「Ellery Q」のメモの意味とともに説明するのだった。

【鑑賞】

戦時中のプロパガンダ作品。脚本をＥＱＭＭに掲載したのも、ミステリとして出来が良いからではなく、小説の読者にも国のメッセージを伝えるのが目的だったと思われる。ただし、クイーンが書いているだけあって、ミステリとしても見どころはある。

本作のメッセージは、「軍の機密情報を漏らさないように注意しよう」という戒め。そして、クイーンはこの中の、「漏らした者から見ると単なる雑談にしか思えない情報でも複数を組み合わせて推理すれば機密情報を手に入れることができる」タイプを扱っている。なぜならばこのタイプは、「手がかりとは思えない情報でも複数を組み合わせて推理すれば真相を見抜くことができる」本格ミステリと重ね合わせることができるからだ。

また、プロパガンダとしても良く出来ている（ように見える）。「軍艦の名前から船種がわかる」ということを、このドラマで知った人が多かったのではないだろうか。本作の最後には、「牧師は息子の死に責任がある」といった、漏洩者に対する厳しい台詞が並ぶが、母国が戦場になっていない国では、ここまで言わなければわからなかったのだろう。

不運な男の冒険☆
The Unlucky Man（1943/12/16）

【物語】

富豪のドウィギンズ一族は、シーモア青年と三人の叔父しか残っていなかった。だが、シーモアが運転中にハンドルが利かなくなり、アブナー叔父をひき殺してしまう。車は大破し、故障の原因はつかめなかった。そして、シーモアは叔父の遺産の四百万ドルを相続した。

シーモアが猟銃の手入れの最中、弾を込めていなかったはずの銃が暴発し、バートリー叔父を撃ち殺してしまう。そして、シーモアは叔父の遺産の二百万ドルを相続した。

シーモアとただ一人残った叔父のサイラスとの夕食会にはエラリーも同席する。だが、リキュールに盛られた毒によって、サイラス叔父も死んでしまう。そして、シーモアは叔父の遺産の二百万ドルを相続した――が、今回は事故ではないことは明らかなので、裁判にかけられる。

判決の直前、エラリーは聴取者に挑む。「シーモアは有罪か無罪か？　無罪ならば、あなたの解決は？」と。

【鑑賞】

ラジオドラマでも屈指の魅力的なシチュエーション。おそらく、あらすじ紹介を読んだみなさんも、そう思ったに違いない。どう考えても論理的な解決などできそうにない偶然の連鎖を論理的に解き明かすエラリーの推理もまた、見事と言える。ラストで「シーモアは不運な男なのか、幸運な男なのか？」が判明した瞬間、読者は膝を打つに違いない。

また、裁判のクライマックスにおけるエラリーの行動は、一九七五～六年に放映されたテレビ版『エラリー・クイーン』の「慎重な証人の冒険」というエピソード（脚本が本叢書『ミステリの女王の冒険』に収録）とそっくりだった。プロデューサーのR・レヴィンソン（一九三四年生まれ）とW・リンク（一九三三年生まれ）は、このラジオドラマのファンだったらしいので、本エピソードを聴いたことがあったのかもしれない。

なお、サイラスの綴りはCyrusで、レ・ファニュの『アンクル・サイラス（Silas）』とは異なる。単に、A、B、Cとしたかっただけなのだろう。

見えない足跡の冒険☆

The Invisible Footprints（1943/12/30）

【物語】

海運業界の大物ギデオンは、甥のロジャーとスタンリー、そして姪のダイアナに向かってこう告げる。「死んだ兄たちに代わってこれまでお前たちの面倒を見てきたが、一人が期待を裏切って罪を犯した。警察に訴え、遺産相続人から外すつもりだ」と。そして、母屋から離れの小屋――窓が舷窓になっていて〝船長室〟と呼ばれている――に向かう。

しばらくすると、ギデオンに呼ばれたクイーン警視たちが到着したので、離れに電話をするが、返事がない。警視たちが離れに行くと、ギデオンは射殺され、凶器の拳銃は部屋の隅に転がっていた。硝煙反応などから自殺ではあり得ないのだが、他殺だとすると、大きな謎が生じてしまう。母屋と離れの間に積もった雪には、被害者の足跡しかなかったのだ。

犯人は母屋にいた二人の甥か姪に違いない。だが、どうやって離れに出入りしたのだろうか？　不可能状況に悩むエラリーだったが、犯人が母屋の配電盤を利用して離れの電灯を操作したことを知ると、「犯人がわかった」と宣言するのだった。

【鑑賞】

クイーンのラジオドラマではおなじみの「今すぐ私を殺しなさい」と誘っているも同然の被害者――21世紀風に言うならば「死亡フラグ立てまくり被害者」――が登場するエピソード。

本作のミステリとしての魅力は、もちろん、〈足跡のない殺人〉テーマに他ならない。シンプルかつ巧妙なトリックが鮮やかなミスディレクションによって隠されている、という点もおなじみである（なお、被害者は即死なので、「母屋で撃たれた被害者が離れに逃げ込んでから絶命した」というトリックは使われていないことを断っておく）。

ただし、私が一番感心したのは、「犯人が母屋の配電盤で離れの電灯を操作したのはなぜか？」という謎からトリックを解き明かすエラリーの推理。この配電盤の手がかりは、クイーンお得意の「推理しなければその意味がわからない手がかり」なのだが、その中でも上位に入る出来だろう。また、配電盤の手がかりからトリックを解明し、そのトリックから犯人を特定する推理の流れも見事と言える。

重傷の帰還将校の冒険

The Wounded Lieutenant（1944頃）

①「重傷の帰還将校の謎」ＨＭＭ2002/05

【物語】

かつて警視たちの同僚だったセンター中尉が重傷を負って帰国した。外地で極秘任務を受けたが、敵軍に先手を取られて部隊は壊滅したのだ。将校クラブの給仕が中尉たちの雑談を敵国に伝え、極秘任務の攻撃場所と時間を知られたらしい。だが中尉は、雑談では一切、任務を漏らしていないと言う。

エラリーは中尉から雑談の内容を聞き、敵がどうやって極秘の情報を得たかを見抜き、聴取者に挑戦する。「夜明けが雷のようにやってくる」という言葉が、なぜ漏洩につながるのだろうか？

【鑑賞】

政府がスポンサーとなり、「エラリー・クイーンの冒険」とは別枠で放送された十五分のラジオドラマ。同時期に脚本がＥＱＭＭに掲載されたのも、政府の要請だったと思われる。その掲載時にクイーンが添えたコメントも、「このドラマは政府の要請で書かれました。（略）このドラマのテーマを心に刻み込んでください。私たちの生活にとって最も重要な――戦争に勝つための問題を取り上げているのですから」となっている。

内容は例によって、〈うかつなおしゃべり（ルーズトーク）〉を戒めるもの。わずか十五分のドラマなので、それ以外には何もない。「手がかりが文芸作品がらみという点がクイーンらしい」と無理に誉めてもいいが、ここは、最初からプロパガンダのためだけに書かれた脚本の貴重なサンプルとして評価すべきだろう。

なお、本作が「宝石」誌一九四九年九・十月合併号にダイジェスト紹介された際、紹介者の島田一男は、以下の感想を寄せている（旧字等を修正）。「この物語の内容であるが、飽く迄謎とその興味が中心であって、アメリカ空軍の勝利どころか、作戦秘密の漏洩による爆撃失敗を認めて終幕している。つまり、敵のスパイにまんまとしてやられた物語りである。クイーンは、必勝不敗や、スパイはどこにでもいる……などとは絶対にいわない」

「探偵小説を弾圧して露骨なスパイ撲滅話を奨励した戦争日本の指導者とこんな話を命令で書かせたアメリカの指導者の間に何か大きな隔たりを感じる」

ファウルチップの冒険

The Foul Tip（1944/07/13）※Box 13（1940/09/01）の改稿版

①「13番ボックス殺人事件」白水社『現代世界戯曲選集Ⅶ／一幕物篇』

【物語】

西部劇の人気俳優チック・エイムズは、妻のアイリーンから離婚を迫られていた。ナイトクラブのダンサーである彼女は、愛人と結婚したいらしい。愛人の疑いがあるのは、ダンスのパートナーのメリノ、マネージャーのバーニイ、ナイトクラブの経営者ヴィンセントの三人。

そのエイムズ夫婦と愛人候補の三人が13番ボックスで野球を観戦中、チックが毒殺される。サインをしたときに舐めた鉛筆に毒が塗ってあったのだ。

隣の14番ボックスで警視たちと観戦していたエラリーは、試合を気にしながらも、捜査にかかる。どうやら犯人は、子供を利用してチックに毒の鉛筆でサインをさせたらしい。だが、その子供に訊いても、変装していたために、球場にいる四万人の誰が犯人なのかはわからない。ところがエラリーは、ある手がかりに着目し、犯人を特定するのだった。

【鑑賞】

邦訳は〈G・I上演用〉、つまり慰問用の脚本からの訳。スタジオで声だけの演技をするのではなく、舞台上で動きも含めて演じている。さらに、「（女性がいない場合は）女装のG・Iを連れて来る」や「手を叩いてボールがバットに当たった音を出す」等のト書きもある。ゲスト解答者は観客から選ばれた十二人がつとめ、正解者には賞品が出たらしい。

内容は、あらすじを読めばわかる通り、短篇小説「人間が犬をかむ」の流用。ただし、犯人と手がかりを変えているので、正確には、「短篇のシチュエーションを流用し、新たな解決を加えた作品」と言うべきだろう。

その〝独自の解決〟は、単純だが、なかなか見事。子供の証言の些細な点に着目して犯人の条件を導き出す推理も見事だし、その条件を満たす容疑者が一人しかいないことを示すデータの提示も見事。

それにしても、前出の島田一男ではないが、慰問でこういった犯人当てドラマをやるアメリカという国は、懐（ふところ）が深いなあ……。

楊堅の装飾品の冒険☆
The Yang Piece（1944/07/20）

【物語】

中国の骨董品を扱うコウは、三人の客に隋の初代皇帝・楊堅の装飾品を見せるが、五千ドルという高値のために誰も買わなかった。だが、三人とも、別の安い品を買ってくれたので、サービスで中国の珍しい金魚を金魚鉢ごとプレゼントすることにした。

そのしばらく後、店内に非常ベルが鳴り響き、コウが頭を殴られて気絶していた。だが彼は、駆けつけたクイーン警視に向かって、「何も盗まれていない」と言い張る。さらに翌日、三人の客の家に何者かが侵入し、コウから届いたばかりの金魚鉢の中身をぶちまけていった。

ここでエラリーが推理を語る。盗難の最中に非常ベルが鳴ったので、あわてた犯人が、とっさに盗んだ品物を金魚鉢の中に隠した。三分の一の確率で自分の家に届くことを期待したが、駄目だったので、他の二人の家に侵入したのだ、と。ここでコウは楊堅の装飾品が盗まれたことを認め、犯人の正体に気づいたが、同情して警察には嘘をついたと言う。

いつものように犯人を指摘しようとするエラリーだったが、今回は、ニッキイも犯人がわかったと宣言。二人が推理を語ることになった。


【鑑賞】

本エピソードに関しては、踏み込んだ文を書くことにする。邦訳時に予備知識なしで読みたい人は、以下を飛ばしてほしい。

クイーン・ファンならば、あらすじを読んで、短篇「一ペニイ黒切手の冒険」のバリエーションだと考えたに違いない。そして、そして、そう考えた人は、解決篇で驚くことになる。なんと、ニッキイが語る真相が、「一ペニイ黒切手」と同じなのだ。もちろん、その推理は間違いで、エラリーが別の推理で別の犯人を指摘する。――が、その解決の一部には、「一ペニイ黒切手」が使われているのだ。

つまり本作は、「一ペニイ黒切手」のある部分は間違った解決に使い、ある部分は正しい解決に使っているわけである。なんと巧みに自作を再利用していることか！

なお、「コウ」は――「孔子」の話が出てくるので――「孔」と書くと思われる。

ニック・ザ・ナイフの冒険

Nick the Knife（1945/08/01）

①「ニック・ザ・ナイフ」双葉社《小説推理》1977/12／②「ニック・ザ・ナイフ」角川文庫『法月綸太郎の本格ミステリ・アンソロジー』

【物語】

若い美女ばかりを狙い、顔と手首を刃物で切りつけて殺す〝ニック・ザ・ナイフ〟。警察は手がかりすらつかめず、犠牲者は三十一人に達した。だが、三十二件目はそうではなかった。被害者が助かったのみならず、現場は出入り口がそれぞれ一つしかない公園の迷路だったのだ。となると、犯行時に迷路にいた三人の男の誰かが犯人に違いないのだが、被害者は相手を見ておらず、一人に絞り込むことができない。

行き詰まったエラリーたちは、三人を釈放したふりをして尾行をつけ、現行犯逮捕を狙う。だが、それでも新たな殺人が起きてしまった。そしてエラリーは、この新たな殺人によって犯人がわかった、と告げる。

【鑑賞】

本作はダネイではなくアントニイ・バウチャーが書いたプロットをリーが脚本化したもの。バウチャー原案のエピソードは――おそらくはダネイが許可しなかったため――本国では一篇も活字化されていない。だが、本作は黒田昌一（田中潤司）が録音テープから翻訳したため、日本の読者だけは、このエピソードを文字で楽しめることになった。

内容は、バウチャーがお気に入りの〝切り裂きジャック〟テーマ。このため、ネヴィンズは「（クイーンの）『九尾の猫』の先駆」と評価している。確かにそれは間違いではないのだが、いささか過大評価だろう。例えば、『九尾の猫』の〈シリアル・キラーもの〉の面の先駆ではあっても、〈ミッシング・リンクもの〉の面の先駆とは言えないからだ。また、開放的な都会での無差別殺人を犯人当てに仕立てるため、出入りが限定された場所を犯行現場に設定しているが、作中の犯人にはそこで犯行を行うメリットが何一つないというのも減点対象だろう。

とはいえ、ミスリードの巧妙さは、ラジオドラマの中でもトップクラスなので、やはり高く評価すべきエピソードと言える。

破滅した男の冒険☆

The Doomed Man（1946/08/28）

【物語】

富豪のストーン家のジャック青年は、典型的な放蕩息子だった。父のシオドアはそんな彼に愛想を尽かし、相続人から外すことを宣言する――が、遺言状を書き換える前に殺されてしまう。

クイーン警視が逮捕したのは、もちろんジャック。動機（遺産）、機会（殺人の直前に被害者と二人きりだった）、そして手段（凶器の燭台に指紋がついていた）と三拍子が揃っていたからだ。だが、ジャックの義妹にして恋人のマーシャは彼の無罪を信じ、エラリーに捜査を依頼する。

エラリーはジャックの事件前後の行動を調べ、検死報告にあったデータを用いた鮮やかな推理によって、無罪を証明する。捜査のやり直しを嘆く警視に向かって、エラリーは「ジャックが無罪だとわかったことによって、ぼくは犯人が誰なのかもわかりました」と告げるのだった。

【鑑賞】

まず、どう見ても犯人としか思えないジャックの無罪を証明するエラリーの推理がお見事。私は、同じ作者の『Xの悲劇』を思い出したくらいである。

だが、その次のエラリーの「犯人もわかった」という宣言には、もっと驚かされた。なぜかというと、エラリーはジャックが有罪か無罪かを調べるための捜査しかしていなかったからだ。言い換えると、エラリーが手に入れたデータは、ジャックに関するものしかない。普通なら、捜査のやり直し→新たな手がかりの入手→聴取者への挑戦、という流れになるはずである。

しかし、解決篇におけるエラリーの推理を聞くならば、この考えが間違っていることがわかる。今回の脚本は、「ジャックが無罪だ」というデータが追加されるだけで犯人が特定できるように組み立てられていたのだ（逆に言うと、ジャックの無罪が確定しないと犯人は特定できないようになっている）。聴取者や読者は、あらためて、クイーンの才能を思い知らされるに違いない。

手がかりでは、ストーン一族が遺産相続を行う際の奇妙なルールの使い方が見事。奇妙なルールが鮮やかなロジックを生み出しているのだ。

フランシス・M・ネヴィンズとマーティン・グラムス・ジュニアによるクイーンのラジオドラマ研究書『THE SOUND OF DETECTION』の二〇〇二年の増補版には、バウチャーによる未放送エピソードの梗概が三作収録されている。執筆時期は一九四〇年代後半。リーがふくらませる前のプロットがうかがえる貴重な梗概なので、併せて紹介しよう。

五月十日の冒険（May Tenth）

【物語】エラリーが訪れた小さな市では、蔓延する賭博を禁止する条例の成立をめぐって、賛成派と反対派が対立していた。そして、条例賛成派のドラモンドが行方不明のため、反対派が勝利。その後、彼の死体が発見される。

エラリーが突きとめた犯人は、あらごとを得意とするギヴン。賭博の元締め〝ナイフ〟ニクソンがギブンに殺しを命じたことは間違いない。だが、そのニクソンも何者かに殺され、デスクにはナイフで「MAY 10」と刻まれていた。さらにギヴンも殺される。ニクソンの背後にまだ誰かが潜んでいたのだ。ここでエラリーは、真の黒幕が誰だかわかったと告げ、聴取者に挑戦する。

【鑑賞】バウチャー版〈ダイイング・メッセージもの〉。ごく普通の出来だが、それも当然。梗概の中で、バウチャーは「ここで強調したいのは、ニクソンがまわりくどいことはしない粗野な性格だということ。――自分自身が殺された事件だというのに、その解決を困難なものにすることに喜びを感じるクイーン的な性格の登場人物とは、かけ離れているのだ」と言っているからだ。つまり、「クイーンみたいなひねくれたダイイング・メッセージではない」と言いたいのだろう。

逃亡する巨人の冒険（The Giant at Large）

【物語】宝石店が次々と襲われる。現場に残された指紋のサイズからは、犯人は八フィートの巨人としか思えない。だが、どの宝石店でも、巨人が出入りした様子はなかった。

そんな時、宝石店主ダーウェントがエラリーを訪ね、宝石のお披露目パーティの警護を依頼。そして、ハーマンという巨人症のごろつきが怪しいと告げる。エラリーはハーマンを柔道で叩きのめして指紋を調べるが、一致しなかった。

　パーティ当日、エラリーに頼まれたニッキイがダーウェントに近づき、彼が自分の〈多合指症〉を利用して巨人の指紋を残したことを知る――が、連絡する前に拉致されてしまう。ダーウェントの秘密の別荘が怪しいと考えたエラリーは、彼と交わした会話から、その場所を突きとめようとする……。

【鑑賞】犯人の失言から隠れ家を突きとめるエラリーの推理は、キーツの詩がヒントになる点も含め、バウチャー版〈うかつなおしゃべり（ルーズトーク）〉ものといった趣（おもむ）き。

　巨人の指紋を残すのに使われた〈多合指症〉とは、指が一本多い〈多指症〉と二本の指が癒着している〈合指症〉が複合した症状。二本の指で一本分の指紋を持つので、サイズが大きくなるらしい。一般の人は持っていない知識だが、バウチャーは梗概に「この事実を解決よりも前に明かしておけばアンフェアにはならない」と添えている。

　また、ファンとしては、エラリーが一九五二年の『帝王死す』よりも前に柔道の腕を見せるシーンが興味深い。実は、「五月十日の冒険」にも「エラリーがならず者のハジキを取り上げる柔道の妙技を披露する」という文があるのだ。

死を招く緑の目の冒険（The Green-Eyed Murder）

【物語】上院議員のルイス・ムーアは妻のデザが友人のエラリーと浮気しているのではないかと疑い、妻や友人と不仲になる。エラリーはルイスの親友のオグデンが今回の件を仕組んだと見抜き、彼を詰問。オグデンはルイスへの憎悪を告白し、罠を認め、エラリーに殴られ――その後、殺される。

　誤解が解けたエラリーだったが、今度はオグデン殺しの謎を解かなければならない。被害者が残した日本の銅貨とフランスの金貨は、ダイイング・メッセージなのだろうか？

【鑑賞】こちらはバウチャー版〈エラリー導入プロット〉で、ある意味では、『緋文字』の先駆と言えないこともない。ダイイング・メッセージはかなり難解なので、「『五月十日の冒険』の付記と矛盾しているじゃないか」と批判する人がいるかもしれない。だが、それにはちゃんとした理由があった。シェイクスピアの『オセロ』の本歌取りの巧みさもあり、ネヴィンズが「未放送の梗概の中では最良の作」と評したのも当然だと言えるだろう。

解説

飯城勇三（エラリー・クイーン研究家）

エラリー・クイーンのファンならば、一九三九年から一九四八年にかけて全米で放送されたラジオ版『エラリー・クイーンの冒険』をご存じだろう。クイーン自らが脚本を書いたこのシリーズは、上質の犯人当てラジオドラマとして大ヒットしたのみならず、クイーンの小説にも、大きな影響を与えている。それは、F・M・ネヴィンズによるクイーン評伝『エラリー・クイーン推理の芸術』（国書刊行会）でも、かなりの分量を割かれていることからもわかると思う。また、本叢書から出たラジオドラマの脚本集『ナポレオンの剃刀の冒険』と『死せる案山子の冒険』を読んだファンならば、実際に、その質の高さと小説への影響を感じ取ったと思う。そして、もっと脚本を読んでみたいと思ったに違いない。

一方で、こんな研究家が語る堅苦しい理由とは別に、こう思った人も多いだろう――「クイーンのラジオドラマは、活字で読んでも面白いし、本格ミステリとして質が高い。だから、もっともっと脚本を読んでみたい」と。

本書『犯罪コーポレーションの冒険』は、そういうファンのために編んだ、日本版オリジナルのラジオドラマ脚本集となる。収録作は、本国で活字化された脚本の中から、以下の二つの基準を満たすものを選んだ。

・未訳、または、邦訳はあっても単行本には収録されていない作品。

・ミステリとして出来の良い作品。

従って、クイーン・ファンにとって、そして、本格ミステリ・ファンにとって、本書はこの上ない贈り物になると思う。熱烈なファンならば、十一作のうちの八作は読んでいるかもしれない。それでも、訳されてから、もう二、三十年以上たっているので、本書で再読してみてはどうだろうか。

なお、脚本が活字化される際には、登場人物表や挑戦文や「第○場～」といった小見出しが追加される場合もあるし、されない場合もある。本書では、クイーン自身が活字化したと思われる「エラリー・クイーンズ・ミステリマガジン（ＥＱＭＭ）」版のフォーマットを基本とし、他の雑誌やアンソロジーの収録作も、これに合わせることにした。従って、原文にない挑戦文などを私が加えた作品もある点を、お断りしておく。

それでは、以下、収録作についての解説を行うとしよう。**犯人やトリックに触れているので、本編読了後に読んでほしい。**

暗闇の弾丸の冒険

〔放送〕一九四〇年六月三十日
〔活字化〕《EQMM》一九四三年九月号
〔邦訳〕《ハヤカワ・ミステリマガジン》一九七八年四月号「暗闇の弾丸」

〝サスペンス〟という観点からは、ラジオドラマでも群を抜いている作品。日付けのみならず時刻まで指定した殺人予告、疾走する列車の中で刻一刻と近づく殺害予定時刻、そしてトンネルに入った暗黒の中で実現された予告、と間然するところのないプロットがすばらしい。おそらく、当時の聴取者はラジオの前に釘付けだったに違いない。クイーン自身もそう思ったらしく、この設定を、後年の長篇小説『帝王死す』(一九五二)に流用している。この長篇には、「ボディガードのマックス」という、本作に登場する二人を合体させたような人物が出てくることからも、流用は明らかだろう。

その『帝王死す』と本作を比べると、「命を狙われる巨大企業のトップ」、「犯行日時付きの殺人予告」、「クイーン父子が見張る中での不可能殺人」といった点は、確かに共通している。ただし、使い方は、『帝王死す』の方が、ずっと上だと言わざるを得ない。

例えば、本作の場合、犯人が殺人予告の際に、時刻まで指定する理由がわからない。どう考えても、犯行がやりにくくなるとしか思えないからである。一方、『帝王死す』では、殺害時刻の指定は、犯人にとって、大きなメリットがあるのだ。

あるいは、殺人の瞬間にクイーン父子が現場にいるというシチュエーションは、本作の場合、殺人を防げなかったエラリーが間抜けにしか見えない（殺害時刻に列車がトンネルを通ることくらい調べておけよ）。一方、『帝王死す』では、クイーン父子が殺害現場に立ち会うことは、犯人にとって、大きなメリットがあるのだ。

——まあ、実際は話が逆で、クイーンは本作の反省を生かして、『帝王死す』のプロットを練ったのだろう。

一方、トリックに関しては、プロットとは逆に、先行する短篇小説が存在する。ただし、使い方が巧みなので、この短篇を読んでいても、トリックを見抜けなかった人が、かなりいるのではないだろうか。

また、その使い方に関しては、小説版より優れている。小説版では、暗闇になってから殺人までに時間があり、この間に第三者に発光を見られる可能性がある。しかし、本作では、暗闇になった瞬間に射殺しているので、光が目撃される可能性は、限りなく小さい。しかも——脚本にははっきり書いてはいないが——どうもこの私用車両は、座席がすべて同じ方向を向いているように思える。だとすると、被害者の前に座っている人でも、体をひねらない限り、被害者の口ひげの光は目に入らないことになる。

しかし、本作で一番すばらしいのは、エラリーの推理に他ならない。問題篇の最後で、犯行状況を子細に分析し、「犯人はいかにして暗闇の中で被害者を射殺できたか?」という〝HOW〟の謎を提出。解決篇では、その〝HOW〟を解き明かし、〝WHO〟へと繋いで犯人を特定するという鮮やかな推理を披露している。トリックの元ネタである短篇小説には存在しない、このHOWからWHOへの推理の連携こそが、本作の最大の魅力であり、〈国名シリーズ〉を彷彿させる点なのだ。本作を「過去の短篇小説のトリックを使い回した作品」としか見ていない読者は、ぜひ、この推理の部分を読み直してほしい。

一本足の男の冒険

〔放送〕一九四三年二月二十五日
〔活字化〕《EQMM》一九四三年十一月号
〔邦訳〕《EQ》誌一九八二年十一月号「一本足の男の冒険」

ラジオ版「エラリー・クイーンの冒険」は、一九四二年から、プロパガンダが入ってくる。このプロパガンダと謎解きを両立させるためにクイーンが用いたのは、「戦争中の〈うかつなおしゃべり(ルーズ・トーク)〉を戒める」というテーマだった。これは、本作にも説明がある通り、軍事関係者やその知人が、

〈本人たちは意識せずに〉機密をもらしてしまわないように気をつけなさい、というメッセージを伝えるもの。本作が放送から間を置かずに活字化されたのも、ラジオの聴取者だけでなく小説の読者にも警告しようという狙いがあったのだろう（現在の日本においても、「情報の漏洩を防ぐために居酒屋などで仕事の話は厳禁」と言われているビジネスマンなどは、身につまされるのではないだろうか）。ちなみに、冒頭の「ひと月前」に「戦艦が魚雷で撃沈された事件」とは、一九四三年一月二十八日放送の「沈んだ軍艦の冒険」（『エピソード・ガイド』参照）の事件のことだと思われる。ただし、本作では、プロパガンダ部分はごく一部で、残りの部分は、上質な本格ミステリになっている。

まず目に付くのは、密室状態の研究所にどうやって近づいたか、という謎。解決篇で、「鉄条網の電流を切った」と聞いて脱力した読者も多いと思うが、本作のポイントはそこにはない。「工場内部の者しか電流を切ることができない」というデータと組み合わせて、「犯人は工場内部の人間」という――国名シリーズでおなじみの――推理をするためのものなのだ。

次に、〈ブービー・トラップ〉（と作中では言っていないが）がどの品物に仕掛けられていたか、という謎。こちらは逆に、焼夷弾がどの品物に仕掛けられていようが、犯人の特定には関係ない。しかし、それでもクイーンは、データをきちんと提示し、聴取者が推理できるようにしているのだ。

そして、松葉杖を使わずに片足だけの足跡を残すトリック。こちらもマニアが驚くようなものではないので、がっかりした読者も多いと思うが、このトリックのポイントはそこにはない。

「犯人がホルスターの足跡を偽装したいのなら、松葉杖を使えばいい。それなのに、右足の靴を両足にはくという面倒なことをしたのはなぜか?」という謎を浮かび上がらせるためだったのだ。

そして、その謎の解決が、実に鮮やか。「犯人が偽装をしたいのなら〜をすればいい。それなのにしなかったのは、できなかったからだ。それは、犯人が〜だからだ」という、ひとひねりしたロジックは、クイーン作品でしかお目にかかれない、すばらしいものになっている。他には、麻耶雄嵩の一部の作品くらいしかないのでは? 私がこの脚本を本書に収録したのも、このロジックの面白さにあった。みなさんも、ぜひ、その面白さを味わってほしい。

カインの一族の冒険

〔放送〕一九四〇年九月二十二日
〔活字化〕リー・ライト編のアンソロジー『THE POCKET MYSTERY READER』(1942)
〔邦訳〕《探偵倶楽部》誌一九五六年十二月号「ケイン家奇談」
《ハヤカワ・ミステリマガジン》一九九九年十二月号「カインの烙印」
〔補足〕リー・ライトはポケットブックの名編集者で、ミステリにも造詣が深く、クイーンがミステリ短篇の傑作十二作を選んだ「黄金の十二」の審査員を務めてもいる。このアンソロジーはミステリ小説だけでなく、犯罪実話、評論、詩、パズルなども収録されていて、本作は、もちろん、〈ラジオドラマ〉枠に入っている。

本作もサスペンス満載だが、「暗闇の弾丸」とは異なり、不気味な雰囲気が漂っている。カイン家の四人を力量のある声優が演じたならば、おそらく、聴取者はラジオの前に釘付けだったに違いない。

ミステリとして見た場合は、やはり、先の読めないプロットを評価すべきだろう。遺産をめぐって兄妹間で殺人が起きると思っていたら、死んだはずの父親が復活し、斧を持って徘徊。それなのに、殺されたのはカイン家とは縁のない弁護士、と予想外の展開が続く。予告通りに殺人が起こる「暗闇の弾丸」とは、正反対の面白さだと言える。

ただし、本作で私が高く評価したいのは、封筒の銃孔の手がかりと、それに基づく推理に他ならない。同じ作者の『Xの悲劇』（一九三二）の応用と言えないこともないが、封筒の中身と組み合わせることによって、独自のロジックを導く手がかりになっているのだ。

余談だが、一九七五〜六年に放映されたテレビ版『エラリー・クイーン』の「消えた短刀の冒険」というエピソードには、本作の手がかりが、ほとんどそのまま使われていた。偶然の一致とは考えられないので、スタッフがラジオドラマを聴いていたのか、活字版を読んでいたのだろう。つまり、本作の手がかりは、三十六年たっても通用する強さを持っていたことになる。

また、本作のミステリとは関係ない魅力としては、クイーンたちが使用人に扮するという設定が挙げられる。エラリーが執事、警視が庭師、ヴェリーが運転手、ニッキイがメイドというのは、似合いすぎではないだろうか。ちょっと映像で見てみたい気もしないでもない。そういえば、角川文庫の新訳版〈国名シリーズ〉の表紙のエラリーなら、執事姿が似合いそうだが……。

あと、本作のプロットについて、F・M・ネヴィンズは、前述の『推理の芸術』で、こう批判している。

最後まで読むと、犯人は屋敷内に四人の探偵がいることに気づいていたことがわかる。それなのに犯人は、監視されてもいないし邪魔されることもないと何の保証もなく決めつけ、馬鹿げた貧弱な動機で被害者を殺しに行くのだ。

だが、今回、じっくり読んでみると、ネヴィンズの批判は逆に思えた。

犯人シュガーは、当初は——兄二人と同じように——遺言の発表を待ち、自分が遺産をもらえなかった時のみ、行動に移る予定だった。だが、エラリーたちが来た以上、疑われずに相続人を殺すのは難しい。そこで、エラリーたちがノーマークのオーティス弁護士を狙ったわけである。もちろん、父が館の住人全員に睡眠薬を盛ったことに気づいていたので、邪魔される可能性は小さいと考えたのだろう。

もっとも、弁護士が館を訪れる時刻をシュガーが知っていた理由はわからない。弁護士から「もし合流できなかったら、私は明け方頃に館に行く」とか聞いていたのだろうか……。

犯罪コーポレーションの冒険

〔放送〕一九四三年六月十日（題は「Crime,Inc」）
〔活字化〕《Story Digest》誌一九四六年十一月号（七割程度に短縮）
〔邦訳〕本邦初訳

私見では、本書収録の脚本のベスト。〈犯罪コーポレーション〉の四人の誰かが犯人でしかあり得ない状況の中で、それ以外の人物を――しかも死者を――犯人にするという離れ業を見せてくれるからだ。「死者が犯人」というアイデアは、クイーン自身も他にも書いている。しかし、それらは毒殺のようなタイムラグが生じる殺害手段を用いていた。本作の刺殺のように、直接的な殺害手段をとり、しかも、犯行時刻には絶命していることが確認されている犯人が登場するものは、珍しい。推測だが、クイーンは、ジョン・ディクスン・カーの有名長篇を参考に、より不可能性を高めたのではないだろうか？　これまた私見では、そのカーの有名長篇は、クイーンの『ギリシャ棺の謎』の第一の解決からヒントを得ているので、クイーンからカー、カーからクイーンと、トリックが発展していったことになる。

そして、「犯行時には絶命していたはずの人物が犯人」というアイデアを成立させるためにクイーンが用いたのが、〈心臓右位症〉。〈右胸心〉や〈右心症〉とも呼ばれるこの病気は、一万人に一人はいるらしいので、それほど珍しいわけではない。かといって、誰もが即座に思い浮かぶというほどでもない。「聴取者（読者）の知らない知識を使っているからアンフェア」と批判されない程度の難易度だろう。――というのは、一九四〇年代のアメリカの話。日本では、〈心臓右位症〉は、映像化もされた人気漫画『北斗の拳』（原哲夫・武論尊）で使われているので、難易度が大幅に下がってしまうのだ。実際、本作をエラリー・クイーン・ファンクラブでの犯人当てで使った際、正解した会員に「〈心臓右位症〉をどこで知ったか」と訊いたら、全員が『北斗の拳』だと答えたなあ……。

ただし、クイーンのすばらしさは、このアイデアよりも、それを生かす設定の巧みさにある。まず、犯罪者ばかりの〈犯罪コーポレーション〉で起こった殺人、という設定。セクストンを射殺したワンスは殺人のプロなので、冷静に心臓を撃ち抜く腕前の持ち主だし、残りの四人も、これまた冷静に死体を調べる度胸の持ち主。ただし、医者ではないので、脈や瞳孔反応まで調べたりはしない。この設定が、本作の綱渡りのようなプロットを支えているわけである。

次に、半倒叙形式（部分的な倒叙形式）の利用。犯行の一部だけを――重要な部分は伏せて――聴取者や読者に提示するこの形式を、クイーンはラジオドラマではときおり用いている。これは、物語の臨場感を高めるというメリットがあるが、クイーンの場合は、それだけではない。この倒叙部分に、ミスリードを仕掛けてくるのだ。本作を例に取ると、〈犯罪コーポレーション〉の誰かの証言によって、初めてセクストン殺害の様子が明らかになった場合、聴取者は鵜呑みにしないだろう。まさに今、殺害の瞬間を見た（聞いた）と聴取者が思い込んでしまうからこそ、ミスリードされるわけである。

そして最後に、ラジオドラマの特性を生かした叙述トリックの利用。

まず、聴取者がドラマを聞きながら考える時系列は、以下の通りである。

〔A〕ワンスによるセクストンの処刑（昼）↓マッケルとフォレンジーによるセクストンの埋葬↓〈犯罪コーポレーション〉の四人によるワンスの裁判↓四人の中の一人によるワンスの殺害（午後三時）。

しかし、実際の時系列は以下のようになっている。

〔B〕ワンスによるセクストンの処刑（昼）↓セクストンによるワンスの殺害（午後三時）↓マッケルとフォレンジーによるセクストンの埋葬↓〈犯罪コーポレーション〉の四人によるワンスの裁判。

作者は巧妙な描写で、聴取者が時系列Aだと思い込むように仕向けている。そして、聴取者がそう思い込んでいる限りは、セクストンが犯人だとは考えないのだ。

しかし、冷静に考えると、時系列Aは不自然だと言える。これでは、セクストンの死体を、明るい昼間に裏庭に埋めたことになるではないか。彼らは犯罪のプロなので――エラリーが解決篇で語っているように――暗くなってから埋めるのが自然だろう。

ところが、聴取者は埋葬が夕方に行われたことに気づかない。なぜならば、音だけのラジオドラマでは、外が明るいか暗いかはわからないからだ。これは、テレビドラマでは使えない、ラジオドラマならではの叙述トリックと言えるだろう。

なお、〈犯罪コーポレーション〉の四人は、午後三時のアリバイを聞かれたとき、驚いたに違いない。しかし、すぐに頭を切り換えて――おそらく、自分以外の三人の誰かが先走ってワンスを殺したと考えて――〝本物の〟アリバイを主張したのだろう。これもまた、「容疑者は全員が犯罪のプロ」という設定を巧みに生かしているわけである。

かくして、作者の巧妙なミスリードに引っかかった聴取者と読者は、犯人はマッケルたち四人の〝中に〟いると思い込む。そして、解決篇では、この四人を消去し、四人の〝外に〟いる犯人を指摘するエラリーの推理に、意外性を感じることになる。

ここで注目すべきは、挑戦状の直前のエラリーのセリフ。警視の「（マッケルたちの）四つのアリバイのうちの一つは偽物だ」という言葉を受けて、エラリーは「そうです……アリバイの一つは偽物なのです」と応じている。普通に聞けば（読めば）、エラリーも「四つのアリバイの一つは偽物なのです」と言っているように思える。だが、解決篇では、これは「セクストンの〝犯行時刻には死んでいた〟というアリバイが偽物なのです」という意味だったことがわかるのだ。警視の言葉を利用した、あざといまでに巧みなミスリードではないか。

最後に余談を一つ。前述したように、エラリー・クイーンFCでは、本作を使って犯人当てを行ったことがある。そのときに、「レディ・ファイフのアリバイが偽物」だという推理を述べた会員がいた。説得力があり、なかなか面白い推理だったので、ここで紹介しておこう。

「犯人はレディ・ファイフ。彼女のアリバイの証人は、全員が麻薬中毒者で、麻薬ほしさに偽証した」

奇妙な泥棒の冒険

〔放送〕一九四五年十二月十九日
〔活字化〕《Story Digest》誌一九四六年九月号（七割程度に短縮）
〔邦訳〕本邦初訳

正直に言うと、本作が〈犯人当て〉として優れているかどうかは疑わしい。しかし、〈クイーンらしさ〉という観点からは、本書でも上位に来るので、翻訳する価値はあると思う。

最もクイーンらしさを感じるのは、「ばらばらの品物に繋がりを見いだす」という〝ミッシング・リンク〟テーマ。このテーマのミステリは、被害者間の繋がりを探すものが多いのだが、クイーンは、品物の繋がりの方が多い。短篇「は茶め茶会の冒険」（一九三四）や、長篇『悪の起源』（一九五一）と『最後の一撃』（一九五八）など。ラジオドラマにも、エピソード・ガイドで紹介した「十三番目の手がかりの冒険」などがある。本作の靴や手袋の繋がりは、殺人とのからませ方を見た場合、かなり面白いのではないだろうか。

次に、聖書のテーマ。このテーマはいくつかの長短篇で見られるが、やはり、中期の傑作長篇を挙げざるを得ない。この長篇の第一の解決のルーツは、本作だと考えても間違いないだろう。

なお、日本人は「目には目を～」と聞くと、聖書ではなく、〈ハンムラビ法典〉を連想すると思う。実際、クイーンFCで本作を使って犯人当てをやった際には、こちらを連想した会員が多かった。そういう意味では、日本の読者にとっては、ミッシング・リンクを見抜けても、そこから犯人を特定するのは難しいかもしれない。

ただし、本作の場合、ミッシング・リンクに気づかなくても、犯人は当てることができると思われる。何せ、マシューズ以外に、殺人を犯しそうな容疑者がいないのだ。フィリスにはベネディクトを殺す動機がないし、クララは夫を殺すより自殺を選ぶタイプだからだ。これで、マシューズを疑わない聴取者がいる方が、不思議である。

なぜクイーンは、フィリスやクララにも疑いが向くようなデータを組み込まなかったのだろうか？　例えば、「クララの自殺未遂のため、ベネディクトは離婚をあきらめ、フィリスと別れることにした」というデータを入れればフィリスにも動機が生まれるし、「離婚による慰謝料よりも、ベネディクトの遺産の方が、はるかに額が多い」というデータを入れればクララにも容疑が向くというのに……。

理由を考えてみると、二つほど思いついた。

(1) 元の脚本には、もっとミスリードがあったが、活字化の際に、カットされてしまった。

(2) 実は、クララやフィリスが犯人だという真相も成り立つので、容疑を強めたくなかった。例えば、クララの容疑を濃くすると、「父親のマシューズの影響で、クララも聖書に取り憑かれていた」という推理によって、彼女が犯人でも矛盾がなくなってしまう。

あるいは、フィリスの容疑を濃くすると、「フィリスはマシューズに罪を着せるために聖書見立ての盗難を行った」という推理によって、彼女が犯人でも矛盾がなくなってしまう。——まあ、この推理は、「フィリスは見立ての意味を見抜くことができる探偵が事件捜査に乗り出すことを予想できなかった」という観点から否定できるのだが。

……と考えていくと、前述の「中期の傑作長篇」が、こういった問題点をすべてクリアしていることに気づく。やはりクイーンは、本作を踏み台にして、あの傑作長篇を生み出したのだろう。

見えない手がかりの冒険

〔放送〕一九四二年一月十五日
〔活字化〕マーガレット・カスバート編のアンソロジー『ADVENTURES IN RADIO』(1945)
〔邦訳〕《EQ》誌一九九七年五月号「見えざる手がかり」
〔補足〕「第〜場」という小見出しは翻訳時に追加したもの。

ラジオドラマでも一、二を争う奇妙なオープニングから、姿なき犯人による脅迫、そして殺人と、異様なムードの作品。ブラウンは頭がおかしいのか、本当に狙われているのか、殺人が起きるまで、聴取者は宙ぶらりんの状態に置かれることになる。

そして、ミステリ部分を見るならば、「奇妙な泥棒の冒険」とは別種の、クイーンらしさ全開の脚本と言える。「毎日ブラウンと話していた人物」の正体をめぐって、徹底的な検討がなされるシーンを見て、クイーン・ファンならば、あの作やこの作——主に不可能犯罪を扱った作——を思い出したに違いない。

そして、この検討シーンは、実に面白い。聴取者が思いつくような人物が次々と挙げられ、次々と否定されていく会話は、ラジオという媒体にマッチした、魅力あふれるシーンだと言える。

そして、「被害者の服には血の痕がなかった」というデータと、「浴室の薬品戸棚に髭剃り道具がなかった」というデータを組み合わせて犯人（の職業）を特定するエラリーの推理もまた、クイーンらしい、見事なものになっている。この「あるべきものが存在しない」という手がかりから推理を組み立てるエラリーの姿もまた、ファンにはおなじみだろう。

さらに、解決篇で明らかになる、G・K・チェスタトンの本歌取り。作者は本作で、ブラウン神父ものの「見えない男」の設定に挑んでいるのだ（被害者の名は〝ブラウン神父〟と同じ綴りで、髭剃りメーカーの〝ブラウン〟とは異なる）。これもまた、クイーンがよく使う手法で、ラジオドラマでも、シャーロック・ホームズの〝語られざる事件〟に挑んだ「ショート氏とロング氏の冒険」（『ナポレオンの剃刀の冒険』収録）や、オスカー・ワイルドの「カンタヴィルの幽霊」を手がかりに組み込んだ「黒衣の女の冒険」（『死せる案山子の冒険』収録）などがある。

しかし、私が本作で最もクイーンらしさを感じたのは、「容疑者が存在しない」という点。

クイーンのラジオドラマは、基本的に、三〜五人程度の〝容疑者枠〟を持っている。もちろん、「犯罪コーポレーションの冒険」のように、犯人がこの容疑者枠の外にいる場合もある。だが、それでも枠が存在することは間違いない。

ところが本作には、容疑者枠は一切存在しないのだ。登場人物表から捜査陣を除けば、被害者しか残らない（声優のギャラがだいぶ浮いただろうなあ……）。あえて容疑者枠を作るならば、「毎日ブラウンのホテルに行けるくらい近くに住んでいるニューヨーク住民」だろうが、これでは大きすぎて役に立たない。

しかし、この〝大きすぎる容疑者枠〟こそが、初期のクイーンの特徴なのだ。クイーン・ファンならば、『ローマ帽子の謎』『フランス白粉の謎』『オランダ靴の謎』『アメリカ銃の謎』といった〝容疑者枠が大きすぎる〟長篇を思い浮かべるに違いない。


と、誉めるだけではなく、欠点も指摘しておこう。

ネヴィンズは『推理の芸術』の中で、本作について、こう述べている。

私としては、被害者がこの疑問にさいなまれていた最中に、自分で答に思いあたらなかったということが、いささか信じられない。

これはまったくの正論。クイーンFCで本作を使った犯人当てをやった際にも、正解者六人中三人が「被害者は馬鹿か」と言っていたし……。

一応、弁護してみると、作中でエラリーが言っているように、被害者は知人以外は〝機能〟としてしか見ないタイプなのだろう。犯人は、毎日の髭剃り時の会話でそれを知っていたから、あえて脅迫状に「あなたが毎日話している人物」というデメリットの大きい文を書いたのだとも考えられる。このメッセージを速達で送った時点では、被害者がエラリーに助けを求めたことは知らなかったわけだから、気づかれる危険性は低いと考えても不自然ではないだろう。

見えない時計の冒険

〔放送〕一九四〇年八月十一日
〔活字化〕クイーンの短篇集『THE CASE BOOK OF ELLERY QUEEN』(1945)
〔邦訳〕《EQ》誌一九九四年三月号「見えない時計」

本作を評価する場合のネックになるのが、トリックに使われる〈ラジオ・ナース〉。ネヴィンズは「一九四〇年の聴取者は良く知っていたとおぼしき」と書いているが、これは、「現在の読者には知られていない」という意味だろう。おそらく、本書の読者も、同意見だと思う。ただし、この機械は日本でも販売されているのだ。お子さんがいるクイーンFCの会員が初訳時の一九九四年に送ってくれたカタログによると、「ニュー・ベビーシッター」という名前で、「赤ちゃんのそばに送信機をセットしておくと、赤ちゃんの泣き声などを受信機におくります」とのこと。明らかに、同種の機械だと思われる。また、現在では、遠隔地から見守る機械は珍しくないので、違和感を感じる読者は少ないだろう。――まあ、日本では、見守る対象が高齢者の場合が多いのだが、赤ん坊用のも少なくない。

　もっとも、こういったことがなくても、私は本書にこの作を収録しただろう。というのは、本作の「時計のない部屋から聞こえる時計の音」という魅力的な謎と、その謎から完璧に見えたアリバイを崩していくすばらしい推理を、みなさんに紹介したかったからだ。

　このアリバイ崩しの原理は、倒叙ものなどでよく使われているもの。例えば、「A地点にいる犯人が、電話などで自分がB地点にいるように見せかける。だが、B地点では聞こえないはずの音が電話から流れてしまったためにアリバイが崩れる（あるいは、B地点では聞こえなければならない音が電話から流れなかったためにアリバイが崩れる）」というアイデアに、鮎川哲也の倒叙ものや『刑事コロンボ』などでお目にかかった人は、少なくないだろう。クイーンはこの原理を犯人当てに応用して、ユニークな謎と推理を生み出したのだ。

　また、私が本作を気に入っている理由が、もう一つある。それは、ラストのニッキイの言葉――今回の事件は、探偵小説の暗黙のルール「執事を犯人にしてはならない」を破っている、という言葉――に他ならない。

　作者がニッキイの口を借りて言いたいことは、こうだろう。「このラジオドラマは、名探偵エラリーが現実に起こった事件を解決したいきさつをドラマ化した（という設定の）ものです。従って、探偵小説の暗黙のルールなどは気にする必要はありません。みなさんは、執事もメイドも、すべての関係者を疑ってかかるべきなのです」。

　もともとクイーンの小説は、建前上は、

①探偵エラリーが現実の事件を〝探偵小説の暗黙のルールは無視して〟解決。
②作家エラリーが自分が解決した事件を〝暗黙のルールに従って〟探偵小説化。
といういいいねじれを持つ。ところが、ラジオドラマの場合は、「事件を解決したエラリーがスタジオに来て——声優による再現をまじえて——事件を振り返る」という設定なので、②がカットされた形になっている。つまり、クイーンのラジオドラマは、「暗黙のルールに従って書かれた探偵小説のラジオドラマ化」ではないのだ。この脚本は、クイーンのラジオドラマの本格ミステリとしての特異性を浮き上がらせた作だと言えるだろう。

ハネムーンの宿の冒険

〔放送〕一九四〇年五月十九日
〔活字化〕クイーンの短篇集『THE CASE BOOK OF ELLERY QUEEN』(1945)
〔邦訳〕《EQ》誌一九九五年三月号「ハネムーン・ハウス」

本作の魅力は、何と言っても、推理のスマートさ。容疑者枠を設定し、その中の誰が犯人かを特定できないように見せかけておき、矢の盗難に着目した推理で一人に絞り込む。いかにもクイーンらしい鮮やかさと言える。作中でエラリーは〝推理〟ではなく〝推測〟だと言っているが、これは、「タトルは矢を持ち出すことが可能だった」からといって、「タトルが矢を持ち出した」

とは言えない、という意味だろう。しかし、他の作家ならば、〝推理〟と言っても文句はつけられないレベルに達している。

　そして、この推理を成り立たせるための、データ提示の巧みさ。

　まず、盗難直後のストライカーの調査によって、オフィスの社員は矢を持ち出せないことを確定。ここで「タトルだけ調査前に帰った」という状況にしたのは上手い。また、「ストライカーも容疑者なので証言を信じるのはおかしい」という批判をする人がいるかもしれないが、それは間違い。ストライカーが犯人ならば、「みんなが退社した後に盗難を発見した」と証言した方がメリットが大きいからだ。

　そして、最も重要な、〝矢のサイズ〟も、事情聴取の中で、さりげなく提示。もちろん、タトルが杖に頼っているというデータもしっかり提示。いずれもラジオでは描きにくいデータなのだが、不自然さを感じさせないのはさすがである。

　と、誉めるだけではなく、欠点も指摘しておこう。

　バレット社長は結婚式の前夜に帰社してすぐ立ち去ったが、これは予定外の行動。本来は、結婚式の当日の朝に帰社する予定だった。この場合、「ロッジを使って良い」というメモを見たベンソンは、社長に直接お礼を言うのが当たり前の行動ではないだろうか？　だが、そうなると、メモが偽物だとばれてしまうことは避けられない。犯人は、このリスクを、どう回避するつもりだったのだろうか？

放火魔の冒険

〔放送〕一九四〇年五月十二日
〔活字化〕《EQMM》一九四三年三月号
〔邦訳〕《EQ》誌一九八二年七月号「放火狂の冒険」

クイーンのラジオドラマの魅力として、殺人や脅迫や盗難といった、小説でもおなじみの犯罪以外も扱っている点が挙げられる。おそらく、毎週放送のドラマがマンネリ化するのを避けるためだろう。そして、犯罪の種類が異なるため、これまでの作品ではお目にかかったことのない謎や手がかりや推理を楽しめるのだ。

本作の犯罪は、連続放火事件。そして、メインの謎は〝ホワイダニット〟となる。一般的に、放火で考えられる動機は、放火魔か保険金詐欺だが、前者は明らかにレッドへリングだし、後者は作中で否定されている。ならば真相は、というと――

①ファーガスンの店の火事。放火ではなく失火で、これが犯行の動機となる。
②フェリルの店の火事。④をカモフラージュするための放火。
③デラージュの店の火事。④をカモフラージュするための放火。
④ティンカーの店の火事。二万ドルの盗難を隠蔽するための放火。

と、見た目は四連続放火事件だが、真相はかなり複雑。読者のみなさんも、騙されたのではないだろうか。また、①に着目すれば、クイーン後期の中篇のルーツになるし、④に着目すれば、中期の長篇のルーツになる。

そして、放火事件ならではの、〝焦げたブリキ缶の手がかり〟。金属の融点を知らなくても、何となく「ブリキ缶だけ燃え方がおかしい」と気づいた人も多いはずで、かなり巧い手がかりだと思う。ちなみに、私自身は、「クラッカー用のブリキ缶は密閉度が高いので火はすぐ消えてしまうのでは？」と考えた。ただ、エラリーがこの点に触れないところを見ると、缶が熱で変形した時に隙間ができたのかもしれない。

そしてエラリーは、この巧妙な手がかりを基に、犯人の狙いが盗難であることを見破り、容疑者をただ一人に絞り込む。まったくもって、見事としか言いようがない。

ここで注目すべきは、ラジオドラマならではの犯人の隠し方。エラリーたちが焼け跡を探す場面で、犯人ファーガスンは、途中から――ティンカーが登場してから――発言しなくなる。すると、声しか聞くことができない聴取者は、そこにファーガスンがいることを忘れてしまうのだ。テレビドラマでは使うことができない、ラジオドラマならではの仕掛けと言えるだろう。

最後に、余談を一つ。本作には、ニッキイがクイーン家で食器を洗いながら、「秘書として雇われたはずなのに――家政婦だなんて、だまされたわ！」と言う場面がある。エラリーたちは笑って終わりにしているが、現在では、それでは済まないのではないだろうか。まあ、ニッキイの場合は、訴えても、裁判官に「秘書として雇われたはずなのに事件捜査に加わっているニッキイが文句を言うのはおかしい」と言われてしまいそうだが。

善きサマリア人の冒険

〔放送〕一九四〇年六月九日
〔活字化〕《EQMM》一九四二年十一月号
〔邦訳〕《EQ》誌一九八二年一月号と一九九四年七月号「よきサマリア人の冒険」

「放火魔の冒険」より、さらに珍しい設定。なんと、今回のエラリーは、〝善人探し〟をするのだ。死体どころか悪人すら登場しない、明るく楽しい物語なので、日本の読者ならば、いわゆる〈日常の謎〉ミステリを連想するかもしれない。

ただし、本格ミステリとして見た場合、この設定はマイナスだと言える。なぜならば、本作の犯人は、自分が犯人だと見破られたら電気椅子が待っている殺人犯ではない。このため、死にものぐるいで身元を隠す必要を感じていないのだ。手紙に裏紙を使うなんて、殺人犯ならば、決してしないに違いない（おっと、『最後の一撃』の犯人がいたな……）。

ただし、本格ミステリとして見た場合、この手がかりは、実に面白い。なぜならば、一見意味のない文字列を見た読者と聞いた聴取者は、そこに意味を見いだそうとするからだ。これは、クイズによくあるタイプの謎なので、ミステリ・ファンでなくてもそう考えるだろう。

ところが、これが視力検査表だと判明した瞬間に、この文字列には、そもそも意味などないことがわかる。いや、逆に、視力検査表の文字の並びに規則性があったら、検査に使えないではないか。意味のないところに意味を見いだそうとする人間の思考を逆手に取った、実に巧妙な手がかりだと言える。

さらにこの手がかりの巧妙さを増しているのが、ラジオドラマという形式。この手がかりでは、〝文字が何か〟よりも、〝文字のサイズの違い〟が重要であることは、言うまでもない。だが、〝文字のサイズの違い〟というデータは、声だけのラジオドラマで与えられても、イメージがわかないのだ。「ニッキイでさえわかったのに――」と落ち込んでいる読者は、彼女が実物を見ているという点を考慮して、自分を慰めてほしい。


また、本作には、本格ミステリ以外の観点から見た魅力もある。それは、アパートの住人たちの生き生きとした描写。法月綸太郎は、『死せる案山子の冒険』の解説で、「話し言葉によるキャラクターの差異化が、人種のるつぼであるアメリカ社会の具体的な日常描写を呼び込んでしまう」と書いているが、このエピソードは、まさにこの指摘を体現した作品になっている。本作の読者は、声優の熱演抜きでも、彼らの会話を楽しんだに違いない。そしてもちろん、他のエピソードよりも楽しめた理由が、容疑者を「殺人を犯しても不思議はない人物」として描く必要がない、という本作の設定にあることは、言うまでもないだろう。

もっとも、日本の読者は、アパートの住人が、イタリア系、アイルランド系、ドイツ系、スウェーデン系、ときれいに分かれているのを、わざとらしいと思うかもしれない。さて、当時のニューヨークでは、不自然だったのだろうか……。

殺されることを望んだ男の冒険

〔放送〕一九三九年十二月三日
〔活字化〕《Radio & Television Mirror》誌一九四〇年八月号でクイーン以外の作家により小説化（四割程度に短縮）。次ページのカットはこの雑誌より。
〔邦訳〕本邦初訳
〔補足〕挑戦状は翻訳時に追加したもの。

四割ほどに縮められ、しかも、クイーン以外の作家（プロの作家ではなく雑誌の編集者かもしれない）による小説化なので、食指が動かない読者も多いと思う。しかし、質の高さに反して活字化作品の少ない一時間バージョンであり、いかにもクイーンらしい本格ミステリなので、ぜひ、読んでみてほしい。

前半の謎は、「なぜアーノルドは自分を殺すように仕向けたのか？」というもの。クイーン作品には――特にラジオドラマには――殺されることを望んでいるとしか思えない大富豪が何人も登場する。だが、彼らの大部分は、単に愚かか不用心なだけに過ぎない。ところが、本作では、この行動にはちゃんと意味があったのだ。被害者や犯人の異常な行動に必然性を持たせるのはクイーンのお家芸だが、本作は成功作と見なしてかまわないだろう。

また、クイーン・ファンならば、この遺言状のアイデアが、より発展した形で、未完長篇「間違いの悲劇」（『間違いの悲劇』収録）に使われていることに気づいたと思う。

かくしてアーノルドは望み通りに殺され、聴取者が解くべき謎は、「誰が犯人か？」に変わる。解決は〝犯人が作り上げた偽の解決〟と〝真の解決〟の二つで、これは、クイーン作品以外でもおなじみの設定。

ただし、その二つの解決の難易度に着目するならば、いかにもクイーンらしい、ひねくれた設定になる。何と、〈真の解決〉よりも〈偽の解決〉の方が複雑なのだ。

通常のミステリでは、偽の解決の方が真の解決よりも単純になっている。本作の場合ならば、
警察官「よし、わかった！　犯人はウォルドーだ。あいつは隣の部屋にいたからな。他の連中には殺人は不可能だ」

名探偵「あなたにそう思わせることが、犯人の狙いだったのですよ。犯人はロスです。彼は、犯行現場に近づくことなく、遠隔操作で殺人を行ったのです」

という流れになるのが当然だろう。しかし、クイーンは、それをひっくり返してしまった。犯人に「何も細工をせずに殺人を犯せば、隣の部屋にいる自分が真っ先に疑われる」と考えさせ、手の込んだトリックを案出するように仕向けたのだ。これが、国名シリーズの一作――やはり犯人は犯行現場の隣の部屋にいて、真っ先に疑われる立場だった――で用いられたアイデアのバリエーションであることは、明らかだろう。

かくしてこの趣向により、「真の解決は偽の解決より複雑なはず」と思い込んでいる聴取者や読者は、真相を見抜けなくなってしまう、という次第。まったくもって巧妙なアイデアである。

ここまで読んで、「考えすぎだろう」と感じた人もいるかもしれない。そういう人のために、クイーンＦＣでこの作を用いて犯人当てを行った際の会員の解答を紹介しよう。

警視の推理とエラリーの推理の両方を寄せてくれた解答者は四名。そのうち、警視の推理は四

人全員が正解。エラリーの推理は一人だけ正解。間違った三人の推理は、アーノルドの自殺をハウエル医師が手伝った等、複雑なものだった。そして、唯一の正解者は、自分が考えた（エラリーの）推理について、こうコメントしている。――「エラリーの解明の単純なこと。拍子抜けするような解明で、これでいいのだろうか、と思いました」と。

どうだろうか？　少なくともこの四人に関しては、クイーンの仕掛けた罠にまんまと引っかかったと言えるのではないだろうか？


以上の十一篇、本格ミステリとして、あるいはクイーン作品として、楽しんでもらえたと思う。そして、冒頭に書いたように、本書で〝活字化されたクイーン脚本の中で出来の良いもの〟は、だいたい単行本に収められたことになる。

しかし、お楽しみはこれで終わりではない。クイーンには、まだ、〝活字化されていない脚本〟、つまり、脚本自体が残っているのだ。エピソード・ガイドに書いたように、私はその中の十五作を読むことができたが、すべてが翻訳する価値のある、優れた脚本だった。

クイーン・ファンのため、そして本格ミステリ・ファンのため、これらの脚本の邦訳出版の企画を実現したいと思う。活字化された作に比べると、刊行までのハードルは高いので、みなさんの応援を期待している。

〔著者〕
エラリー・クイーン
フレデリック・ダネイとマンフレッド・B・リーの合作ペンネーム。従兄弟同士で、ともにニューヨーク、ブルックリン生まれ。1929年『ローマ帽子の謎』で作家としてデビュー。ラジオドラマの脚本家やアンソロジストとしても活躍。主な代表作に『ギリシャ館の謎』(32)、『エジプト十字架の謎』(32)の〈国名シリーズ〉や、『Xの悲劇』(32)に始まる〈レーン四部作〉などがある。また編集者として「エラリー・クイーンズ・ミステリ・マガジン」を編集、刊行した。

〔編訳者〕
飯城勇三（いいき・ゆうさん）
宮城県出身。エラリー・クイーン研究家にしてエラリー・クイーン・ファンクラブ会長。〈本格ミステリ大賞・評論部門〉の第11回を『エラリー・クイーン論』(論創社)で、第18回を『本格ミステリ戯作三昧』(南雲堂)で受賞。他の著書は『「鉄人28号」大研究』(講談社)、『エラリー・クイーン Perfect Guide』(ぶんか社)およびその文庫化『エラリー・クイーン　パーフェクトガイド』(ぶんか社文庫)、『エラリー・クイーンの騎士たち』(論創社)。訳書はクイーンの『エラリー・クイーンの国際事件簿』と『間違いの悲劇』(共に創元推理文庫)、F・M・ネヴィンズの『エラリー・クイーン 推理の芸術』など。論創社の〈EQ Collection〉と原書房の〈クイーン外典コレクション〉では、企画・編集・翻訳などを務めている。他に角川文庫版〈国名シリーズ〉の解説など。

犯罪（はんざい）コーポレーションの冒険（ぼうけん）　聴取者（ちょうしゅしゃ）への挑戦（ちょうせん）Ⅲ
——論創海外ミステリ　213

2018年6月20日　初版第1刷印刷
2018年6月30日　初版第1刷発行

著　者　エラリー・クイーン
編訳者　飯城勇三
装　丁　奥定泰之
発行人　森下紀夫
発行所　論　創　社
〒101-0051　東京都千代田区神田神保町2-23　北井ビル
電話　03-3264-5254　振替口座　00160-1-155266

印刷・製本　中央精版印刷
組版　フレックスアート

ISBN978-4-8460-1730-9
落丁・乱丁本はお取り替えいたします

〈EQ Collection〉

エラリー・クイーン論◉飯城勇三

第11回本格ミステリ大賞受賞　読者への挑戦、トリック、ロジック、ダイイング・メッセージ、そして〈後期クイーン問題〉について論じた気鋭のクイーン論集にして本格ミステリ評論集。　**本体3000円**

ミステリ・リーグ傑作選〔上〕◉エラリー・クイーン他

論創海外ミステリ64　本格ミステリの巨匠にして、名編集者の顔も持つエラリー・クイーンが創刊し、わずか四号で廃刊となった〈幻〉の雑誌「ミステリ・リーグ」。その多彩な誌面から作品を集めた傑作選。　**本体2500円**

ミステリ・リーグ傑作選〔下〕◉エラリー・クイーン他

論創海外ミステリ65〈幻〉の作家ブライアン・フリンの長編「角のあるライオン」のほか、ハードボイルド短編やクイーンによるエッセイ「クイーン好み」、さらに全四号の総目次や書下しエッセイを収録。　**本体2500円**

ナポレオンの剃刀の冒険◉エラリー・クイーン

聴取者への挑戦Ⅰ　論創海外ミステリ75　巧みなトリックと名推理を堪能できる表題作を始め、国名シリーズを彷彿させるシナリオ八編を収録。ラジオ版「エラリー・クイーンの冒険」のエピソードリストを併録。　**本体2500円**

死せる案山子の冒険◉エラリー・クイーン

聴取者への挑戦Ⅱ　論創海外ミステリ84　密室、ダイイングメッセージ、オカルト。本格ミステリ・ファン必読のラジオドラマ版「エラリー・クイーンの冒険」シナリオ集第二弾。法月綸太郎による解説を併録。　**本体2500円**

ミステリの女王の冒険◉エラリー・クイーン原案

視聴者への挑戦　論創海外ミステリ89「ここだけの話、僕は『古畑任三郎』のシナリオを書く時、いつもこの「エラリー・クイーン」を目標にしていました」――三谷幸喜。テレビドラマ・シナリオ集。　**本体2600円**

エラリー・クイーンの災難◉エドワード・D・ホック他

論創海外ミステリ97　世界初のエラリー・クイーン贋作＆パロディ集。ホックが、ネヴィンズが、ポージスが、ロースンが、名探偵にしてミステリ作家にして編集者である“エラリー・クイーン”に挑む！　**本体2600円**

好評発売中